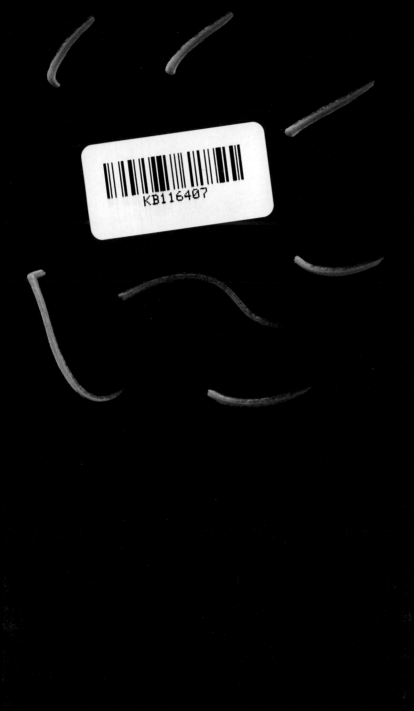

KB116407

심판의 날의 거장

심판의 날의 거장

Der Meister des Jüngsten Tages

레오 페루츠 장편소설 신동화 옮김

DER MEISTER DES JÜNGSTEN TAGES
by LEO PERUTZ (1923)

이 책은 실로 꿰매어 제본하는 정통적인 사철 방식으로 만들어졌습니다.
사철 방식으로 제본된 책은 오랫동안 보관해도 손상되지 않습니다.

심판의 날의 거장

7

1
맺음말을 대신하는 머리말

나의 작업은 끝났다. 나는 1909년 가을에 있었던 일들, 연달아 일어난 비극적 사건들을 적어 놓았다. 그 사건들과 나는 아주 기이하게 연결되어 있었다. 내가 기록한 것은 완전한 진실이다. 아무것도 건너뛰지 않았고, 아무것도 억누르지 않았다. 그럴 까닭이 뭐가 있겠는가? 나에게는 무언가를 숨길 이유가 없다. 글을 쓰는 동안 나는 내 기억이 무수한 낱낱의 사항 — 일부는 정말 중요하지 않은 것들, 가령 나날의 대화나 사소한 사건 — 을 생생하고 또렷하게 보관해 두었다는 점, 그러나 내가 그 모든 일이 벌어진 기간을 완전히 잘못 생각하고 있었다는 점을 깨닫게 되었다. 지금도 나는 그 기간이 몇 주 동안이었다는 인상을 가지고 있다. 이것은 착각이다. 고르스키 박사가 사중주를 위해 비쇼프 저택으로 나를 데려간 날짜를 나는 정확히 알고 있다. 1909년 9월 26일 일요일이었다. 지금도 그날 있었던 모든 일이 파노라마처럼 내 눈앞에 펼쳐지곤 한다. 우선, 아침에 우편부가 노르웨이에서 온 편지 한 통을 가져왔다. 나는 소인을 읽어 내려 애썼다. 그러면서 스타방에르 피오르를 건널 때 옆자리에 앉았던 여대생 생각을 했다. 그녀는 내게 편지를 쓰겠다고 약속했던 것이다. 나는 편지를 개봉했지만, 안에 든 것은 하르당에르 빙하 지대에 있는 동계 스포츠 여행객용 호텔의 팸플릿일 따름이었다. 실망이었다. 이후 나는 펜싱 클럽에 갔다. 가는 도중에 플로리안 거리에서 갑자기 소나기를 만나 화들짝 놀란 나는 어느 집 대문 안으로 들어갔고, 그곳에서 바로크식 석조 분수가 있는 오래되고 황폐한 정원을 발견했다. 한 노부인이 나에게 말을 걸었고, 이 집에 크로이처라는 이름의 모자 만드는 여자가 사느냐고 물었다. 마치 어제 있었던 일인 양 아직도 생생하다. 곧 비가 그쳤고 날씨가 화창해졌다. 온화한 바람이 불고 하늘에는 구름 한 점 없던 날, 이것이 내 기억 속의 1909년 9월 26일이다.

점심때는 정원이 딸린 식당에서 연대 동료 둘과 식사를 했다. 식후에 비로소 조간신문을 읽었다. 발칸 문제와 청년 터키당의 정책에 관한 기사들이 실려 있었다. 이 모든 것을 아직도 기억하다니 놀라울 따름이다. 한 신문의 사설은 영국 왕의 여행에 대해 논평했고, 다른 사설은 터키 술탄의 계획을 다루었다. 첫 줄 위에 굵은 글씨로 〈잠자코 기다리는 압둘 하미드〉[1]라고 찍혀 있었다. 신문들은 셰브케트 파샤와 니야지 베이[2]의 이력을 세세히 다루었다. 아직도 이 이름들을 아

---

1 오스만 제국의 술탄 압둘하미드 2세. 청년 터키당 혁명 후 1909년 4월 27일에 퇴위했다. 이하 〈원주〉라고 표시하지 않은 모든 주는 옮긴이의 주이다.

2 셰브케트 파샤Schefket Paschas와 니야지 베이Niazi Beys는 청년 터

는 사람이 누가 있겠는가? 밤사이 노르트베스트 역에서 대형
화재가 있었다. 〈엄청난 양의 목재가 타버렸다〉라고 신문에
적혀 있었다. 한 학술 단체가 뷔히너[3]의 「당통」을 공연한다
고 알렸고, 오페라 공연으로는 「신들의 황혼」이 있었다. 브레
슬라우에서 온 객원 성악가가 하겐 역을 한다고 했다. 미술
전시로는 얀 투롭[4]과 로비스 코린트[5]의 전시회가 있었다. 온
도시가 경탄의 눈으로 이들의 작품을 감상하기 위해 몰려갔
다. 어딘가에서(페테르부르크였던 것 같다) 파업과 노동자
봉기가 있었고, 잘츠부르크에서는 교회 침입 사건이 있었다.
로마로부터는 콘술타 궁전에서 벌어진 소동이 보도되었다.
그리고 나는 베르크슈타인 은행의 도산에 관한 아주 작게 인
쇄된 토막 기사를 발견했다. 나는 전혀 놀라지 않았다. 그 일
을 진즉에 예상하고 제때 예금을 빼두었기 때문이다. 하지만
나의 지인인 배우 오이겐 비쇼프를 떠올릴 수밖에 없었다.
그도 마찬가지로 이 은행에 재산을 맡겨 두었던 것이다. 경
고해 주었어야 했는데, 하는 생각이 머리를 스쳐 갔다. 그런
데 내 말을 믿기나 했을까? 그는 내가 늘 잘못된 정보를 가지
고 있다고 여기니까. 남의 일에 끼어들 필요가 뭐 있겠는가?
그와 동시에 며칠 전 궁정 극장의 극장장과 나눈 대화가 떠
올랐다. 오이겐 비쇼프의 이야기가 나왔고, 극장장은 〈유감

키당 혁명에 참여한 인물.
  3 Georg Buchner(1813~1837). 「보이체크」, 「당통의 죽음」으로 유명한
독일 극작가.
  4 Jan Tooroop(1858~1928). 네덜란드의 화가.
  5 Lovis Corinth(1858~1925). 독일의 화가.

스럽게도 그 사람은 늙었죠. 제가 그를 도울 길은 없습니다〉라고 말했다. 그리고 후배 배우들의 성화에 대해 몇 마디 덧붙였다. 내가 받은 인상이 맞다면 오이겐 비쇼프가 계약을 갱신할 가망은 없었다. 그리고 이제 거기에 베르크슈타인 은행과 관련된 불행이 더해질 게 분명했다.

나는 이 모든 것을 기억한다. 1909년 9월 26일은 그토록 선명하게 내 기억에 아로새겨져 있다. 그러니 우리 셋이서 도미니카너바스타이의 그 집을 방문한 날을 어째서 내가 10월 중순으로 착각할 수 있었는지 더욱 이해가 되지 않는다. 정원 자갈길에 떨어져 있던 시든 밤나무 잎, 길모퉁이에서 팔던 잘 익은 포도, 가을 첫서리에 대한 기억, 그러니까 내게 어쩐지 그날과 연결된 이 복합적이고 무의식적인 기억 전체가 아마도 나를 착각에 빠뜨렸던 듯싶다. 충분히 그럴 수 있다. 결판이 난 날은 실제로 9월 30일이었다. 나는 당시에 적어 둔 메모의 도움을 받아 그것을 확인했다.

이 믿기지 않는 비극적이고 끔찍한 사건은 9월 26일부터 30일까지, 즉 닷새를 넘지 않는 기간 동안에 벌어졌다. 모험과 같은 추적 과정, 보이지 않는 적을 쫓은 여정이 닷새간 지속된 것이다. 적(敵)은 육신을 지닌 존재가 아니라 수 세기에 걸친 과거의 무시무시한 망령이었다. 우리는 핏자국을 발견하고 그것을 뒤따라갔다. 말없이 시간의 문이 열렸다. 우리 중 누구도 길이 어디로 이어질지 예감하지 못했다. 지금 내게는 마치 우리가 어둡고 긴 통로를 더듬더듬하며 한 발 한 발 힘겹게 나아간 것처럼 여겨진다. 통로 끝에서 악마가 곤봉을 쳐들고 기다리고 있고…… 곤봉이 두 번, 세 번 획획 내리쳤고, 마지막 일격이 나를 때렸다. 최후의 순간에 날랜 손길이 나를 다시 삶으로 끌어오지 않았더라면 나는 파멸했을 것이고, 오이겐 비쇼프 그리고 졸그루프와 끔찍한 운명을 함께했을 것이다.

핏방울이 뚝뚝 떨어지는 그 괴물은 수 세기의 가시덤불을 지나오면서, 여러 시대와 여러 나라를 거치는 여정에서 얼마나 많은 희생자를 찾아냈을까? 이제 나는 전과는 다른 눈으로 과거의 많은 운명을 본다. 나는 책 표지 안쪽에 있는 이전 소유자들 이름 가운데서 반쯤 바랜 서명 하나를 발견했다. 제대로 해독한 것일까? 정말 하인리히 폰 클라이스트[6]도……? 아니, 찾아보고 추측하고 위대한 망자들의 이름을 불러내는 일은 의미가 없다. 그들의 모습은 안개구름에 싸여 있다. 과거는 계속 묵묵부답이다. 결코 어둠으로부터 답이 오지는 않으리라.

이것은 끝난 일이 아니다. 아니, 아직도 끝나지 않았다. 영상들이 심연으로부터 올라와 내게로 몰려온다. 밤중에도 낮에도. 물론 이제 그것들은 다행히도 희미하고 그림자 같은 모습에 불분명한 형체만을 띠고 있다. 나의 뇌 속에 있는 신경은 잠자고 있다. 하지만 아직도 충분히 깊은 잠에 든 것은

---

6 Heinrich von Kleist(1777~1811). 독일의 작가로 천재적이고 광기 어린 작품을 남겼다. 젊은 나이에 권총 자살로 비극적인 삶을 마무리했다.

아니다. 그리고 가끔 갑작스러운 불안이 나를 사로잡아 창가로 몰아간다. 그러면 꼭 저 위에서 무시무시한 빛이 엄청난 물결을 이루며 하늘을 가로지르는 것만 같다. 나는 위에서 태양이 은빛 연무에 휩싸이거나 몰려드는 자줏빛 구름에 둘러싸인 채로, 혹은 홀로 끝없이 푸르른 하늘에 떠 있다는 사실을 이해할 수 없다. 내 주위에는, 내가 바라보는 곳에는 태곳적의 영원한 색들, 현세의 색들이 있다. 나는 그날 이후로 그 끔찍하기 그지없는 나팔 빨강[7]을 단 한 번도 본 적이 없다. 하지만 그림자는 남아 있다. 그 그림자가 자꾸만 다가와 나를 에워싸고 나에게 손을 뻗친다. 이 그림자는 나의 삶에서 절대 사라지지 않을까?

어쩌면 사라질지도 모른다, 시달리는 영혼이여! 어쩌면 이 글을 쓰는 동안 나는 나를 괴롭히는 것을 내게서 영원히 떼어 버렸는지도 모른다. 나의 이야기가 내 뒤에 놓여 있다. 흐트러진 한 더미 종이로. 나는 일을 끝마쳤다. 이 이야기가 나와 더 이상 무슨 상관이 있는가? 나는 그것을 옆으로 밀쳐 둔다. 마치 내가 아닌 다른 사람이 겪거나 꾸며 낸 이야기인 양, 다른 사람이 쓴 이야기인 양.

그런데 내가 잊으려 해도 잊을 수 없는 이 모든 일을 기록하게 된 데에는 또 한 가지 이유가 있다.

졸그루프는 죽기 직전에 글이 적힌 양피지 낱장을 없애 버

7 *Drommetenrot*, 최후의 심판 때 울려 퍼지는 나팔 소리와 태양의 빨간 색을 합성하여 만들어 낸 표현.

렸다. 이제부터 더는 그 끔찍스러운 착각에 사로잡히는 희생자가 나오지 않도록 그리한 것이다. 하지만 그 양피지와 같은 것이 또 없는 게 정말 확실할까? 사람들에게 잊힌 세상 어느 외진 곳에 그 피렌체 오르간 연주자의 또 다른 기록이 혹시 남아 있지 않을까? 고물상의 잡동사니 속에 파묻힌 채로, 혹은 오래된 도서관의 2절판 책들 뒤에 숨겨진 채로, 혹은 에르진잔이나 디야르바키르나 자이푸르의 어느 시장 바닥에 놓인 양탄자와 칸자르[8]와 코란 표지 사이에서 누렇게 변색되고, 먼지가 쌓이고, 곰팡내 나고, 쥐들에게 갉아 먹힌 채로 남아 있지 않을까? 그곳에서 부활할 준비를 갖추고 호시탐탐 새로운 희생자를 노리고 있지 않을까?

우리 모두는 창조주의 위대한 의지가 실패한 결과로 생긴 피조물이다. 우리는 무시무시한 적을 우리 안에 지니고 있으면서 그것을 예감하지 못한다. 적은 움직이지 않는다. 잠자고 있다. 죽은 듯이 누워 있다. 만약 적이 깨어 살아난다면 통탄할 일이다! 내가 본 그 나팔 빨강을 인간의 눈이 절대 두 번 다시 보지 않기를. 하느님, 제게 가호를 베푸소서. 저는 그것을 보았나니.

그래서 나는 내 이야기를 적었다. 이제 글이 적힌 한 더미 종이로 내 앞에 놓여 있는 이 이야기에는 제대로 된 시작이 없다. 이 점을 나는 잘 안다.

시작이 어땠더라? 나는 집에서 책상에 앉아 섀그 파이프를 입에 물고 책 한 권을 대강 넘기면서 보고 있었다. 그때 고

8 아랍 등지에서 쓰는 구부러진 모양의 칼.

르스키 박사가 왔다.

에두아르트 리터 폰 고르스키 박사. 그가 살아 있는 동안, 좁은 전문가 집단 외에 그를 아는 사람은 소수에 불과했다. 죽음이 비로소 그에게 세계적인 명성을 확보해 주었다. 그는 자신의 전공 연구 대상이었던 한 전염병에 걸려 보스니아에 서 사망했다.

내 앞에 서 있는 그의 모습이 오늘날에도 눈에 선하다. 약 간 불구인 몸, 형편없게 면도한 얼굴, 격식 없이 아주 편한 옷 차림, 비뚜름하게 맨 봉제 넥타이. 그가 집게손가락과 엄지 손가락으로 코를 틀어쥐었다.

「또 그놈의 빌어먹을 파이프로군요!」 그가 큰소리로 나무 랐다. 「정말이지 파이프 없이는 살 수가 없는 겁니까? 이 끔 찍한 연기하고는! 저 아래 길거리에서도 느껴진다고요.」

「외국 역에서 나는 냄새지요. 저는 이 냄새가 좋습니다.」 내가 대꾸하고는 일어나 그를 맞이했다.

「지옥으로 사라져 버렸으면!」 그가 투덜댔다. 「바이올린은 어디다 뒀습니까? 오이겐 비쇼프 씨 집에 연주하러 갑시다. 당신을 데려오라는 부탁을 받았거든요.」

나는 놀라서 그를 바라보았다.

「오늘 신문 안 보셨습니까?」 내가 물었다.

「아, 벌써 알고 계셨나요?」 그가 외쳤다. 「온 세상이 다 아 는 것 같은데, 오이겐 비쇼프 본인만 아무것도 모릅니다. 나 쁜 일이죠. 제 생각에 사람들은 그 일을 숨길 겁니다. 게다가 그는 마침 극장장과 갈등을 겪고 있으니까요. 이 문제가 해결되기 전에는, 최소한 그때까지는 그의 귀에 아무것도 들어가선 안 됩니다. 정말이지 당신도 분명 보았겠지요. 디나는 수호천사처럼 그 사람 앞에 서 있다니까요. 같이 갑시다, 남작님! 오늘 그녀한테는 뭐든 기분 전환을 할 수 있는 일이라면 환영일 겁니다.」

나는 디나를 보고 싶은 불타는 욕망을 느꼈다. 하지만 몹시 조심스러웠다. 그래서 마치 결정을 못 내리는 양, 일단 더 생각을 해봐야 하는 양 굴었다.

「실내악 좀 연주하자는 거예요.」고르스키 박사가 나를 설득했다. 「차에 제 첼로를 가지고 왔습니다. 괜찮으시다면 아마 브람스의 피아노 삼중주를 연주할 겁니다.」

그리고 나서 그는 나의 의욕을 북돋우려 B 장조 스케르초의 첫 소절을 휘파람으로 나지막이 불었다.

2

우리가 음악을 연주한 방은 저택의 중이층(中二層)에 위치
했고, 창문은 정원 쪽으로 나 있었다. 악보에서 눈을 들면 녹
색으로 칠한 별채 문을 볼 수 있었다. 오이겐 비쇼프는 새 배
역을 맡을 때마다 별채에 틀어박히곤 했다. 그는 그곳에서
배역을 연습하고 대사를 암기하느라 몇 시간이고 보이지 않
는 날이 많았다. 그럴 때면 늦은 저녁에 불 켜진 창문 뒤에서
그의 실루엣이 나타나 배역을 위한 특이한 몸짓과 동작을 취
하는 모습을 볼 수 있었다.

정원의 자갈길은 햇빛을 받아 눈부시게 밝았다. 저택의 늙
은 정원사가 푸크시아 화단과 달리아 화단 사이의 잔디밭에
웅크리고 앉아 한결같은 오른팔의 움직임으로 끝없이 풀을
베고 있었다. 그 광경을 보고 있자니 눈이 피로해졌다. 이웃
집 정원에서는 아이들이 야단법석을 떨면서 돛단배를 물에
띄우고 용을 하늘로 솟아오르게 했다. 한 노부인이 오후 햇
살을 받으며 벤치에 앉아 작은 자루에서 빵 부스러기를 꺼내
참새들에게 던져 주고 있었다. 저 멀리 초원길에서는 산책객

들과 일요일 소풍객들이 양산을 받치거나 유모차를 끌면서 느릿한 걸음으로 숲을 향해 움직였다.

우리는 오후 4시쯤에 연주를 시작했고, 베토벤의 바이올린 피아노 소나타 두 곡과 슈베르트의 삼중주 한 곡을 이미 끝마쳤다. 이어서 차를 마신 후 마침내 그 B 장조 삼중주 차례가 되었다. 나는 이 삼중주를 좋아한다. 특히 장엄한 환희가 담긴 1악장을. 그렇기에 연주를 막 시작했을 때 문 두드리는 소리가 나자 짜증이 일었다. 오이겐 비쇼프가 특유의 낭랑한 목소리로 우렁차게 〈들어오세요〉라고 말했다. 그러자 한 젊은 남자가 방 안으로 몸을 들이밀었다. 아는 얼굴 같다는 생각이 바로 들었다. 다만 어디서, 어떤 상황에서 그를 만났던 것인지는 잘 알 수 없었다. 그는 분명 우리를 방해하지 않으려고 대단히 애썼음에도 불구하고 문을 닫을 때 소리가 났다. 그는 키가 컸고 선명한 금발이었으며, 처음 본 순간부터 곧바로 마음에 들지 않았다. 어쩐지 향유고래를 연상시켰다.

지각한 손님이 들어오자 디나가 잠깐 피아노에서 눈을 뗐다. 기쁘게도 그녀는 그저 무관심하게 고갯짓만 하고 연주를 계속했다. 반면에 그녀의 남편은 소리 없이 소파에서 일어나 낯선 이를 맞이했다. 나는 두 사람이 서로 속삭이는 모습을 악보 너머로 보았다. 곧 향유고래가 뭔가 묻는 듯 거의 알아챌 수 없게 고개를 움직여 내 쪽을 가리켰다. 〈저 사람은 누구지? 어째서 저 사람이 여기에 온 거지?〉 그리고 나는 감히 그렇게 격식 없이 행동하는 모습을 보고 틀림없이 그가 이 집 사람들의 절친한 친구라는 결론에 이르렀다.

우리가 삼중주의 1악장을 마쳤을 때, 오이겐 비쇼프가 나에게 그 낯선 이를 소개했다. 「여기는 엔지니어 발데마르 졸그루프, 제 처남의 동료이지요. 여기는 요슈 남작님, 친절하게도 펠릭스를 대신해 주셨죠.」

디나의 남동생인 펠릭스는 자기 이야기를 한다는 것을 듣고 흰 붕대를 감은 왼손을 흔들었다. 그는 실험실에서 화상을 입은 까닭에 바이올린을 연주하기가 어려웠다. 그럼에도 그는 도움이 되기 위해 악보를 넘겨 주는 일을 했다.

이제 고르스키 박사도 첼로 뒤에서 나타났다. 친절하게 웃음 짓는 난쟁이같이. 하지만 엔지니어는 그와 악수하는 일을 후딱 해치워 버리고 다음 순간 어느새 디나 비쇼프에게 가 있었다. 그리고 그가 그녀의 손 위로 몸을 숙이는 동안 — 그는 그녀의 손을 필요 이상으로 오래 쥐고 있었는데, 그 모습을 지켜보자니 정말 괴로웠다 — 그러니까 그가 그녀의 손 위로 몸을 숙이고 서서 집요하게 이야기를 늘어놓는 동안, 나는 그가 처음 봤을 때 느낀 것만큼 아주 젊지는 않다는 것을 알게 되었다. 그의 짧게 자른 금발은 귀밑머리 부분이 살짝 세어 있었다. 아무리 20대 젊은이처럼 행동할지라도 아마 마흔 살에 가까울 터였다.

마침내 그가 디나의 손을 놓아주기로 마음먹었다. 이제 그는 내게로 다가왔다.

「우리 서로 아는 사이인 것 같은데요, 명연주자님.」

「제 이름은 요슈 남작입니다만.」 나는 아주 차분하고 정중하게 말했다.

향유고래는 핀잔을 알아채고 사과했다. 흔히 그렇듯 소개할 때 내 이름을 제대로 알아듣지 못했다고 했다. 그는 말할 때 입 밖으로 단어를 세차게 내뱉었다. 그래서 나로 하여금 숨구멍에서 물줄기를 내뿜는 그의 원형을 생생하게 떠올리게 했다.

「그런데 제가 기억나시지 않습니까?」 그가 물었다.

「네, 정말 유감입니다.」

「제가 착각하는 게 아니라면 우리는 5주 전에…….」

「착각하시는 것 같군요.」 내가 말했다. 「5주 전에 저는 여행 중이었습니다.」

「맞아요, 노르웨이요. 우리 크리스티아니아-베르겐 구간에서 네 시간 동안 서로 맞은편에 앉았었죠. 안 그렇습니까?」

그는 디나가 앞에 놔준 찻잔 속을 숟가락으로 젓는다. 그녀는 그가 마지막으로 한 말을 들었다. 그녀는 우리 두 사람을 호기심 어린 눈으로 바라보며 말한다.

「아, 두 분이 전부터 서로 아는 사이인 건가요?」

향유고래는 소리 없이 만족스레 웃고는 디나에게 몸을 돌린 채로 말한다.

「물론이죠. 그런데 하르당에르 피오르를 건널 당시에 남작님은 오늘처럼 그다지 말수가 많지 않으셨지요.」

「그랬을 가능성이 높지요.」 내가 답한다. 「유감스럽게도 저는 그런 사람입니다. 여행에서 사람들과 사귀는 일이 좀처럼 없지요.」 이로써 이 주제는 나에게 끝난 것이었다.

그런데 향유고래에게는 그렇지 않은 모양이다. 오이겐 비쇼프는 엔지니어가 사람을 기억하는 놀라운 능력을 다시 한 번 입증했다며 그의 기억력에 관해 뭔가 이야기를 한다. 오이겐 비쇼프는 자기 친구들에게 가능한 모든 능력과 탁월한 특성을 부여할 태세를 항상 갖추고 있다.

「천만에요!」 엔지니어가 말하며 차를 마신다. 「이 경우는 정말 별것도 아닌걸요. 물론 남작님은 다른 숱한 사람들과 비슷한 얼굴을 가지고 계시죠. 이런 말을 해도 용서해 주시겠죠, 남작님? 당신이 다른 많은 사람들과 얼마나 닮아 보이는지 정말 이상할 지경입니다. 하지만 당신의 영국식 파이프, 이건 대단히 특징적인 용모죠. 그걸 보고 당신을 즉시 알아보았습니다.」

나는 그의 농담이 그야말로 저속하다고, 나의 개인적인 면을 좀 너무 많이 건드린다고 생각한다. 내가 어쩌다 이런 대접을 받는지 정말로 알 수가 없다.

「이제 이야기 좀 해봐요, 내 친구 오이겐!」 향유고래가 호탕하게 큰 소리로 외친다. 「베를린에서 대성공을 거뒀다면서요. 신문에서 봤죠. 온 신문이 다 그 이야기로 시끌벅적하다고요. 리처드왕은 얼마나 진척됐죠? 잘돼 가고 있나요?」

「이제 연주를 계속하는 게 어떻겠습니까?」 내가 제안한다. 향유고래는 미안하다는 뜻으로 과장되게 소스라치며 손사래를 친다.

「아직 끝난 게 아닌가요? 오, 백번 용서를 빕니다. 저는 다 끝났다고…… 왜냐하면 저는 음악에 전혀 소양이 없거든요.」

「보나 마나 그럴 줄 알았습니다.」 나는 세상에서 가장 상냥

한 얼굴로 단언한다.

그는 이 발언을 듣지 못한 양 행동한다. 자리에 앉아 다리를 뻗고 탁자 위에서 사진 몇 장을 집어 그중 한 장을 유심히 들여다본다. 셰익스피어 작품에 나오는 어떤 왕의 복장을 한 오이겐 비쇼프의 사진이다.

나는 바이올린을 조율하기 시작한다.

「우리는 1악장과 2악장 사이에서 환영차 잠깐 휴식 시간을 가진 것뿐입니다. 당신을 위해서요, 엔지니어님.」 고르스키 박사가 말한다. 그리고 나는 뒤에서 디나가 속삭이는 소리를 듣는다.

「졸그루프 씨한테 왜 그렇게 불친절한 건가요?」

그 순간 나는 얼굴이 새빨개질 수밖에 없다. 그녀가 나에게 말할 때면 늘 그렇게 된다. 나는 고개를 뒤로 돌리고 그녀의 기이한 타원형 얼굴과 짙은 눈을 본다. 그녀의 눈은 놀라서 묻는 듯한 시선으로 나를 향해 있다. 그리고 나는 적당한 대답을 찾아내어 내가 느끼는 반감을 그녀에게 이해시키고, 그토록 부적절한 때 방에 들이닥치는 사람들에 대해 내가 가진 선입견을 설명하려 한다. 사실 그들에게는 어쩔 수 없는 일이다. 그들은 굉장히 좋은 사람일 수도 있다. 내가 그들을 부당하게 대하는 것이다. 나는 그것을 안다. 항상 방해가 되는 순간에 올 수밖에 없는 것은 그들이 타고난 불행한 소질 탓이다. 나는 그 점을 기꺼이 인정한다. 하지만 나의 반감을 억제할 수 없다. 그렇게 되지 않는다. 일단 내가……

아니! 내가 누구를 속이려 드는 거지? 이건 전부 사실이 아

21

니다. 질투 때문이다. 애처로운 질투 때문이다. 배신당한 사랑의 아픔 때문이다. 디나를 볼 때면 나는 사슬에 묶인 채 그녀를 지키는 개가 된다. 그녀 근처에 오는 사람은 내게 불구대천의 원수가 된다. 나는 그녀의 눈에서 나오는 시선 하나하나, 그녀의 입에서 나오는 말 한마디 한마디를 독차지하기를 원한다. 나는 그녀에게서 벗어날 수가 없으며, 자리에서 일어나 영원히 끝을 낼 수가 없다! 그렇기에 아프다. 그렇기에 속이 탄다…….

조용! 고르스키 박사가 신호를 준다. 그가 활로 악보대를 두 번 두드리고 우리는 2악장을 시작한다.

3

이 B 장조 2악장, 이 리듬은 이미 나를 얼마나 자주 불안에
빠뜨리고 뒤흔들었던가. 나는 이 악장을 연주하면서 깊은 낙
담을 느끼지 않은 적이 결코 단 한 번도 없다. 그럼에도 불구
하고 나는 이 악장을 열렬히 사랑한다.

그렇다, 스케르초다. 이 얼마나 대단한 스케르초인가! 무
시무시한 명랑함이 시작된다. 사람의 피를 굳게 만드는 명랑
함이다. 오싹한 웃음이 공간을 휩쓴다. 숫염소의 발을 가진
형상들이 벌이는 거칠고 음침한 카니발의 광란. 이것이 도입
부이다. 이 기이한 스케르초는 그렇게 시작된다. 그러다 갑
자기 지옥의 바쿠스제에서 한 인간의 고독한 목소리가 떨어
져 나온다. 길을 잃은 영혼의 목소리, 불안으로 괴로워하는
마음의 목소리가 솟아올라 자신의 고통을 호소한다.

하지만 다시 사탄의 웃음소리가 들린다. 웃음이 쩌렁쩌렁
울려 퍼지며 순수한 소리들 속으로 들어가 노래를 갈기갈기
찢어 버린다. 다시 한번 목소리가 올라온다. 낮고 소심하게.
이 목소리는 자신의 멜로디를 찾아내어 위로 들어 올린다.

마치 멜로디와 함께 다른 세상으로 달아나려는 것처럼.

그러나 지옥의 악마들에게는 모든 힘이 주어져 있다. 날이 밝아 온다. 최후의 날, 심판의 날이. 사탄이 죄지은 영혼들 위로 승리의 개가를 올린다. 인간의 한탄하는 목소리가 공중에서 추락하여 절망스러운 유다의 웃음 속에 가라앉는다.

악장을 끝까지 연주한 후 나는 침묵하는 사람들 사이에서 몇 분간 조용히 앉아 있었다. 나를 둘러쌌던 절망스럽고 암담한 그림자 세계가 곧 사라졌다. 심판의 날에 대한 꿈, 최후의 심판에 대한 악몽이 내게서 물러나 나를 놓아주었다.

고르스키 박사가 일어나서 방 안을 느릿느릿 왔다 갔다 했다. 오이겐 비쇼프는 묵묵히 생각에 잠겨 앉아 있었다. 엔지니어는 이제 막 잠에서 깨어난 양 몸을 쭉 뻗어 기지개를 켰다. 이어서 그는 탁자 위에 놓인 갑에서 담배를 꺼냈고, 꽤 큰 소리를 내며 덮개를 닫았다.

나의 시선은 미끄러지듯 디나 비쇼프에게로 건너갔다. 우리는 잠들기 전 마지막으로 했던 생각을 아침에 깨어날 때 하게 되는 경우가 많다. 그와 마찬가지로 악장을 마친 지금 나는 그녀가 얼마나 성이 나 있었는지를 끊임없이 생각할 수밖에 없었다. 그리고 그녀를 달래야 한다는 것을. 그녀를 달래고 싶은 이 마음은 그녀를 바라보면 볼수록 내 안에서 점점 더 강해지고 점점 더 절박해졌다. 나는 더 이상 다른 일은 전혀 생각할 수 없었다. 이 유치한 갈망은 아마도 음악의 여파 때문이었으리라.

이제 그녀가 내게로 고개를 돌린다.

「이봐요, 남작님. 왜 그렇게 몽상에 잠겨 있죠? 무슨 생각을 하는 건가요?」

「나의 개, 차모르 생각을 했습니다.」

나는 내가 왜 이 말을 하는지 잘 안다. 나는 그녀의 눈을 응시한다. 우리 두 사람, 디나와 나는 그것을 안다. 그녀는 차모르를 안다. 아, 그녀는 차모르를 얼마나 잘 알고 있었던가. 그녀가 움찔한다. 그녀는 그 이야기를 전혀 듣고 싶어 하지 않는다. 고개를 젓고는 언짢게 몸을 돌린다. 이제 나는 그녀를 제대로 화나게 만든 것이다. 그 이야기를 하는 게 아니었다. 나의 작은 개 차모르를 떠올리도록 하는 게 아니었다. 그녀의 온 생각이 분명 저 낯선 남자, 향유고래에게로 쏠려 있는 바로 이 순간에 말이다.

그사이 고르스키 박사는 첼로와 활을 캔버스 가방에 챙겨 넣었다.

「오늘은 이걸로 충분한 것 같군요.」 그가 제안한다. 「엔지니어님을 위해 3악장은 생략하는 게 어떻습니까?」

디나가 고개를 뒤로 젖히고 아다지오의 테마를 흥얼거린다.

「들어 보세요. 마치 작은 배 안에 앉아 있는 것 같지 않나요? 안 그래요?」

놀랍게도 향유고래 역시 3악장의 테마를 흥얼거리기 시작한다. 심지어 거의 틀리지 않고. 템포만 약간 빠를 뿐이다. 그러고 나서 그가 말한다.

「작은 배 안에 있는 것 같다고요? 아닙니다. 미끄러지는 리듬 탓에 착각하신 모양이군요. 적어도 저는 이 테마에서 완전히 다른 것을 떠올립니다.」

「보아하니 B 장조 삼중주를 아주 잘 아시는군요.」내가 말한다. 이 말에 디나 비쇼프의 기분이 풀어진 듯 보인다.

그녀가 곧장 열을 올리며 내게로 몸을 돌린다.

「왜냐면 우리 친구 졸그루프 씨는 보이는 것처럼 그렇게 음악에 전혀 소양이 없는 분이 아니니까요. 이분은 다만 자신에게 음악과 다른 모든 무용한 예술에 대해 초연한 태도를 보여야 할 의무가 있다고 생각할 따름이에요. 직업상 그럴 필요가 있으니까요. 안 그래요, 발데마르! 그리고 이분은 제 남편을 배우로서 인정하는 것이 단지 그림엽서와 어떤 화보 잡지에서 그이의 사진을 봤기 때문이라며 나로 하여금 그걸 믿게 만들려 하죠. 잠자코 있어요, 발데마르. 나는 당신을 잘 안답니다.」

향유고래는 마치 우리가 자신이 아닌 다른 사람 이야기를 하는 양 군다. 그는 책장에서 책 한 권을 가져와 페이지를 넘긴다. 하지만 화제의 중심에 서서 디나의 설명과 분석의 대상이 되는 일을 아주 즐기고 있는 기색이 완연하다.

「게다가……」이제 디나의 동생이 논쟁에 끼어든다.「음악은 우리 중 누구보다 졸그루프 씨에게 훨씬 강한 영향을 미치죠. 러시아의 영혼, 안 그래요? 졸그루프 씨에게는 언제나 곧장 모든 이미지가 보이죠. 어떤 풍경, 그리고 구름이 떠 있고 파도가 치고 태양이 지는 바다, 혹은 어떤 사람과 그의 움직임, 혹은 최근에 그 뭐였더라? 달아나는 화식조 무리였던 것 같네요. 그리고 뭐 알 수는 없지만 온갖 것을요.」

「최근에 한번은……」 디나가 이야기한다. 「제가 〈열정〉의 마지막 악장을 연주했는데, 발데마르, 욕설을 퍼붓는 어느 군인의 기이한 이미지를 떠올리신 게 〈열정〉이었죠?」

두 사람은 벌써 그 정도 사이가 되었군, 나는 엄청난 노여움과 쓰라림을 느끼며 생각했다. 그녀는 그에게 베토벤 소나타를 연주해 주는 것이다. 우리 관계도, 디나와 나의 관계도 한때 그렇게 시작되었다.

향유고래가 손에서 책을 놓는다.

「열정 3악장.」 그가 생각에 잠겨 말하고는 몸을 뒤로 기대며 눈을 감는다. 「보입니다. 3악장 중에 보여요. 선명하게요. 이제는 그 선명함을 표현할 수 없지만요. 그런 순간에는 그 제복에 달린 단추 하나하나를 묘사할 수 있을 겁니다……. 의족을 한 불구자가 보여요. 나폴레옹 전쟁기의 늙은 상이군인이 욕설을 퍼붓고 호통을 치며 절뚝절뚝 방 안을 가로지르는군요.」

「욕설을 퍼붓고 호통을 친다고요? 불쌍한 자 같으니! 아껴서 모은 몇 푼을 잃었나 보군요.」

나는 이 말을 전혀 아무 의도 없이 했다. 아무것도 생각지 않고 그저 농담 삼아 한 것이다. 그런데 바로 다음 순간, 벌써 나는 이 말이 필시 얼마나 곤혹스러운 효과를 낳을지 깨닫는다. 실제로도 그렇다. 고르스키 박사는 못마땅하게 고개를 흔든다. 펠릭스는 성나고 격분한 눈빛으로 나를 쏘아보며 휜 붕대를 감은 손을 들어 입에 갖다 대면서 주의를 준다. 그리고 디나는 심하게 충격을 받고 놀란 눈으로 나를 바라본다. 혼란스러운 침묵 속에 모든 것이 멈춘 순간, 나는 내 얼굴이 당황하여 빨개지는 것을 느낀다. 그런데 오이겐 비쇼프는 이 모든 일을 전혀 눈치채지 못했다. 그가 엔지니어에게로 몸을 돌린다.

「나는 당신의 생생한 상상력을 자주 부러워했죠, 졸그루프 씨.」그가 말했다. 관객의 우상이자 연극 학교의 영웅은 이 순간 아주 의기소침해 보인다. 「배우가 되셨어야 하는 건데, 친애하는 졸그루프 씨.」

「당신이 그런 소리를 합니까, 비쇼프 씨?」고르스키 박사가 격하게 느껴질 정도로 외쳤다. 「여러 형상과 인물로 가득한 당신이요? 당신 머릿속에는 온갖 형상과 인물이 무더기로 있잖습니까. 왕과 폭도, 재상, 교황, 살인자, 악한, 대천사, 거지, 그리고 하느님까지.」

「하지만 나는 그들 중 단 하나라도 살아 있는 듯 눈앞에 그린 적이 없습니다. 졸그루프가 의족을 한 상이군인을 그리듯 말입니다. 나는 그들의 그림자만을 본 거지요. 색채와 형체 없이, 때로는 이 사람과 때로는 저 사람과 닮은 구름의 형상만을요. 내가 졸그루프처럼 제복의 단추를 묘사할 수 있다면 어떤 연기자가 되었을지!」

나는 그의 말에서 울리는 절망감을 이해한다. 그는 나이가 들었고, 더 이상 위대한 오이겐 비쇼프가 아니다. 사람들은 그로 하여금 그것을 느끼게 한다. 그리고 그 자신도 그것을 느낀다. 하지만 그는 그것을 거부하고 인정하려 들지 않는다. 불쌍한 친구여, 다가올 세월, 몰락의 세월이 얼마나 절망적이고 처량할지!

그런데 불현듯 내가 극장장과 나눈 대화가 머릿속에 떠오른다. 만약 그때 그 말을 누군가 오이겐 비쇼프에게 몰래 전한다면, 만약 내가 직접 그 말을 전한다면……. 〈친애하는 오이겐, 당신도 알다시피 나는 당신네 극장장과 친분이 있습니다. 우리는 여러 가지 일에 관해 이야기를 나눴지요. 그런데 최근에 말입니다……. 당신에게 이야기해 드리죠. 이 일을 계속해서 너무 심각하게 받아들이지는 않으시겠지요……. 최근에 그가 말하길, 물론 그냥 농담입니다만…….〉

맙소사, 이 무슨 얼토당토않은 생각인가! 제발 그 이야기가 그의 귀에 들어가지 않기를. 그럼 끝장일 테니. 그는 마음이 매우 여리고 불안정한 사람이다. 미약한 한 줄기 바람도 그를 고꾸라뜨릴 수 있다!

디나의 동생이 이제 열심히 그를 위로한다. 이 착한 젊은이는 자신이 아는 연극 전문 용어를 총동원한다. 심리학적 세밀화, 작품의 정신을 파고들기, 뭐 이런 말들을. 하지만 오이겐 비쇼프는 고개를 가로젓는다.

「나를 속이지 말게, 펠릭스!」 그가 말했다. 「내게 무엇이 부족한지 자네도 나만큼 잘 알지 않나. 자네가 이야기하는 것, 그래 매우 맞는 말이야. 하지만 그건 중요한 게 아니야. 전부 습득할 수 있는 거라고, 정말이야. 아니면 자신 앞에 과제가 주어짐과 동시에 저절로 이루어지지. 창조적 상상력, 오직 이

것만은 습득할 수 없어. 가졌거나 가지지 않았거나 둘 중 하나지. 무(無)로부터 하나의 세계를 만들어 가는 상상력, 나한테는 그게 없어. 그리고 다른 많은 이들, 대부분의 사람들도 그렇고. 그래, 물론 당신이 말하려는 게 뭔지 알아, 디나. 나는 성공한 사람이야. 어떤 능력을 가졌지. 신문들은 나에 관해 자기들이 원하는 기사를 쓰고 싶어 하고. 그런데 말이야, 당신들 중 누구든 내가 실제로는 얼마나 냉철하고 건조한 사람인지 어렴풋이나마 알기는 해? 어떤 사람에게 평온을 빼앗고 잠 못 이루게 할 무슨 일이 벌어졌다 치자고. 그 사람은 분명 등골이 오싹할 테지. 한밤중의 공포가 그를 덮치고 뒤흔들 거야. 하지만 그런 모든 일이 정말이지 나한테는 마치 아침 식사 중에 신문에서 사고 기록을 훑어보는 것과 별 차이가 없다고.」

「오늘 신문을 읽었습니까?」 내가 물었다. 나는 페테르부르크의 노동자 봉기를 생각하고 있었다. 비쇼프는 사회 문제에 관심이 많다.

「아뇨, 신문은 아직 못 봤습니다. 오늘 아침에 찾았는데 안 보이더군요. 디나, 신문이 어디 간 거지?」

디나는 얼굴이 새하얘졌다가 새빨개졌다가 다시 새하얘졌다. 맙소사, 당연한 일이다. 그의 거래 은행이 파산했다는 토막 기사가 실린 신문을 그가 보지 못하게 숨겨 두었다는 것을 충분히 미리 생각할 수 있었는데. 또다시 이러다니 참 장하다. 나는 어설픈 짓을 연달아 저지른다.

하지만 디나는 재빨리 자제력을 되찾았고, 전혀 대수롭지 않은 일을 이야기하는 듯한 어조로 가볍게 말한다.

「신문? 정원 어딘가에 놓여 있는 걸 본 것 같은데. 금방 다시 찾을 수 있어. 그런데 당신 방금 전에 몹시 흥미로운 이야기를 시작했잖아, 오이겐. 이야기 좀 계속해 봐.」

내 옆에 디나의 동생이 서서 입술을 움직이지 않으면서 아주 나지막이 쏘아 댄다.

「당신의 실험을 계속할 생각입니까?」

이게 무슨 소리인가? 무슨 뜻으로 이런 말을?

나는 무심결에 순간적으로 경솔한 짓을 한 것뿐이다. 그게 전부다. 달리 뭘 어쨌어야 했다는 말인가?

4

오이겐 비쇼프가 왔다 갔다 한다. 그는 무언가에 몰두해 있다. 어떤 생각을 말로 정돈하고 있는 것처럼 보인다. 갑자기 그가 내 앞에 멈춰 서서 나를 바라본다. 내 얼굴을 똑바로 쳐다본다. 심란하고 불안한 표정을 하고 탐색하는 눈빛으로, 거의 의심하는 눈빛으로. 왜 그런지 이유는 잘 모르지만, 내게는 이 시선이 불편하다.

「이상한 일이 하나 있습니다, 남작님.」그가 말한다. 「이 이야기를 들으면 기분이 오싹할 수 있습니다. 아마 오늘 밤 늦도록 잠을 못 이룰 겁니다. 그런 일이지요. 그런데 여기…….」그리고 오이겐 비쇼프는 자기 이마를 세게 두드린다. 「여기에 제 신경이 있습니다. 신경은 불안해지는 걸 싫어하죠. 이 녀석이 협조해 주려 들지 않는군요. 신경은 사소한 일상사들, 매일 반복되는 삶을 위해서만 존재합니다. 하지만 두려움과 공포와 경악과 미칠 듯한 불안, 이런 것들에는 쓸모가 없습니다. 이런 것들을 위한 기관이 내게는 없습니다.」

「그래도 이야기 좀 해봐요, 비쇼프 씨.」고르스키 박사가 그의 말을 끊는다.

「이 사건이 어떤 점에서 특이한지를 여러분에게 납득시킬 수 있을지 잘 모르겠군요. 아시다시피 저는 결코 이야기에는 재주가 없으니까요. 어쩌면 이 모든 일이 여러분에게는 그다지 흥미진진하지 않을지도 모릅니다. 말했다시피…….」

「사설이 길군요, 오이겐. 시작해 봐요!」엔지니어가 말하고는 담뱃재를 비벼서 턴다.

「좋습니다. 내 이야기를 잘 듣고 나서 각자 원하는 대로 생각해 보시길. 이야기는 이렇습니다. 나는 얼마 전에 한 젊은 해군 장교를 알게 됐어요. 그는 집안 문제를 정리하기 위해 몇 달 동안 휴가를 받았지요. 그가 처리해야 했던 집안 문제란 독특한 성격의 것이었습니다.

그에게는 이 도시에 사는 남동생이 하나 있었습니다. 동생은 화가이자 아카데미 학생이었죠. 그의 동생은 재능이 탁월했던 것 같습니다. 나는 그의 작업 중 몇 가지를, 〈아이들 무리〉, 〈간호사〉, 〈목욕하는 아가씨〉를 보았거든요. 그런데 이 젊은이가 어느 날 자살을 했습니다. 전혀 아무런 동기가 없는 자살이었죠. 그런 절망적인 행위를 저지를 이유가 조금도 없었습니다. 빚이 있었던 것도 아니고, 다른 돈 문제가 있었던 것도 아니고, 연애 문제도 질병도 없었지요. 요약하자면 그 사건은 굉장한 미스터리였습니다. 그리고 그 젊은이는…….」

「그런 사건은 생각보다 훨씬 자주 일어나지요.」고르스키 박사가 한마디 했다. 「경찰 조서에서는 보통 〈순간적인 정신 착란〉이란 표현으로 둘러맞추곤 하죠.」

「그렇습니다. 당시에도 그랬지요. 하지만 유족은 성에 차지 않았습니다. 부모가 보기에는 무엇보다 아들이 유서도 남기지 않았다는 사실이 납득이 가지 않았습니다. 그런 경우 보통 남기기 마련인 〈사랑하는 부모님, 저를 용서하세요. 하지만 달리 어쩔 수가 없었어요〉라는 짧은 글 한 줄도 죽은 이의 서류에서 전혀 발견할 수 없었으니까요. 이전 편지들에서도 그에게 어떤 자살 의도가 있거나 생겼다고 추론할 수 있을 만한 말은 단 한마디도 없었고요. 그렇기에 유족은 그가 자살했다고 믿지 않았고, 그의 형이 빈으로 가서 사건의 진상을 밝힐 임무를 맡은 겁니다.

이 장교는 확고한 계획을 가지고 있었고, 온 힘을 다해 끈기 있게 계획을 추진해 나갔습니다. 그는 동생이 살던 집으로 이사했습니다. 동생의 습관들, 심지어는 하루 일과도 그대로 따랐습니다. 그리고 동생이 교제하던 모든 이들과 알고 지내려 했습니다. 그 밖에 사람들과 사귈 기회는 피했고요. 그는 아카데미 학생이 되어 스케치를 하거나 그림을 그렸고, 동생의 단골 카페에서 날마다 몇 시간을 보냈습니다. 자신의 계획을 얼마나 시종일관 밀고 나갔던지 죽은 동생의 옷을 입고, 심지어 동생이 듣던 이탈리아어 초급 강좌에 등록할 정도였죠. 그는 해군 장교로서 이탈리아어에 완벽히 통달했으면서도 꼬박꼬박 한 치의 오차도 없이 수업 시간을 지켰습니다. 자신이 이런 식으로 하다 보면 언젠가는 틀림없이 그 수수께끼 같은 자살의 원인과 맞닥뜨릴 것이라는 확신을 가지고 이 모든 일을 했습니다. 그의 확신은 무엇에도 흔들리지 않았습니다.

　그는 본래 다른 사람의 삶인 이 삶을 꼬박 두 달 내내 살아
갔습니다. 이 기간 동안에 그가 자신의 목표에 가까워졌는지
는 모르겠습니다. 그러던 어느 날 그는 몹시 늦게 집에 돌아
왔습니다. 그의 방으로 식사를 가져다주던 집주인 여자에게
그의 늦은 귀가는 주목을 끌었지요. 왜냐하면 평소 분 단위
로 딱딱 짜인 그의 생활 방식과 모순되었으니까요. 그는 차
가워진 음식을 두고 몇 마디 짜증 섞인 말을 했으나, 특별히
기분이 나쁜 것은 아니었습니다. 그는 저녁에 오페라를 보러
갈 생각이라고 이야기했고, 부디 아직 표가 있었으면 좋겠다
고 했지요. 그리고 11시가 되면 저녁 식사로 차가운 음식을
방으로 가져다달라고 부탁했습니다.

　15분 뒤 부엌일하는 여자가 블랙커피를 가지고 갔습니다.
문이 잠겨 있었지만, 장교가 방 안에서 왔다 갔다 하는 소리
를 들을 수 있었습니다. 그녀가 문을 두드리고 말했습니다.
〈커피예요, 소위님!〉 그러고는 문 앞 의자에 잔을 올려 두었
지요. 얼마 후 그녀가 빈 잔을 가지러 돌아왔습니다. 커피는
여전히 문 앞에 건드리지 않은 채로 있습니다. 그녀는 문을
두드렸지만 아무 대답이 없습니다. 그녀는 가만히 귀를 기울
여 봅니다. 아무 움직임도 없습니다. 그런데 갑자기 모르는
언어로 말하는 소리와 함께 짧게 외치는 소리가 들립니다.
그리고 곧이어 시끄러운 비명 소리가 들립니다.

　그녀는 문을 흔들고, 소리를 지르고, 요란을 피웁니다. 집
주인도 와서 두 사람이 함께 문을 부숴 엽니다. 방 안은 비어

있습니다. 그런데 창이 열려 있고, 길거리에서 시끄러운 소리가 들려옵니다. 이제 두 사람도 무슨 일이 일어났는지 알게 됩니다. 아래에서 사람들이 시체 주위로 몰려듭니다. 젊은 장교가 30초 전에 창문에서 뛰어내린 것입니다. 책상에는 불타는 담배가 아직 놓여 있습니다.」

「창문에서 뛰어내렸다고요?」 엔지니어가 오이겐 비쇼프의 말을 끊었다. 「놀라운 일이군요. 장교니까 분명 총을 가지고 있었을 텐데.」

「네, 맞아요. 책상 서랍 안에서 리볼버가 발견되었죠. 멀쩡했지만 장전되어 있지는 않았어요. 9밀리미터 구경 군용 리볼버였죠. 같은 서랍에 탄약이 있었고요. 탄환이 꽉 찬 온전한 한 상자가.」

「그다음, 그다음요!」 고르스키 박사가 재촉했다.

「그다음이라고요? 이게 전부입니다. 그는 자기 동생처럼 자살을 했습니다. 그가 수수께끼의 해답을 찾았는지 못 찾았는지 나는 모릅니다. 하지만 만약 해답을 찾았다면, 아마도 그에게는 그 비밀을 지니고 갈 이유가 있었겠죠.」

「그게 무슨 소리입니까?」 고르스키 박사가 소리쳤다. 「무슨 글이라도 남겼을 것 아닙니까. 자기 행동을 정당화하는 글을요. 최소한 부모를 위해서라도 설명 한 줄 남겼을 것 아닙니까.」

「그렇지 않습니다.」

아주 단호한 어조로 이렇게 대답한 것은 오이겐 비쇼프가 아닌 엔지니어였다. 이제 그가 말을 이었다.

「그 장교에게 시간 여유가 없었다는 걸 모르시겠습니까? 그에게 시간이 없었다, 이것이 이 사건에서 이상한 점입니다. 그는 더 이상 리볼버를 꺼내 장전할 수 없었습니다. 무슨 수로 유서를 쓸 시간을 찾는단 말입니까?」

「틀렸어요, 졸그루프 씨.」 오이겐 비쇼프가 말했다. 「그 장교는 메시지를 하나 남겼어요. 물론 메시지는 단 한 단어였죠. 아니면 오히려 한 단어의 파편이라고나 할까⋯⋯.」

「나는 그걸 군대식 간결성이라 부르지요.」 고르스키 박사가 말하고는 장난스럽게 내게 눈을 찡긋하면서 자신이 이 모든 것을 지어낸 이야기로 여긴다는 암시를 주었다.

「그러고 나서⋯⋯.」 오이겐 비쇼프가 자신의 이야기를 마무리 지었다. 「연필 끝이 부러졌습니다. 종이의 그 부분에 넓게 찢어진 자국이 있었지요.」

「그런데 그 단어가 뭐였지요?」

「굉장히 서둘러서 끼적여 놓았죠. 거의 알아볼 수 없게. 그 단어는 〈끔찍해〉였습니다.」

우리 중 누구도 말 한마디 없었다. 엔지니어만이 짧고 날카롭게 〈아〉 소리를 내뱉으며 놀라움을 표했다.

아까 디나가 일어나 전기등을 켜놓았었다. 방 안은 지금 환했다. 하지만 나를, 우리 모두를 사로잡은 압박감은 가실 줄 몰랐다.

고르스키 박사만이 이 이야기에 대해 회의적이었다.

「솔직히 말해 봐요, 비쇼프 씨!」 그가 말했다. 「우리를 오싹하게 하려고 죄다 지어낸 이야기잖습니까.」

오이겐 비쇼프가 고개를 저었다.

「아닙니다, 박사님. 아무것도 지어내지 않았습니다. 이 모든 일은 일어난 지 몇 주가 채 되지 않았습니다. 그 일은 내가 이야기한 것과 정확히 똑같이 일어났습니다. 그래요, 우리는 가끔 기이한 일에 부닥치지요, 박사님. 믿으셔도 좋습니다. 당신은 이 일에 대해 어떻게 생각하시나요, 졸그루프 씨?」

「살인이에요!」엔지니어가 간명하게 말했다. 「매우 범상치 않은 유의 살인. 확실해요. 그런데 누가 범인일까요? 범인이 어떻게 그 방에 들어갔고, 어디로 사라진 걸까요? 혼자 있을 때 이 일을 한번 철저히 따져 가며 생각해 봐야겠어요.」

그가 자기 시계를 힐끗 보았다.

「시간이 늦었군요. 이제 가봐야겠습니다.」

「말도 안 되는 소리. 여러분 모두 남아서 저녁 식사를 해야 합니다.」오이겐 비쇼프가 선언했다. 「그런 다음 다 함께 좀 더 앉아서 보다 유쾌한 주제를 가지고 이야기를 나누죠.」

「가령 여기 모인 예술 좀 아는 손님들에게 당신이 맡은 새로운 배역의 대사를 좀 들려주시면 어떨까요?」고르스키 박사가 물었다.

오이겐 비쇼프는 며칠 후 처음으로 리처드 3세를 연기할 터였다. 모든 신문에 기사가 났었다. 하지만 고르스키 박사의 제안은 그의 마음에 들지 않는 듯했다. 그는 입가를 찡그렸고, 이마에는 주름이 잡혔다.

「오늘은 안 됩니다.」그가 말했다. 「다음 기회에 들려드리죠.」

디나와 그녀의 동생이 적극적으로 그를 설득하기 시작했다.「도대체 왜 오늘은 안 되는 거죠? 괜히 그러지 말고! 모두가 기대하고 있는데.」

「당신을 개인적으로 아는 영예를 가진 사람이라면 칸막이석과 1층석의 불쌍한 서민들에 앞서 특권을 누리고 싶어지는 법이잖습니까, 비쇼프 씨.」고르스키 박사가 고백했다.

오이겐 비쇼프는 고개를 가로저으며 안 된다는 입장을 고수했다.

「아니, 오늘은 안 됩니다. 안 돼요. 여러분은 완전히 서투른 대사를 듣게 될 겁니다. 그런 건 원치 않아요.」

「좋은 친구들 앞에서 일종의 리허설을 한다 치고.」엔지니어가 제안했다.

「아니, 채근하지 마세요. 평소라면 나는 정말이지 그런 청에 기꺼이 응합니다. 나 자신에게도 즐거운 일이고요. 하지만 오늘은 안 됩니다. 머릿속에서 리처드의 이미지를 아직 만들지 못했어요. 그를 눈앞에 떠올리고 그의 모습을 보아야 해요. 그래야……」

고르스키 박사는 언뜻 포기한 것 같았다. 그러나 그는 다시금 내게 눈을 찡긋했다. 왜냐하면 그는 이 배우의 저항을 극복하기 위한 훌륭하고 숱하게 검증된 방법을 하나 가지고 있었고, 그것을 사용할 요량이었기 때문이다. 그는 몹시 교활하게 대응하면서 태연한 얼굴로 지극히 평범한 어느 베를린 배우에 관해 이야기하기 시작했다. 이 배우가 그 배역을 연기하는 모습을 보았다는 것이었다. 그는 이 연기자에 대해

격찬의 말을 늘어놓았다.

「아시다시피, 비쇼프 씨, 나는 열광적인 관객은 아닙니다만 그 젬블린스키는 말이죠, 그야말로 환상적입니다. 얼마나 착상이 기발한지! 그가 궁전 계단에 앉은 모습, 공중으로 장갑을 던졌다 다시 받고 햇볕을 쬐는 고양이처럼 기지개를 켜는 모습이란! 그러고 나서 독백을 구성하는 방식은 또 어떻고요!」

그러고 나서 고르스키 박사는 오이겐 비쇼프가 이 훌륭한 연기를 상상하도록 격정 가득하고 열렬한 동작과 함께 대사를 읊기 시작한다.

「〈멋진 신체 형상이 도둑맞아 자연의 속임수에 얼굴을 잘리고 말았으며 ―〉[9]

그는 스스로 대사를 끊고 다음과 같이 논평했다.

「아니, 반대지. 먼저 〈잘리고 말았으며〉가 오고 이어서 〈도둑맞아〉. 뭐 상관없어.

〈되다 말고 찌그러져 ―〉 ― 그다음이 뭐더라? ― 〈절반도 되기 전 ―〉」

「그만요, 박사님!」 비쇼프가 우선은 아주 부드러운 태도로 그를 제지했다.

「〈달수를 못 채우고 세상에 나왔다〉 ― 방해하지 마세요 ― 〈게다가 절름대는 병신 꼴이라 절뚝이고 지나가면 개들이 짖어 대 ―〉」

9 윌리엄 셰익스피어, 『셰익스피어 전집』, 이상섭 옮김(서울: 문학과 지성사, 2016), 199쪽. 이하 「리처드 3세」의 대사는 모두 이 번역을 인용했다.

「그만!」 오이겐 비쇼프가 소리치고는 두 주먹으로 귀를 틀어막았다. 「그만두라고요! 도저히 못 참겠으니.」

고르스키 박사는 흔들림이 없었다.

「〈그래서 걔들처럼 소곤대는 일상을 즐겁게 만들 만한 연인은 못 되니까 악한이 될걸 단단히 결심했어 ─〉」

「그만두지 않으면 목을 비틀어 버리겠습니다.」 오이겐 비쇼프가 그에게로 달려들었다. 「제발요. 당신은 이 글로스터를 감상적인 어릿광대로 만들고 있어요. 리처드 3세는 사내이자 왕이지 히스테리를 부리는 어릿광대가 아니라고요. 젠장.」

오이겐 비쇼프는 그 배역에 사로잡혀 방 안에서 왔다 갔다 하기 시작했다. 돌연 그가 멈춰 섰다. 이제 정확히 고르스키 박사가 예견한 대로 되었다.

「리처드를 어떻게 연기해야 하는지 보여 드리겠습니다. 일단 쉬었다가요. 곧 독백을 들려드리지요.」

「나도 나름대로 이 인물을 파악하고 있습니다.」 고르스키 박사가 냉정한 태도로 뻔뻔스레 말했다. 「그렇지만 부탁드립니다. 〈당신〉은 배우니까요. 기꺼이 가르침을 받죠.」

오이겐 비쇼프가 고약스러운 경멸이 가득 담긴 음험한 눈빛으로 그를 힐끗 보았다. 이제 막 셰익스피어의 왕으로 변신하려는 찰나, 그는 자기 앞에서 고르스키 박사 대신 왕의 가엾은 형 클라렌스를 보았다.

「주목!」 그가 명했다. 「얼른 별채로 가겠습니다. 그사이 창문을 열어 두십시오. 연기 때문에 못 참겠군요. 금방 돌아오겠습니다.」

「분장을 하려고요?」 디나의 동생이 물었다. 「그럴 필요가 뭐 있어요? 분장은 그만두죠.」

오이겐 비쇼프의 눈빛이 일렁이며 광채를 발했다. 그는 내가 전에 결코 본 적이 없는 흥분에 빠져 있었다. 그리고 뭔가 아주 이상한 말을 했다.

「분장이라고? 아니, 나는 제복의 단추를 보려고 하네. 한동안 혼자 있어야 해. 금방 돌아오겠네.」

그가 밖으로 나갔다가 금방 되돌아왔다.

「잘 들어요. 당신의 젬블린스키, 당신의 위대한 젬블린스키 말입니다. 그가 어떤 사람인지 아십니까? 멍텅구리죠. 한번은 그가 이아고[10] 역을 하는 걸 봤습니다. 그야말로 재앙이었죠!」

그러고 나서 그는 밖으로 나갔다. 나는 그가 서둘러 정원을 지나가는 모습을 보았다. 그는 혼잣말을 하며 제스처를 취했다. 그는 벌써 베이너드의 성에, 리처드 왕의 세계에 있었다. 그렇게 달려가는 중에 그는 하마터면 늙은 정원사를 밀쳐 넘어뜨릴 뻔했다. 바깥 역시 어두워졌음에도 정원사는 여전히 잔디밭에 무릎을 꿇고 앉아 풀을 베고 있었다. 곧이어 오이겐 비쇼프의 형체가 사라졌다. 잠시 후 별채에서 창이 밝아졌고, 침묵하는 넓은 밤 정원에 흔들리는 빛과 움직이는 그림자를 흩뿌렸다.

---

10 셰익스피어의 희곡 「오셀로」의 등장인물.

5

고르스키 박사는 잘못된 격정을 분출하고 우스꽝스러운 동작을 남발해 가며 셰익스피어의 희곡 시구를 낭송하는 일을 아직도 그치지 않았다. 오이겐 비쇼프가 방에서 나갔기에 이제 그는 순수한 열정 때문에, 고집 때문에, 그리고 기다리는 시간 동안 지루하지 않을 요량으로 그 일을 했다. 이제 그는 완전히 광란에 빠져 「리어 왕」의 구절을 낭송했고, 순간 떠오르는 멜로디를 가지고 약간 쉰 목소리로 고집스럽게 바보의 노래를 불러 대는 바람에 우리 모두의 짜증을 불러일으켰다. 그동안 엔지니어는 말없이 안락의자에 앉아 연이어 담뱃불을 붙였고, 발치의 양탄자 무늬를 관찰했다. 젊은 해군 장교의 이야기가 그의 마음을 뒤흔들고 있었다. 엔지니어는 그 자살 사건의 수수께끼 같고 비극적인 상황에 계속 몰두했다. 이따금 그는 움칫했으며, 마치 드물고 이해할 수 없는 현상을 보는 듯 놀란 눈으로 고개를 저으며 노래하는 박사를 바라보았다. 그는 박사를 이성적인 사실의 세계로 다시 데려오려 시도했다.

그는 몸을 앞으로 숙이며 고르스키 박사의 손목을 단호하게 낚아챘다.

「들어 보십시오, 박사님. 그 사건에서 도통 알 수 없는 게 있습니다. 잠시만, 제발, 말 좀 들어 보십시오! 한번 가정해 봅시다. 그게 자살이었다고요. 그리고 그 자살이 한순간의 결심에서 비롯되었다고요. 좋아요, 그렇다면 제가 묻겠습니다. 왜 그 장교는 15분 전에 미리 방문을 잠갔던 걸까요? 아직 자살은 전혀 생각도 하지 않는데 문을 잠근다, 무슨 목적으로 그랬을까요? 설명해 주십시오, 부탁입니다!」

　　그대의 땅을 줘버리라고
　　그대에게 충고한 그 대신을 데려다가
　　내 옆에 세워 놓고
　　그대가 그 사람 역을 하시오![11]

　그러고는 못마땅하게 거부하는 동작, 파리 같은 걸 쫓을 때 하는 동작. 고르스키 박사가 준 대답은 그게 전부였다.

「바보짓 좀 그만두십시오, 박사님!」엔지니어가 말했다. 「15분 전에 미리 문을 잠근다. 그에게는 준비할 시간이 충분하다고 봐야 합니다. 그러고 나서 창밖으로 뛰어내린다. 하지만 책상 서랍에 리볼버에다가 꽉 찬 탄약 상자를 가지고 있는 장교라면 그러지 않는 법입니다.」

11　윌리엄 셰익스피어, 『리어 왕』, 박우수 옮김(파주: 열린책들, 2012), 43쪽.

고르스키 박사는 이 모든 생각과 추리에도 아랑곳없이 셰익스피어의 시구를 계속 낭송했다. 아름다운 환상이 그를 사로잡고 있었다. 키 작고 약간 불구인 그가, 무아지경에 빠진 난쟁이가 방 한가운데 서서 노래를 부르며 상상 속 류트의 현을 퉁기는 광경은 우스꽝스러웠다.

달콤한 바보광대와 독설 바보광대가
곧장 등장하리라 —[12]

엔지니어는 결국 그를 자신의 생각에 동참시키려는 시도가 가망이 없다는 것을 깨닫고 나에게로 몸을 돌렸다.

「이건 참으로 모순입니다. 당신도 그렇게 생각하지 않습니까? 우리가 집에 가기 전에 제가 오이겐 비쇼프에게 그 점을 묻는 것을 잊지 않도록 부탁드립니다.」

「그런데 누나는 어디 간 거죠?」 펠릭스가 불쑥 물었다.

「방에서 나가길 잘한 거죠. 연기가 너무 자욱하니까요.」 엔지니어가 말하고는 자신의 담배꽁초를 재떨이로 던졌다. 「고백컨대 *magna pars fui*(내가 큰 몫을 했죠). 창문을 열어 두었어야 했는데, 깜빡했군요.」

내가 밖으로 나가 조용히 문을 닫을 때 아무도 관심을 두지 않았다. 나는 정원에서 디나를 찾을 생각이었다. 나는 잔디밭 양쪽의 자갈길을 걸으며 이웃집 정원의 나무 울타리까지 돌아보았다. 하지만 그녀가 자주 가곤 하는 장소 중 어디

12 앞의 인용 부분과 이어지는 구절.

에서도 그녀를 보지 못했다. 비탈 아래쪽의 정원 탁자에 책한 권이 펼쳐진 채 놓여 있었다. 최근 내린 비나 밤이슬에 젖어 책장이 축축하게 느껴졌다. 한번은 벽이 움푹 들어간 곳에서 어떤 형체를 본 것 같았다. 디나다, 하고 나는 생각했다. 하지만 가까이 다가가서 보니 원예 도구들이었다. 빈 물뿌리개 두 개, 바구니, 똑바로 선 갈퀴, 그리고 찢어진 해먹이 바람에 움직이고 있었다.

내가 얼마나 오래 정원에 머물렀는지는 모르겠다. 어쩌면 긴 시간이었는지도. 어쩌면 나무줄기에 기대고 서서 몽상에 잠겼는지도.

별안간 방에서 요란한 소리와 함께 큰 웃음소리가 들려왔다. 누군가의 손이 가장 낮은 옥타브부터 가장 높은 날카로운 음까지 올라가며 활기차게 피아노 건반을 훑었다. 펠릭스의 형체가 거대하고 어두운 그림자처럼 열린 창에 나타났다.
「이봐요! 오이겐!」 그가 정원에 대고 외쳤다. 「아니, 남작님이신가요?」
그의 목소리가 갑자기 근심 어리고 불안하게 울렸다.
「어디 계셨던 거죠? 어디서 오시는 건가요?」
그의 뒤로 고르스키 박사가 보였다. 그 역시 나를 알아보았고, 낭송하듯 말하기 시작했다.
「나 여기 달빛 속에서 그대를 만나니 ―」
그가 말을 멈추었다. 다른 두 사람 중 하나가 그를 억지로 창문에서 떼어 냈던 것이다. 그리고 그가 이렇게 외치는 소리만 들렸다.

「방자한 것! 하!」

이어서 정적이 감돌았다. 그들의 머리 위로 저택 2층이 갑자기 밝아졌다. 디나가 베란다에 나타나 스탠드의 우윳빛 불빛에 에워싸인 채 저녁 식탁을 차렸다.

나는 저택으로 돌아가 베란다로 이어지는 나무 계단을 올랐다. 디나가 발걸음 소리를 듣고는 내 쪽으로 고개를 돌리며 손차양을 했다.

「당신인가요, 고트프리트?」 그녀가 말했다.

나는 말없이 디나의 맞은편에 앉았고, 그녀가 접시며 잔을 탁자의 하얀 리넨 위에 놓는 모습을 지켜보았다. 나는 그녀가 깊고 일정하게 숨 쉬는 소리를 들었다. 그녀는 꿈 없이 자는 아이처럼 숨을 쉬었다. 바람이 불어와 밤나무 가지를 휘며 흔들었고, 가을이 되어 시든 나뭇잎들의 작은 기마행렬을 자갈길 위로 쓸어 왔다. 아래 정원에서는 늙은 정원사가 여전히 일하고 있었다. 그가 불을 붙인 등불은 그의 옆 잔디밭에 놓여 있었다. 흐릿한 등불 빛은 별채 창문에서 넓고 평온하게 흘러나오는 밝은 불빛과 뒤섞였다.

갑자기 나는 움찔했다.

누군가가 내 이름을 외쳤다. 「요슈!」 단지 내 이름만. 그게 다였다. 하지만 그 목소리의 울림 속에는 나를 소스라치게 하는 무언가가 있었다. 분노, 비난, 혐오, 놀라움 같은 것이…….

디나가 일을 멈추고 바깥을 향해 귀를 기울였다. 이어서 뭔가 묻는 듯 놀란 눈으로 나를 쳐다보았다. 「오이겐이에요.」 그녀가 말했다. 「뭐 때문일까요?」

그리고 이제, 또다시 오이겐 비쇼프의 목소리. 「디나! 디나!」 그가 소리친다. 그런데 그의 목소리는 이제 완전히 다르게 들린다. 이번에는 분노나 놀라움이 아니라 고통, 비탄, 그리고 한없는 절망이 목소리에서 느껴진다.

「여기 있어, 오이겐! 여기!」 디나가 외치고는 정원을 향해 한껏 몸을 숙인다.

2초, 3초 동안 대답이 없다. 그리고 총성이 한 발 울린 데 이어 또 한 발 울린다.

나는 디나가 화들짝 물러나는 모습을 보았다. 그녀는 말하지도, 움직이지도 못하고 서 있었다. 나는 그녀 곁에 머무를 수 없었다. 아래로 내려가 무슨 일이 일어났는지 보아야 했다. 처음 순간 나는 두 명의 침입자를 생각했던 것 같다. 과일을 훔치려고 정원 울타리를 기어오른 침입자를. 어쩌다 그리 되었는지는 모르겠으나 나는 정원으로 내려가는 대신 중이층에 있는 완전히 낯선 어두운 방으로 들어서고 말았다. 나는 출구도, 창문도, 빛도 찾지 못했다. 사방이 벽이었다. 무언가 딱딱하고 모서리 진 것에 이마를 아프게 부딪쳤다. 1분 동안 나는 어둠 속을 헤매면서 벽을 더듬거렸다. 점점 더 격분하며, 점점 더 어찌할 바를 모르고.

그러고 나서 나는 발걸음 소리를 들었다. 문 하나가 열리고 암흑 속에서 성냥 하나가 불타올랐다. 내 앞에 엔지니어가 서 있었다.

「뭡니까?」 내가 온통 두려워하고 불안해하면서, 그러나 이제 마침내 밝아졌고 혼자가 아니라는 사실에 기뻐하면서 물었다. 「뭡니까? 무슨 일이 일어난 겁니까?」 침입자에 대한 생각이 선명한 그림으로 압축되었고, 나는 그것을 보았다고 확신했다. 이제는 마치 침입자가 셋인 것처럼 여겨졌다. 키가 작고 수염 난 사람은 정원 울타리 위에 매달려 있고, 다른 한 사람은 막 바닥에서 일어나려 하고, 마지막 사람은 덤불과 나무줄기 뒤에 몸을 숨기고 껑충껑충 별채로 달려갔다.

「무슨 일이 일어난 겁니까?」 내가 다시 한번 물었다. 성냥이 꺼졌고, 당혹한 눈빛으로 바라보는 엔지니어의 창백한 얼굴이 어둠 속으로 사라졌다.

「디나를 찾고 있습니다.」 그가 말하는 소리가 들렸다. 「디나가 그에게로 가면 안 됩니다. 끔찍한 일이에요. 우리 중 한 사람이 그녀 곁에 있어야 합니다.」

「디나는 저 위 베란다에 있습니다.」

「어떻게 그녀를 혼자 내버려 둘 수가 있습니까!」 그가 소리쳤다. 그런 후 그는 밖으로 나갔다.

나는 음악실로 갔다. 방 안은 비어 있었고, 의자 하나가 문 앞에 가로로 쓰러져 있었다.

정원으로 내려가자. 정원을 지나는 길은 너무도 길고 도무지 끝날 줄 몰랐기에 나는 한순간 고통스러운 초조함을 느꼈다. 그 초조함을 나는 아직도 기억한다.

별채 문은 열려 있었다. 나는 안으로 들어갔다.

방 안으로 시선을 던지기도 전에 나는 불현듯 알게 되었다. 무슨 일이 일어난 것인지. 침입자들과 싸움이 있었던 것이 아니라, 오이겐 비쇼프가 자살을 한 것이었다. 어떻게 갑자기 이를 확신하게 되었는지 나는 말할 수 없다.

그는 얼굴을 내 쪽으로 돌린 채 책상 옆 바닥에 누워 있었다. 상의와 조끼의 단추는 풀려 있었고, 쭉 뻗은 채 굳은 오른손에는 리볼버를 쥐고 있었다. 그는 넘어질 때 두 권의 책과 잉크스탠드, 그리고 이플란트[13]의 작은 대리석 흉상을 함께 떨어뜨린 모양이었다. 그의 옆에는 고르스키 박사가 바닥에 무릎을 꿇고 앉아 있었다.

내가 방으로 들어서는 순간, 오이겐 비쇼프는 아직 살아 있었다. 그가 눈을 떴고, 손이 경련하며 고개가 움직였다. 착각이었을까? 고통으로 살짝 찡그린 그의 얼굴은 나를 알아보자 — 내게는 그리 보였는데 — 이루 말할 수 없는 놀라움, 어찌할 바 모르는 경악의 표정을 지었다.

그는 몸을 일으키려 애썼고, 뭔가 말을 하려 했다. 하지만 신음과 함께 도로 쓰러졌다. 고르스키 박사가 그의 왼손을 잡고 있었다.

하지만 오이겐 비쇼프의 얼굴에 예의 수수께끼 같은 한없는 놀라움의 표정이 떠오른 것은 찰나에 불과했다. 이어서 그의 얼굴이 일그러졌고, 사나운 증오가 서린 찡그린 표정을 지었다.

13 August Wilhelm Iffland(1759~1814). 독일의 연극배우이자 감독이며 극작가.

그 증오로 가득한 시선은 그의 얼굴에 남아 있으면서 나에게 달라붙어 떨어질 줄 몰랐다. 그 시선은 나를, 오직 나만을 향한 것이었다. 하지만 나는 그 시선의 의미를 해석할 수 없었다. 그 시선이 나에게 무슨 말을 하려는 것인지 이해가 되지 않았다. 그리고 나는 나 자신도 이해가 되지 않았다. 내가 죽어 가는 사람을 앞에 두고 서서 공포도, 두려움도, 충격도 느끼지 않고 그저 그의 시선에 가벼운 불쾌감만 느끼며, 점점 커져 가는 양탄자 위 핏자국이 내게 닿지 않을까 걱정만 한다는 점을 설명할 수 없었다.

고르스키 박사가 일어났다. 한때 그토록 생동감이 넘치던 오이겐 비쇼프의 얼굴은 창백하게 굳어 침묵하는 가면이 되어 버렸다.

문에서 펠릭스가 외치는 소리가 들려왔다.

「누나가 와요! 벌써 정원에 있어요! 박사님, 어쩌죠?」

고르스키 박사가 벽에서 비옷을 집어 오이겐 비쇼프의 생명 없는 몸을 덮었다.

「누나한테 가주세요, 박사님!」 펠릭스가 부탁했다. 「누나한테 이야기 좀 해주세요. 난 못 해요.」

나는 디나가 정원을 가로질러 별채로 오는 모습을 보았다. 엔지니어가 함께 오면서 그녀를 잡아 두려 애쓰고 있었다. 돌연 끝없는 피로감이 나를 엄습했다. 더는 서 있기가 힘들어졌고, 잔디밭에 몸을 던진 채 쉬고 싶은 마음이 간절했다. 아무것도 아니야, 나는 스스로에게 말했다. 그냥 일시적인 무기력증일 뿐이야. 아까 너무 서둘러 정원을 달려왔나 봐.

그리고 디나가 별채 문으로 사라지는 동안 나는 기이한 체험을 했다.

귀먹은 정원사였다. 그가 잔디밭으로 몸을 숙인 채 내 옆에 서 있었다. 그는 아무 일도 일어나지 않은 양 여전히 일을 하고 있었다.

그에게는 아무 일도 벌어지지 않았다. 그에게는 모든 것이 이전과 같았다. 그는 비명 소리도, 총성도 듣지 못했다. 하지만 이제 그는 자신에게 머물러 있는 나의 시선을 느낀 듯했다. 왜냐하면 일어서서 나를 바라보았으니까.

「저를 부르셨군요, 나리.」 그가 말했다.

나는 고개를 가로저었다. 아니, 나는 그를 부르지 않았다.

하지만 그는 믿지 않았다. 그의 들리지 않는 귀로 먹먹하고 어지럽게 밀려들어 온 소음이 그로 하여금 누가 자기 이름을 불렀다는 어렴풋한 인상을 불러일으킨 것이었다. 「아뇨. 저를 부르셨습니다, 나리.」 그가 퉁명스러운 어조로 다시 말했다. 그러고는 일을 계속하는 동안 내게서 눈을 떼지 않았고, 불신의 눈초리로 옆에서 나를 바라보았다. 그리고 이제, 이제 비로소 공포가 나를 덮쳤다. 오이겐 비쇼프의 시체 옆에서는 느끼지 못했던 공포가 이제 갑자기 찾아왔다. 경악이 나를 뒤흔들었고, 등골이 오싹오싹했다. 아니! 나는 그를 부르지 않았어. 저기 서서 나를 노려보며 낫을 휘둘러 풀 줄기를 베는 모습. 저 사람은 늙고 귀먹은 정원사야, 맞아. 하지만 한순간 그는 옛날 그림에 나오는 죽음의 형상처럼 보였다.

6

그것은 짧은 순간에 지나지 않았다. 나는 곧 내 신경과 감각을 다시 통제할 수 있었다. 나는 고개를 흔들었다. 내가 백일몽에 빠져 이 집의 우직한 늙은 하인에게서 침묵하는 사자(使者)를, 영원의 강에 있는 어둠의 뱃사공[14]을 보다니 절로 웃음이 나왔다. 나는 비탈 가장자리에 도달할 때까지 정원을 천천히 걸어 내려갔다. 그곳에서, 정원 울타리와 온실 사이 숨은 공간에서 나는 탁자와 벤치를 발견하고 거기에 앉았다.

비가 온 것이 분명했다. 아니면 밤이슬이었나? 엘더베리 덤불의 잎과 가지가 내 얼굴을 촉촉하게 때렸고, 물방울이 손으로 미끄러져 내렸다. 멀지 않은 곳에 가문비나무와 전나무가 있는 것이 틀림없었다. 어둠 속이라 모습은 볼 수 없었지만, 그 냄새가 내게까지 실려 왔다.

이곳에 앉아 있자니 기분이 좋아졌다. 나는 정원의 시원하고 촉촉한 공기를 들이마시고 바람이 얼굴을 어루만지게 두

---

14 그리스 신화에서 망자들을 태우고 스틱스강을 건너는 뱃사공 카론을 가리킨다.

었다. 나는 밤의 숨소리에 귀를 기울였다. 마음속에서 가벼운 불안감이 일었다. 사람들이 내가 없는 것을 알고 찾아다니다가 결국 여기서 나를 발견할까 봐 걱정이었다. 안 돼! 나는 혼자 있어야 했다. 지금은 아무와도 말할 수가 없었다. 디나와 그녀의 동생, 나는 두 사람을 만날까 봐 두려웠다. 대체 그들에게 무슨 말을 할 수 있겠는가! 애처로운 위로를 담은 공허한 말들이 전부다. 그러한 위로의 무의미함이 나는 무서웠다.

내가 사라진 것을 사람들이 어떻게 해석할지 잘 알았다. 그것은 근본적으로는 그 시간의 중압감으로부터의 도피이기도 했다. 그러나 내게는 매한가지였다. 그리고 내가 어릴 적에 똑같은 행동을 여러 번 했다는 것이 떠올랐다. 가령 어머니의 명명일에 꼼꼼하게 외운 축하 문구와 시구를 발표해야 할 때면 나는 비슷한 두려움에 사로잡혔다. 나는 도망쳐서 숨어 있었고, 사람들은 절대 나를 찾지 못했다. 나는 모든 것이 한참 전에 끝난 뒤에야 다시 나타나곤 했다.

이웃집의 열린 부엌 창에서 하모니카 소리가 들려왔다. 공허하고 바보 같은 왈츠 몇 소절. 내가 이미 수천 번 들은 곡이었다. 「우울한 왈츠Valse bleue」던가, 「모스크바의 추억Souvenir de Moscou」이던가. 곡 제목이 기억나지 않았다. 나를 짓누르던 중압감이 단번에 전부 사라져 버릴 만큼 이토록 깊은 평온을 이 소리가 나에게 선사하다니 이게 어찌 된 일일까? 우울한 왈츠. 한 인간의 죽음을 추모하기에 딱 맞는 음악이다. 저기 별채 바닥에는 더 이상 나와 같은 존재가 아닌 저세상의 존재, 불가해한 낯선 존재가 누워 있었다. 그런데 숭고한 것, 비극적인 것, 파악할 수 없고 변경할 수 없는 것의 전율은 어디에 남아 있는가? 우울한 왈츠! 통속적인 왈츠 멜로디, 이것이 삶과 죽음의 리듬이다. 우리는 이렇게 와서 이렇게 가버린다. 우리를 뒤흔들고 바닥으로 내동댕이치는 것, 그것은 세계정신의 얼굴에서 아이러니한 웃음이 된다. 세계정신에게 고통과 애도 그리고 피조물의 죽음은 태초 이래로 매시간 일어나며 영원히 반복되는 일에 지나지 않는다.

갑자기 음악이 멎었다. 몇 분 동안 내내 깊은 정적이 감돌았다. 오직 빗방울만이 단풍나무 가지에서 온실의 유리 지붕으로 끊임없이 떨어졌다. 그리고 하모니카 연주가 다시 시작되었다. 이번에는 행진곡이었다. 근처 어딘가에서 탑시계가 울렸다.

10시다! 나는 종소리를 헤아려 보았다. 시간이 벌써 이렇게 흘렀다니! 그런데 나는 여기에 앉아 하모니카 연주에 귀를 기울이고 있다. 저기에 있는 디나와 그녀의 동생에게는 어쩌면 내가 필요할지도 모르는데. 사람들이 분명 나를 찾고 있겠지. 디나가 모든 걸 생각할 수는 없는 노릇이니까!

그러자 곧바로 내가 처리해야 할 일이 한 무더기 떠올랐다. 이런 경우 관청에 연락을 해야 한다. 시 소속 의사를 불러야 한다. 장례 업체도. 그런데 나는 여기에 앉아 부엌 창에서 들려오는 음악 소리에 귀를 기울이고 있다니! 신문사들에 소식을 알려야 해. 디나가 모든 걸 생각할 수는 없잖아. 불가능한 일이지. 우리가 왜 여기 있겠어? 자살이라는 말은 한마디도 신문에 나오면 안 돼. 마차를 잡아타고 신문사 편집부로 가는 거야! 갑작스러운 사망, 사랑받는 예술가의 예기치 못한 절명. 창조력의 정점에서 독일 연극계의 대체 불가능한 손실, 수천 명의 숭배자들, 심한 충격을 받은 가족……

그리고 극장 사무국! 순간 떠올랐다. 맙소사, 아무도 그 생각을 안 하다니! 다음 주 공연 프로그램을 변경해야 했다. 그것이 지금 제일 중요했다. 이 시각에, 일요일 저녁에 사무국에 아직 업무를 보는 사람이 있을까? 10시, 바로 전화를 걸어야 한다. 아니면 차라리 극장장에게 직접 연락을 하는 거야. 이 생각을 진작 못 하다니. 이 집안의 친구로서, 하지만 지금은 허비할 시간이 없어……

나는 벌떡 일어나서 떠나려고 했다. 행동하려는 충동, 필요한 일을 행하려는 충동, 이 순간의 모든 근심을 짊어지려는 충동이 나를 사로잡았다.

전화를 걸어야 해, 나는 스스로에게 다시 한번 말했다. 5분 후면 아마 너무 늦을 거야. 사무국에는 이제 아무도 없어. 화요일, 리처드 3세. 그럼에도 불구하고 나는 계속 앉아 있었다. 죽을 만큼 피로한 채로 힘없이 축 처져서. 나의 결심 중 어떤 것도 실행할 능력이 없이.

나는 아파, 나는 스스로에게 속삭이고는 다시 한번 일어나려 했다. 열이 나는 건 당연한 일이야, 나는 생각했다. 외투도, 모자도 없이 바깥에서 찬 밤공기를 마시며 앉아 있으니. 그리고 이 습기, 이렇게 습한데! 이게 죽음일지 몰라. 나는 주머니에서 신문을 꺼냈다. 나는 신문을 가지고 있었다. 내가 어째서 신문을 쑤셔 넣었는지 모를 일이다. 나는 앉은 자리가 축축하지 않도록 신문을 조심스레 벤치 위에 펼쳤다. 그리고 갑자기 나의 주치의인 늙은 의사의 목소리가 귓가에 울렸다. 마치 그가 내 옆에 서 있기라도 한 듯 목소리가 선명하게 들렸다.

「그게 무슨 소리입니까, 남작님. 아프다고요? 최근에 좀 정신없이 지냈죠, 그렇죠? 좀 피로해졌죠, 안 그렇습니까? 그러니까 며칠간 침대에 누워 안정을 취하십시오. 이틀, 어쩌면 사흘 동안요. 시간이 있잖습니까. 걱정할 것 하나도 없습니다. 이불 잘 덮고, 뜨거운 차 좀 마시고, 해될 것 하나 없어요. 그리고 안정, 오직 안정, 또 안정입니다. 편지도 주고받지 말고, 신문도 읽지 말고, 방문객도 받지 않는 겁니다. 그러면 좋아질 겁니다. 아, 좋아지고말고요! 이 늙은 의사의 말을 잘 들으세요. 여기서 더 이상 찾을 건 없습니다. 당신은 정말 아픈 겁니다. 열이 나잖아요, 안 그래요? 맥박을 한번 짚어 볼까요……」

나는 순순히 손을 올렸다. 그리고 잠과 꿈에서 화들짝 깨었고, 축축이 젖은 차가운 벤치에 홀로 앉아 있었다. 정말로 나는 아팠다. 한기에 몸이 떨렸고, 이가 심하게 덜덜 맞부딪쳤다. 나는 집에 가고 싶었다. 인사 없이 그냥 가버리고 싶었다. 사람들에게는 내가 필요하지 않았다. 누가 날 필요로 한단 말인가? 디나와 펠릭스, 그들은 무엇을 해야 할지 스스로 알았다. 그리고 고르스키 박사도 있고. 나는 모두에게 방해만 될 뿐이었다.

안녕, 정원이여! 안녕, 하모니카여, 이 고독한 시간의 동반

자여! 친애하는 늙은 오이겐이여, 영원히 안녕! 자네를 홀로 남겨 두고 나는 가네. 자네에게는 더 이상 내가 필요하지 않아.

나는 지치고, 흠뻑 젖고, 꽁꽁 언 채로 일어섰다. 나는 자리를 뜨려고 더듬더듬 모자를 찾았다. 하지만 찾을 수 없었다. 어디에 모자를 두었는지 생각이 나지 않았다. 정원 탁자 위에서 모자를 찾는 동안 내 손이 책에 부딪쳤다. 그 책은 몇 날 혹은 몇 주 동안 펼쳐진 채로 여기에 놓여 있었다.

그것은 어쩌면 내 손가락이 비에 젖은 책장을 건드렸기 때문이었으리라. 그것은 어쩌면 내가 가려고 몸을 돌린 순간 얼굴로 세게 불어온 차가운 바람 때문이었으리라. 어떻게 그런 일이 일어났는지는 모르겠지만, 갑자기 주위에서 오래전 지나간 어느 날의 숨결과 향기가 느껴졌다. 그것은 단 한순간이었으나, 그 순간에 그날은 내 눈앞에 생생하게 나타났다. 그리고 나는 그날을 다시 알아보았다. 어느 가을날 아침, 교외 언덕에서였다. 시들어 가는 감자 잎의 냄새가 경작지로부터 실려 왔다. 우리는 숲길을 오르고 있었고, 우리 앞에는 언덕이 초록색 벽을 이루며 서 있었다. 그리고 나무 우듬지 위로 저 멀리 한 줄기 하얀 연무가 지나고 있었다. 풍경은 다가올 위안을 예감케 하는 듯했고, 푸르른 가을 하늘은 서늘하고 맑았다. 그리고 길 양쪽에는 로즈힙 덤불이 불타는 듯 새빨갛게 서 있었다.

걷는 동안 디나가 내 어깨에 머리를 기댔다. 바람이 그녀의 이마에서 짧은 갈색 곱슬머리를 가지고 장난을 쳤다. 우리는 한 번 멈춰 섰고, 그녀가 시구를 낭송했다. 붉은 가을 나뭇잎과 언덕 위 은빛 연무에 대한 시구였다.

그러고 나서 영상이 사라졌다. 그것은 찾아올 때처럼 갑작스럽게 없어져 버렸다. 그러나 내 머릿속에 기억 하나가 떠올랐다. 산속 높은 곳에 자리한 집, 새해 전야, 주위를 빙 두르며 처마 모양으로 쌓인 눈, 창가의 두꺼운 얼음층. 주인이 내 방에 작은 철제 난로를 둔 것이 얼마나 좋은지. 난로가 타닥타닥 소리를 내며 불꽃을 튀긴다. 작열하는 불길로 인해 난로가 하얗다. 밖에서는 내 개가 문을 긁어 대고 낑낑거리며 우리가 있는 방으로 들어오고 싶어 한다. 「차모르예요.」 그녀가 나지막이 말했다. 「문을 열어 줘요. 내가 있는 걸 들키지는 않을 거예요.」 그래서 나는 문을 열어 주려 디나의 입술과 그녀의 팔에서 떨어졌다. 짧은 순간 동안 문을 통해 한 줄기 차가운 바람이, 그리고 유리잔이 쨍그랑거리는 소리와 나직한 춤곡 소리가 우리에게로 밀려들어 온다.

그러고 나서 이 영상도 사라졌다. 이제 한기만이, 저 너머 부엌 창에서 들려오는 춤곡만이 남아 있었다. 그리고 내 안에는 격한 좌절감과 찌르는 듯한 아픔이 있었다. 맙소사, 우리가 어쩌다 이토록 서먹한 사이가 되어 버렸을까? 내 안에서 절규가 터져 나왔다. 한때 두 사람을 서로 결합해 주던 것이 이렇게 사라져 버릴 수가 있는 것인가? 우리가 이제 낯선 사람처럼 마주 앉아 서로에게 아무것도 할 말이 없다니, 어떻게 이럴 수가 있는가! 그녀가 그토록 갑자기 내 품에서 쏙 하고 빠져나가다니, 어떻게 이런 일이 일어날 수 있었을까.

다른 남자가 그녀를 품에 꼭 안고 있는데 나는, 지금 나는 밖에 서서 문을 긁고 낑낑거리고 있다.

그리고 이제, 이 순간 비로소 나의 의식 속으로 파고드는 사실. 그 다른 남자는 죽었다. 〈죽었다〉는 이 말이 무엇을 의미하는지를 나는 이 순간 비로소 알게 되었다.

그런데 하필 오늘 이 시간에 내가 이곳에 있었다는 사실, 운명이 손짓하던 곳에 내가 있었다는 사실, 이 우연의 장난을 생각하자 경악과 놀라움이 나를 사로잡았다. 아니! 우연의 장난이 아니었다. 그것은 나에게 그렇게 정해진 일이었다. 변경할 수 없는 법칙들이 있고, 우리는 그에 순종하는 법이다.

그런데 그 일이 일어난 지금 나는 도망가려 했다. 슬그머니 내빼려 했다. 어떻게 그런 생각을 할 수 있었는지 이해가 되지 않았다. 저 위에 디나가 앉아 있었다. 어두운 방에 앉아 기다리고 있었다.

「당신인가요, 고트프리트? 한참 동안 어디 있다가……」

「……문을 열려고 일어섰지요, 내 사랑. 당신이 그러라고 했잖아요. 이제 다시 돌아왔어요……」

별채에는 여전히 불이 켜져 있었다. 나는 밤나무 줄기 뒤에 몸을 숨기고 서서 기다렸다.

문이 열리고 목소리가 들렸다. 밖으로 나온 사람은 펠릭스였다. 그가 등불을 들고 천천히 본채로 걸어갔다.

그의 뒤로 그림자처럼 두 형체가 나타났다. 디나와 고르스키 박사였다.

그녀는 나를 보지 못했다.

「디나.」그녀가 바로 옆을 지날 때 내가 조용히 말했다. 하마터면 그녀의 팔이 나를 스칠 뻔했다.

그녀가 멈춰 서서 고르스키 박사의 손을 잡았다.

「디나.」내가 다시 한번 말했다. 그러자 그녀가 고르스키 박사의 손을 놓고 내게로 한 걸음 다가왔다.

등불이 계단을 미끄러져 올라가 대문으로 사라졌다. 그 불빛 덕에 나는 잠시 더 디나의 형체를 알아볼 수 있었다. 한순간 동안 나무들이, 덤불들과 담쟁이덩굴들이 그림자를 드리웠다. 그러고 나서 정원은 다시 깊은 어둠 속에 잠겼다.

「아직 계셨나요?」바로 앞에서 디나의 목소리가 들렸다. 「여기서 더 뭐 볼일이 있는 거죠?」

가볍고 따뜻한 손처럼 무언가가 내 이마 위로 미끄러졌다. 나는 그리로 손을 가져가 보았다. 그것은 수관에서 나풀나풀 땅으로 떨어지던 시든 밤나무 잎일 뿐이었다.

「내 개 차모르를 찾고 있었습니다.」내가 조용히 말했다. 그녀는 이 말을 듣고 내가 지난날을 생각했다는 것을 알 터였다.

긴 침묵.

마침내 디나의 목소리가 조용히, 그리고 힘없이 내게로 날아왔다. 「당신에게 인간다움이란 게 눈곱만큼이라도 있다면 이제 가세요. 당장 가세요.」

7

나는 선 채로 그녀의 뒷모습을 바라보았다. 사랑하는 목소리의 울림이 몇 분 동안 내 귀에 맴돌았다. 디나가 사라진 지한참이 지나서야 나는 그녀가 한 말의 의미를 알게 되었다.

처음에는 어찌할 바 모르고 한없이 당황했으나, 곧 격한 분노가 내 안에서 일었다. 나는 분통을 터뜨리며 그녀의 말뜻에 반발했다. 나를 그런 식으로 대해서는 안 되지. 이제 가라고? 오, 안 될 소리! 이제 나는 갈 수가 없었다. 열과 오한과 피로는 사라져 버렸다.

해명을 들어야 해, 나는 광분했다. 펠릭스와 고르스키 박사가 내게 설명을 해줘야 한다고. 꼭 설명을 요구할 거야. 나는 그녀에게 아무 짓도 하지 않았는데. 맙소사, 내가 대체 무슨 짓을 했다는 거지?

불행, 큰 불행이 일어났다는 것, 이 점은 확실했다. 어쩌면 막을 수도 있었을 불행이! 그러나 나는, 맙소사, 이 불행에 책임이 없다. 아무런 책임이 없다고! 그를 혼자 두어서는 안 되는 일이었어. 단 1분이라도 그가 혼자 있어서는 안 됐다고.

도대체 그가 어떻게 리볼버를 손에 넣은 거지? 그런데 이제 나한테 책임을 돌리려 한다? 이런 순간에 사람들이 부당하게 행동한다는 점, 아무 생각 없이 말을 뱉는다는 점을 나는 이해한다. 하지만 바로 그렇기에 나는 이곳에 머물러야 한다. 설명을 들어야 한다, 나는…….

불현듯 하나의 생각, 아주 자명한 생각이 떠올랐다. 그러자 흥분한 나 자신이 우스꽝스럽게 여겨졌다. 당연하다. 오해가 있었다. 틀림없다. 그냥 오해였을 뿐이다. 나는 디나의 말을 잘못 알아들은 것이다. 완전히 다른 뜻으로 한 말인데. 그녀는 내가 여기에서 더 도울 일이 없으니 집으로 가라는 말을 하려던 것이었다. 그뿐이었다. 그것은 명백했다. 아주 명명백백했다. 아무도 나에게 책임을 돌리려는 생각을 하지 않았다. 그런데 과민해진 신경 탓에 내가 착각한 것이다. 고르스키 박사가 같이 있지 않았던가. 그는 모든 것을 함께 들었다. 나는 그를 기다리기로 결심했다. 그는 이 모든 게 오해에 지나지 않는다는 것을 내게 확인시켜 주어야 했다.

오래 걸릴 리 없어, 나는 스스로에게 말했다. 오래 기다리지 않아도 될 거야. 펠릭스와 고르스키 박사는 분명 곧 돌아올 거야. 불쌍한 오이겐을 밤새 혼자 바닥에 내버려 둘 수는 없는 노릇이잖아.

나는 소리 없이 창가로 다가갔다. 도둑처럼 살그머니 가서 방 안을 슬쩍 보았다. 오이겐 비쇼프는 여전히 바닥에 누워 있었다. 하지만 몸 위에 담요가 덮여 있었다. 스코틀랜드식 격자무늬 천이었다. 한번은 그가 맥베스를 연기하는 모습을 본 적이 있다. 지금 그 모습이 자연스레 떠올랐다. 곧바로 레이디의 대사가 내 귓가에 울렸다. 〈아직도 피 냄새가 나는구나. 온 아라비아의 향수를 쓴다 해도 —〉[15]

어느새 오한이 다시 찾아왔다. 피로와 식은땀과 열도. 하지만 나는 그것을 견뎌 냈다. 그것을 억눌렀다.

이 무슨 당찮은 소리를! 나는 스스로에게 말했다. 이 구절은 정말이지 지금 상황에 맞지 않아. 그러고는 결연히 문을 열어젖히고 안으로 들어갔다. 하지만 이 에너지는 조마조마한 마음에 금방 자리를 내주었다. 왜냐하면 나는 이제 처음으로 이 죽은 자와 단둘이 있었기 때문이다.

그는 담요에 싸여 누워 있었다. 오른손 외에는 아무것도 보이지 않았다. 그 손은 더 이상 리볼버를 쥐고 있지 않았다. 누군가가 리볼버를 집어 방 한가운데에 있는 작은 탁자 위에 올려 두었다. 나는 리볼버를 보려고 가까이 다가갔다. 그리고 이제 내가 방 안에 혼자 있지 않다는 것을 알아챘다.

엔지니어가 책상 뒤 벽가에 서 있었다. 그는 내게 보이지 않는 무언가로 몸을 숙이고 있었다. 마치 양탄자 무늬를 관찰하는 데 푹 빠진 양 매우 유심히 그것을 보고 있었다. 그는 내 발걸음 소리를 듣자 몸을 돌렸다.

「남작님이십니까? 몰골이 그게 뭡니까? 참! 마음고생이 이만저만이 아니셨군요.」

그는 내 앞에 거만하게 서 있었다. 양손은 바지 주머니에

15 윌리엄 셰익스피어, 『맥베스』, 권오숙 옮김(파주: 열린책들, 2010), 127쪽.

넣고 담배를 입에 문 채. 죽은 사람이 있는 방에서 담배를 입에 물고 있다니! 그는 그야말로 아무런 거리낌이 없는 모습으로 그렇게 서 있었다.

「시체 앞에 서 계시는 건 처음이지요, 안 그래요? 안녕을 빕니다, 남작님. 당신들 평화의 장교들이여! 나는 곧바로 생각했습니다. 당신이 아주 조심조심 걷는다고요. 더 세게 걸으셔도 됩니다. 저기 저 사람이 깰 일은 없으니까요.」

나는 침묵했다. 그는 몇 발짝 떨어진 책상 위에 놓인 재떨이에 자신감 넘치는 태도로 담배를 던져 넣고는 곧장 새 담배에 불을 붙였다.

「나는 발트 독일인[16]입니다. 아십니까?」 그가 말을 이었다. 「미타우에서 태어났죠. 나는 러일 전쟁에 참전했습니다.」

「쓰시마 해전요?」 내가 물었다. 왜 하필 이 해전의 이름이 떠올랐는지 모르겠다. 나는 그가 틀림없이 선박 엔지니어나 뭐 비슷한 거였을 것이라고 생각했다.

「아뇨, 문호[17]입니다.」 그가 답했다. 「들어 보신 적 있나요?」

나는 고개를 가로저었다.

「문호. 지명이 아니라 강 이름입니다. 줄지은 언덕 사이로 흐르는 누런 강이죠. 그곳 생각은 안 하는 편이 낫습니다. 어느 날 아침 그곳에 5백 명 혹은 그 이상의 사람들이 나란히 쓰러져 있었습니다. 한 무리의 소총수 대형 전체가요. 손은 타버리고 노란 얼굴은 일그러진 채로. 끔찍했죠. 다른 말로

---

16 발트해 연안에 거주하던 독일인.
17 Munho. 중국 선양 근처에 흐르는 훈허Humhe강의 오기로 보인다.

는 표현할 수 없습니다.」

「촉발 지뢰 때문이었습니까?」 내가 물었다.

「고압 전류였죠. 제가 한 일이었습니다. 1천2백 볼트요. 이따금 그 기억이 떠오를 때면 나는 스스로에게 말합니다. 〈도대체 어쩌자는 거야. 이곳에서 3천 킬로미터 떨어진 동아시아에서 벌어진 일이고 5년이 지났다고. 네가 그곳에서 본 것은 이제 전부 먼지와 재가 됐어.〉 그래도 아무 소용이 없습니다. 그런 기억은 사라지지 않죠. 그런 건 잊히지 않는 법입니다.」

그는 침묵했고, 근사한 둥근 고리 모양의 담배 연기를 공중으로 내뿜었다. 흡연과 어떤 식으로든 관련이 있는 모든 것은 그에게서 곡예의 성격을 띠었다.

「이제 사람들은 전쟁을 없애려 합니다.」 잠시 후 그가 말을 이었다. 「전쟁을 없애려 한다고요! 그게 무슨 소용입니까? 저기 저것을.」 그는 집게손가락을 움직여 리볼버를 가리켰다. 「그리고 그런 유의 다른 모든 걸 세상에서 없애려 합니다. 그게 무슨 소용입니까? 인간의 비열함은 그대로인데 말이죠. 그건 모든 살인 무기 중에서도 가장 흉악한 것입니다.」

왜 나한테 이런 말을 할까? 나는 놀라고 불안한 마음으로 자문했다. 왜 나를 이토록 묘하게 바라볼까? 결국 나한테 오이겐 비쇼프의 자살에 대한 책임을 돌리려는 걸까? 나는 조용히 말했다.

「그는 스스로 삶과 작별한 겁니다.」

「뭐라고요? 스스로요?」 엔지니어는 내가 소스라칠 정도로 격하게 외쳤다. 「그걸 완전히 확신하십니까? 한 가지 이야기를 해드리죠, 남작님. 나는 제일 먼저 여기 이 방에 왔습니다. 문이 안에서 잠겨 있어 창문을 깨부쉈죠. 저기에 아직 유리 파편이 있습니다. 나는 그의 얼굴을 봤습니다. 그의 얼굴을 본 첫 번째 사람이 접니다. 그래서 말씀드리는데, 문호강에 있던 저 5백 명, 어둠 속에서 언덕을 달려 올랐고 바로 다음 순간 자신들이 전기선을 건드릴 것이란 걸 안 저 5백 명의 얼굴을 일그러뜨린 경악, 그 경악은 오이겐 비쇼프가 지었던 얼굴 표정에 비하면 아무것도 아닙니다. 그는 두려워하고 있었습니다. 우리에게 감춰진 무언가를 미친 듯이 두려워하고 있었습니다. 그리고 그 두려움 때문에 그는 리볼버로 달아난 겁니다. 마치 피난처로 달아나듯 말입니다. 스스로 삶과 작별했다? 아닙니다, 남작님! 오이겐 비쇼프는 죽음으로 내몰린 겁니다.」

그는 죽은 자를 덮은 담요를 위로 약간 들어 올리고 그 굳은 얼굴을 쳐다보았다.

「채찍을 맞은 것처럼 죽음으로 내몰린 겁니다.」 그가 평소와는 전혀 다르게 충격을 받은 목소리로 말했다.

나는 몸을 돌리고 있었다. 그쪽을 볼 수가 없었다.

「그러니까 당신 말은……」 얼마 후 내가 말했다. 나는 목구멍이 죄어드는 느낌이었고, 말하기가 힘겨웠다. 「내가 제대로 알아들은 거라면 말입니다, 그러니까 당신 말은, 그가 그 이야기를 들었다는, 어찌어찌하여 그 이야기가 그의 귀에 들어갔다는…….」

「뭐가 말입니까? 무슨 이야기를 하시는 겁니까?」

「그가 재산을 맡겨 둔 은행이 파산했다는 걸 아실 텐데요?」

「그래요? 그건 몰랐습니다. 지금 처음 듣는 소리입니다. 아니, 남작님, 그게 아니었습니다. 그의 얼굴에 나타난 두려움, 그것은 그런 게 아니었습니다. 돈? 아닙니다. 돈 문제가 아니었습니다. 그의 얼굴을 보셨어야 하는 건데, 그건 설명할 수가 없어요. 내가 방에 들어왔을 때……」 그가 잠시 침묵한 후 말을 이었다. 「그때 그는 아직 말을 할 수 있었습니다. 단 몇 마디였죠. 말한다기보다는 속삭이는 소리였지만 나는 알아들었습니다. 아주 이상한 말이었죠. 물론 죽어 가는 사람의 입에서는……」

그가 방 안을 왔다 갔다 하며 고개를 가로저었다.

「이상한 말. 사실 나는 그를 잘 모릅니다. 우리는 타인을 잘 모르는 법이지요. 당신은 그를 더 잘, 혹은 적어도 더 오래 아셨으니 말인데, 그가 종교에 대해 어떤 태도를 가지고 있었는지 말씀해 주시겠습니까? 그러니까 교회에 대해 말입니다. 그가 독실하다고 생각하십니까?」

「독실하다고요? 그는 배우들이 대개 그렇듯 미신을 믿었습니다. 사소한 일들에서 미신을 믿었죠. 교회에서 말하는 그런 독실함을 그에게서 느낀 적은 없습니다.」

「그럼에도 불구하고 그가 마지막으로 한 생각이 독실한 것이었다면요? 잘 믿는 아이들을 위한 동화였다면요?」 엔지니어가 묻고는 나를 뚫어져라 쳐다보았다.

나는 아무 말도 하지 않았다. 그가 무슨 이야기를 하는지 알 수가 없었다. 그 역시 대답을 기대하지는 않았을 것이다.

「*Never mind*(됐어).」 그가 가벼운 손동작을 하며 자기 자신에게 말했다. 「우리가 결코 규명할 수 없는 일 중 하나이기도 하니까요.」

그는 탁자에서 리볼버를 집었고, 무언가 다른 것을 생각한다는 게 드러나는 눈빛으로 그것을 바라보았다. 그러고 나서 리볼버를 다시 내려놓았다.

「대체 그가 어떻게 이 총을 손에 넣었을까요?」 내가 물었다. 「그의 것인가요?」

생각에 잠겼던 엔지니어가 퍼뜩 정신을 차렸다.

「이 리볼버 말이죠? 네, 그의 것입니다. 그가 이 리볼버를 늘 지니고 다녔다고 펠릭스가 말하더군요. 밤에 집으로 돌아올 때면 그는 들판과 공사 현장을 지나야 했습니다. 으슥한 곳을 좋아하는 불량배들이 잔뜩 있지요. 그는 밤에 누군가와 마주칠까 봐 무서워했습니다. 그가 리볼버를 즉시 쏠 수 있는 상태로 지니고 다녔다는 점이 바로 불행이었죠. 이 경우에는 창밖으로 뛰어내리는 편이 훨씬 나았을 겁니다. 관절을 삐거나 가벼운 염좌 정도 입었겠지요. 어쩌면 아예 안 다쳤을지도.」

그가 창문을 열고 밖을 내다보았다. 그는 몇 초 동안 그렇게 서 있었다. 바람이 불어와 창문 커튼을 흔들며 부풀렸다. 밖에서는 밤나무들이 쏴쏴 소리를 냈다. 책상 위 종이들이 공중으로 나부꼈고, 방으로 흘러들어 온 시든 밤나무 이파리 하나가 바닥을 휙 스치고 지나갔다.

엔지니어가 창문을 닫고 다시 내게로 몸을 돌렸다.

「그는 겁쟁이가 아니었습니다. 아니, 맹세코 겁쟁이가 아니었습니다. 그는 살인범에게 순순히 당하지 않았습니다.」

「살인범이라고요?」

「확실합니다. 살인범에게 당한 겁니다. 그는 죽음으로 내몰린 겁니다. 보십시오, 여기 그가 서 있었습니다. 그리고 저기 다른 사람이 서 있었죠.」

그는 내가 방으로 들어올 때 집중하여 유심히 관찰하던 벽가 자리를 가리켰다.

「두 사람은 마주 보고 서 있었습니다.」 그가 천천히 말하며 나를 바라보았다. 「결투 때처럼 서로 마주 보고 서 있었죠.」

그가 마치 그 자리에 있었던 양 확신을 가지고 이야기하는 것을 듣자 소름이 돋았다.

「그러면 누가 범인이라고 생각하십니까?」 내가 조마조마해하며 물었다. 다시금 목이 죄어드는 것이 느껴졌다.

엔지니어가 말없이 나를 바라보았다. 그는 말 한마디 없이 천천히 어깨를 올렸다가 다시 내렸다.

「아직도 여기 있었습니까?」 갑자기 문 쪽에서 목소리가 들려왔다. 「왜 가지 않는 겁니까?」

나는 깜짝 놀라 몸을 돌렸다. 문에는 고르스키 박사가 서 있었다. 그의 시선은 나를 향하고 있었다.

「가세요! 제발 여기서 속히 떠나십시오!」

가기에는 너무 늦었다. 이제 너무 늦어 버렸다. 그의 뒤에서 디나의 남동생이 나타났다. 그는 박사를 옆으로 밀치고 내 앞에 섰다.

　나는 그의 얼굴을 바라보았다. 이 순간 그는 자기 누나와 얼마나 닮았는가. 똑같이 기이한 타원형 얼굴, 똑같이 고집스러운 입가의 표정…….

　「아직도 계셨습니까?」 그가 얼음장처럼 차가우면서도 정중한 태도로 말했다. 그의 태도는 의사의 격앙된 태도와 현격한 대조를 이뤘다. 「계실 거라고는 미처 생각 못 했습니다. 잘됐군요. 당장 담판을 지을 수 있으니까요.」

8

나는 마음을 가다듬었다. 디나의 동생이 방으로 들어선 순간, 나는 확실히 알게 되었다. 나와 마주 선 이 사람이 내게 불구대천의 적이라는 것을. 이 대화로부터 도망가는 게 무의미하리라는 것을. 그리고 끝까지 싸워야 한다는 것을. 하지만 그 순간 나는 우리가 무슨 문제로 대화를 하는지 말할 수 없었을 것이다. 내가 아는 것은 다만 무슨 일이 있어도 내가 남아 있어야 하고, 적을 정면으로 마주해야 한다는 점뿐이었다.

고르스키 박사가 이제 막 일어나려는 일을 마지막 순간에 막아 보려 했다.

「펠릭스!」그가 주의를 주면서 간청하고 나무라는 몸짓으로, 죽은 이를 덮은 스코틀랜드식 격자무늬 천을 가리켰다. 「여기가 어딘지 생각 좀 해요! 지금 하필 이곳에서 그래야 합니까?」

「이게 최선입니다, 박사님. 미뤄 둘 이유가 뭐 있습니까?」 펠릭스가 내게서 눈을 돌리지 않은 채 말했다. 「정말 잘됐습니다. 대위님이 아직 계시다니.」

그는 나를 평소와 다르게 군대 계급으로 불렀다. 나는 그게 무슨 뜻인지 알았다. 고르스키 박사는 우리 사이에서 잠시 더 우물쭈물 서 있다가 어깨를 으쓱하고는 우리를 단둘이 두기 위해 문 쪽으로 갔다.

하지만 펠릭스가 그를 제지했다.

「여기 계시길 부탁드립니다, 박사님.」 그가 말했다. 「제삼 자의 존재가 유용할 상황이 벌어질 수도 있으니까요.」

고르스키 박사는 이 말의 의미를 바로 이해한 듯 보였다. 그는 당혹스러운 눈빛으로 나를 바라보았다. 이 대화의 증인 역할을 하는 데 대하여 용서를 구하는 것처럼 보였다. 결국 그는 언제든 원할 경우 방에서 나갈 준비가 되어 있음을 보여 주는 자세로 책상의 가장 바깥쪽 모서리에 걸터앉았다. 누구에게도 이 자리에 머물러 달라는 요청을 받지 않은 엔지 니어도 그것을 신호로 마찬가지로 자리를 잡았다. 그는 방 안에 있는 유일한 의자를 차지하고는 왼손의 두 손가락만 사용하여 번거로운 방식으로 담배에 불을 붙였다. 그는 자신이 방에 남아 있는 게 누가 봐도 당연한 일인 양 굴었다.

나는 이 모든 것을 순수하게 객관적인 관심을 가지고 보며 관찰했다. 이제 나는 완전히 평온한 상태로 내 신경을 제어 하고 있었으며, 다가올 일을 침착하게 기다렸다. 하지만 1분 동안 아무 일도 일어나지 않았다. 펠릭스는 오이겐 비쇼프의 시체 위로 몸을 숙인 채 서 있었다. 그의 얼굴은 보이지 않았 으나 내게는 그가 자신을 사로잡은 충격과 맞서 싸우는 듯,

부자연스러운 차분함의 가면을 더 이상 쓰고 있을 수 없는 듯 여겨졌다. 한순간 나는 그가 마음의 동요에 압도되어 죽은 자 위로 몸을 던지고, 이런 감정의 분출과 함께 이 장면이 끝을 맺을 것이라고 생각했다. 하지만 그와 같은 일은 일어나지 않았다. 그가 몸을 곧추세웠다. 나를 향한 그의 얼굴은 완전히 침착한 표정을 짓고 있었다. 그는 그저 — 나는 이제 그것을 보았다 — 바닥으로 미끄러진 담요를 죽은 이의 머리 위에 다시 덮어 두었을 뿐이었다.

「유감스럽게도 우리에게는 시간이 많지 않습니다.」이제 그가 말을 시작했다. 그의 목소리에서는 동요도, 흥분도 느껴지지 않았다. 「30분쯤 뒤면 경찰이 이곳에 당도할 겁니다. 그때까지 우리 문제를 해결했으면 합니다.」

「그 점에서는 우리의 의견이 일치하는군.」내가 엔지니어를 바라보며 말했다. 「증인의 수는 더할 나위 없이 충분한 것 같고. 보다시피 저기 두 분이 우리를 위해 이곳에 자리해 주고 계시니 말이네.」

고르스키 박사가 책상 모서리에서 안절부절못하며 이리저리 몸을 움직였다. 그러나 엔지니어는 뻔뻔스럽게도 내 말에 동의하며 고개를 끄덕였다.

「졸그루프 씨와 고르스키 박사님은 제 친구입니다.」펠릭스가 말했다. 「저는 두 분이 상황을 가능한 한 똑똑히 아는 것이 중요하다고 봅니다. 그래서 이 문제와 관련된 사정을 두 분에게 숨김없이 밝힐 것입니다. 대위님, 디나가 4년 전에 당신의 애인이었다는 사실도요.」

나는 소스라쳤다. 미처 예상치 못한 상황이었다. 하지만
내가 당황한 것은 아주 잠시뿐이었고, 몇 초 후 나는 답변을
한마디 한마디 다 준비해 두었다.

　「대화를 하자는 자네의 제안을 받아들였을 때 나는 공격을
예상하고 있었네. 하지만 그 공격이 내가 공경하는 여인을
향할 것이라고는 예상치 못했네.」 내가 말했다. 「부탁하는데,
자네가 선택한 그 표현을…….」

　「취소하라고요? 어째서죠, 대위님? 장담컨대 이건 디나의
견해와 완전히 일치합니다.」

　「그렇다면 자네의 누나가 자네에게 전권을 부여했다고 이
해하면 되겠나?」

　「물론입니다, 대위님.」

　「그럼 계속 이야기하게.」

　첫 단계가 자신에게 유리하게 진행되었기에 그의 입술은
소년처럼 자부심에 찬 만족의 미소를 띠었다. 하지만 그 미
소는 그의 얼굴에서 곧 사라졌다. 계속해서 말하는 그의 어
조는 변함없이 정확하고 거의 친절할 정도였다.

　「이제 우리는 그 관계가 어떤 성격이었는지 합의를 보았습
니다. 그런데 이 관계는 반년이 채 지속되지 않았습니다. 당
신은 일본으로 여행을 떠나고 싶어졌고, 관계는 끝이 났죠.
저는 〈끝이 났다〉고 했습니다. 당신 쪽에서는 아마 이 끝이
잠정적이라고 생각했겠지만…….」

　「나는 일본이 아니라 통킹과 캄보디아로 여행을 갔네.」 내
가 그의 말을 끊었다. 「또 놀러 간 게 아니라 농업부의 의뢰

를 받아 간 거고.」내가 덧붙였다. 전혀 중요하지 않은 주장들을 이렇게 바로잡는 가운데 나는 펠릭스가 자기 누나가 내 애인이었다는 사실을 그토록 가볍게, 그토록 아무렇지도 않게 언급하고 지나간 데 한없이 놀랐다는 것을 숨겼다. 무슨 소리를 하려는 걸까? 나는 자문했다. 그가 명예 회복을 원하는 거라면, 내가 여기 있는데, 나는 각오하고 있는데 왜 본론으로 들어가지 않는 거지? 또 무슨 꿍꿍이가 있는 걸까? 그리고 가벼운 불안감이, 내가 알지 못하는 다가올 위험에 대한 예감이 나를 엄습했다. 이 불안감은 나를 놓아주지 않았다.

「통킹과 캄보디아였군요.」펠릭스가 계속 말했다. 흰 붕대를 감은 손이 가볍게 사과하는 동작을 취했다. 「어디로 여행을 갔는지는 아무 상관이 없습니다. 그런데 1년쯤 후 돌아왔을 때 당신을 기다리고 있던 건 미처 생각지 못한 변화였죠. 당신은 디나가 다른 남자의 아내가 된 것을 발견한 겁니다. 당신은 자신이 그녀에게 남이 되었다는 이야기를 들어야 했습니다.」

맞다. 그랬다. 그리고 지금, 그가 말하는 동안 내 안에서는 과거의 엄청난 아픔이, 실망감으로 불타는 분노가 일었다. 그와 동시에 새로운 감정이, 지금껏 알지 못하던 감정이 일었다. 그것은 내 앞에 서서 내 마음속 깊이 숨겨 두었던 일들을 건드리는 이 애송이에 대한 증오의 감정이었다. 내가 그에게 해명을 하려고 여기에 있는 건가? 수년 동안 간직한 내 비밀을 그가 낯선 이들의 호기심 어린 시선 앞에 드러내는 꼴을 두고 보아야 하는가? 그만, 나는 속으로 외쳤다. 나는 그에게로 다가가서 이 상황을 끝내려 했다. 하지만 불안감이 일었다. 불안감이 다시 찾아왔다. 불확실한 무언가에 대한 두려움. 나는 이 무언가가 목전에 닥친 것을 느꼈다. 그리고 이 불안감은 나를 마비시키고 나를 무기력하게 만들었으며, 가위처럼 무겁게 나를 눌렀다.

디나의 동생은 완전히 냉정한 목소리로 계속 말했고, 나는 그의 이야기를 경청할 수밖에 없었다.

「자신에게 단단히 매여 있다고 믿었던 여인이 당신에게서 벗어나 이제 다른 남자의 것이 되었다, 이 생각을 당신은 견디지 못했던 것 같습니다. 당신은 처음으로 패배를 당했고, 그것을 도전으로 느낀 겁니다. 누나를 되찾는 것은 당신에게 인생의 과제가 되었고요. 그때 이후로 당신이 한 모든 일은 아주 사소한 것도, 겉보기에는 의미 없는 것도 오로지 이 한 가지 목적만을 위한 것이었습니다.」

그가 잠시 말을 멈추었다. 아마 나에게 발언하고 항변할 시간을 주려는 것이었으리라. 하지만 나는 아무 말도 하지 않았고, 그는 다시 말을 이었다.

「저는 오랫동안 당신을 관찰했습니다. 수년 내내 지켜보았습니다. 이 모든 것이 그저 스포츠 혹은 체스판 위에서 벌어지는 스릴 넘치는 게임인 양 흥미롭게 관심을 가지고요. 이게 무슨 트로피가 걸린 경주이고, 누나의 행복과는 상관없는 일인 양 말이죠. 저는 당신이 이상한 경로로 천천히 다가오는 모습을 보았습니다. 당신이 장애물을 넘거나 우회하는 모습을 보았습니다. 당신이 우리 집 주위로 원을 그리며 빙빙

돌고, 그 원이 점점 더 좁아드는 모습을 보았습니다. 당신은 사람들이 당신을 부를 수밖에 없도록 만들었습니다. 그리고 어느 날 나타나서 디나와 매형 사이에 서 있었던 거죠.」

이제 올 것이 오리라. 그 순간이 코앞이었다. 내 손이 초조한 기대 속에서 덜덜 떨리는 것이 느껴졌다. 나는 숨을 쉴 수가 없었다. 방 안에 감도는 정적은 그토록 나를 몹시 짓눌렀다. 마침내 펠릭스가 다시 말하기 시작했을 때, 나는 안도감 같은 것을 느꼈다.

「오늘 저는 말씀드릴 수 있습니다, 대위님. 이 싸움의 끝이 제게는 명명백백해 보인다고요. 당신은 강자였습니다. 당신의 안중에는 오직 하나의 목표만 있었으니까요. 그리고 당신 인생에 있던 다른 목표는 그 한 가지 목표 옆에서 전부 사라져 버렸습니다. 그렇기에 당신은 무적이었죠. 제가 보기에 이 결혼은 파국에 이를 수밖에 없었습니다. 왜냐하면 당신이 그걸 원했으니까요.」

다시 그가 말을 멈추었다. 그러자 나의 불안감은 견딜 수 없을 만큼 커졌다. 30초쯤 지났을까, 나의 시선이 고르스키 박사에게로 건너갔다. 박사는 잔뜩 긴장한 자세로 책상에 기댄 채 초조하게 서 있었다. 완전히 어쩔 줄 모르는 사람의 얼굴 표정으로. 엔지니어는 담배 연기의 구름에 휩싸인 채로 안락의자에 앉아 지루한 기색으로 자신의 손끝을 쳐다보고 있었다. 마치 다른 일들에 생각이 가 있는 듯했다.

「전부 끝난 일입니다.」 드디어 펠릭스가 고통스러운 침묵을 끝냈다. 「당신은 게임에서 졌습니다, 남작님. 결정적인 실

수가 있었습니다. 무슨 말인지 아시겠지요? 디나는 남편의 죽음에 책임이 있는 사람이 근처에 있는 걸 단 한순간도 참지 못할 겁니다.」

바로 이것이었다. 그 얼굴은 내가 두려워하던 위협을 담고 있었다. 그런데 그 말을 내뱉은 지금, 그 얼굴은 돌연 내게 우스울 만큼 부조리해 보였다. 나는 다시 자신감을 얻었다. 두려움은 날아가 버렸다. 나와 마주 선 상대가 총을 쏘았으나 총알은 빗나가고 말았다. 이제 내 차례였다. 모든 게 내 손에 달려 있었다. 나는 감히 내게 싸움을 건 이 애송이에게 한없는 우월감을 느꼈다. 이제는 내가 강자였다. 그리고 나는 어떻게 행동할지 알고 있었다.

나는 그에게로 바짝 다가가 그의 눈을 쳐다보며 말했다.

「이 비통한 사건에 대한 책임을 진정으로 나나 다른 누군가에게 돌리려고 생각하지는 않기를 바라네.」

내 말은 예상했던 효과를 발휘했다. 그는 내 시선을 견뎌 내지 못했고, 당혹감에 빠져 한 걸음 물러났다.

「놀랍군요, 대위님.」 그가 대답했다. 「다른 건 전부 예상했지만, 당신이 자신의 행동을 부인하리라고는 미처 생각지 못했습니다. 아주 솔직하게 말씀드리건대, 이해가 되지 않는군요. 그런 시도가 잘못 해석될 수도 있다는 점이 두렵지 않으신 겁니까? 이제껏 보아 온 바로는 절대 용기가 없는 분은 아닌데 말이죠.」

「나 개인의 용기에 대한 이야기는 일단 넘어가지.」 나는 내 의도가 한 점 의혹 없이 드러나도록 분명한 어조로 말했다.

「우선 이 사건에서 내가 무슨 역할을 했다고 생각하는 건지 이야기해 주었으면 하는데.」

그는 실로 당황했지만, 그사이 자제력을 되찾았다.

「그 이야기는 드릴 필요가 없을 거라고 생각했습니다만.」 그가 말했다. 「꼭 들어야겠다는 말씀이군요. 뭐 좋습니다. 요 약해서 말씀드리죠. 어떤 경로를 통해서인지는 모르겠습니 다만, 당신은 매형이 저축과 누나 소유의 자그마한 재산을 베르크슈타인 은행에 맡겨 두었다는 걸 알게 되었습니다. 오 늘 여러 신문에 이 은행의 파산에 대한 기사가 났지요. 더 나 아가 당신은 누나가 남편에게 그 재난을 가급적 오래도록 비 밀로 하려고 결심했다는 것도 알았습니다. 아니면 예상했든 지요. 이 두 가지 사실을 알게 됨으로써 당신은 무기를 손에 쥐게 되었습니다. 오후 내내 당신은 그 사실을 어떤 형식으 로든 언급하려고 반복해서 시도했지요. 당신은 여러 차례 오 이겐을 겨냥했다가 디나와 내가 당신을 지켜본다는 걸 알고 매번 무기를 내렸죠. 상황은 여의치 않았고, 당신은 더 좋은 기회를 찾으려 했습니다. 더 이야기해야 합니까? 오이겐이 방에서 나갔을 때, 당신은 그를 뒤따랐습니다. 이제 마침내 단둘이 있게 되었고, 그를 도울 사람은 아무도 없었습니다. 당신은 우리가 숨겨 온 사실을 가차 없이 오이겐에게 말했습 니다. 그런 다음 그를 홀로 남겨 두었죠. 그리고 2분 뒤, 당신 이 예상했던 대로 총성이 울렸습니다. 당신한테는 식은 죽 먹기였지요. 당신은 오이겐이 자신과 미래에 대한 믿음을 오 래전에 잃었다는 것을 알았으니까요.」

「총성은 두 발이었습니다.」 갑자기 엔지니어가 말했다. 하지만 우리 중 아무도 그의 말을 귀담아듣지 않았다.

내게는 이제 이 모든 논의를 끝맺을 때가 된 것처럼 보였다.

「그게 다인가?」 내가 물었다.

펠릭스는 대답이 없었다.

「자네가 추측한 사실을 디나한테도 전했나?」

「누나하고 그 이야기를 했습니다.」

「무엇보다도 디나에게 말하게. 자네의 추측이 틀렸다고. 부탁해도 괜찮다면, 그것도 오늘 중으로. 나는 이 모든 일과 전혀 무관하네. 나는 오이겐 비쇼프와 이야기를 나누지 않았어. 이 방에 발을 들여놓은 적이 없네.」

「이 방에 발을…… 아니, 디나는 이제 여기 없습니다. 30분 전에 부모님 댁으로 보냈습니다. 그러니까 이 방에 발을 들여놓은 적이 없으시다고요?」

「보증하는 바네.」

「장교로서 명예를 걸고요?」

「내 명예를 걸고 맹세하네.」

「명예를 걸고.」 펠릭스가 느릿느릿 말했다. 그는 앞으로 조금 몸을 숙인 채 내 앞에 서 있었고, 두세 차례 고개를 끄덕였다. 곧이어 자세가 달라졌다. 그는 몸을 똑바로 세웠다. 그리고 어렵고 고된 일을 끝마쳐 행복해하는 사람처럼 기지개를 켰다. 그의 꽉 다문 입술로 미소가 흘렀다. 하지만 그것은 단 한순간뿐이었으며, 미소는 다시 사라져 버렸다.

「명예를 걸고.」 그가 한 번 더 말했다. 「그렇다면 물론 상황이 달라지지요. 일이 상당히 간단해집니다. 그렇게 명예를 걸고 맹세하신다면요. 잠시만 더 이야기를 드리자면, 그 정체불명의 방문객은 깜빡하고 방에 어떤 물건을 두고 갔습니다. 특별한 가치가 있는 물건은 전혀 아닙니다. 어쩌면 아직까지도 그게 없어진 것조차 모를지도요. 자, 이겁니다.」

그는 흰 붕대를 감은 손에 적갈색으로 빛나는 무언가를 들고 있었다. 나는 가까이 다가갔으나 그것을 바로 알아보지는 못했다. 하지만 곧 화들짝 놀라서 상의 주머니에 손을 넣어 내가 늘 지니고 다니는 영국식 섀그 파이프를 찾아 주머니를 더듬거렸다. 주머니는 비어 있었다.

「탁자 위에 있었습니다.」펠릭스가 계속 말했다. 「우리, 그러니까 고르스키 박사님과 제가 들어왔을 때 거기에 있었지요. 조심하세요, 박사님!」

나를 둘러싼 모든 것이 흔들리기 시작했다. 머릿속이 깜깜해졌다. 오래전에 잊어버린 기억처럼 그 장면이 떠올랐다. 마치 몇 년이 지난 일인 듯. 나는 정원을 가로지르는 내 모습을 본다. 자갈길을 걷고 푸크시아 화단을 지나는 모습을. 어디로 가는 길이지? 내가 별채에 무슨 볼일이 있는 거지? 문이 삐걱거리며 열린다. 내가 처음으로 속삭인 말에 오이겐 비쇼프가 창백해지는 모습, 당황한 그가 뚫어져라 신문을 보는 모습, 그가 펄쩍 뛰었다가 다시 무너져 내리는 모습! 그리고 내가 별채를 나서며 삐걱거리는 문을 조심스레 닫을 때 나를 좇는 겁먹은 눈빛. 테라스에는 불이 켜져 있다. 디나다. 그녀가 있는 곳으로. 그리고 이제 비명 소리, 총소리! 저기 아래에 죽음이 서 있다. 그리고 나, 그래, 내가 죽음을 부른 것이다.

「조심하세요, 박사님. 그가 쓰러져요.」 이 소리가 내 귓가에 울렸다.

아니, 나는 쓰러지지 않았다. 나는 눈을 번쩍 떴고, 안락의자에 앉아 있었다. 앞에 펠릭스가 서 있었다.

「파이프는 당신 물건입니다, 그렇죠?」

내가 고개를 끄덕였다. 흰 붕대를 감은 손이 서서히 아래로 내려갔다.

나는 일어섰다.

「가시려는군요, 남작님!」 펠릭스가 말했다. 「뭐 그래요. 다 끝난 이야기니까. 그리고 제가 시간을 더 빼앗을 수 없는 노릇이고요. 명예를 건 맹세, 그러니까 장교의 명예를 걸고 맹세한 일에 대해서는 아마 우리의 견해가 서로 다르지 않을 테지요. 그리고 이제 우리가 서로 만날 일은 거의 없을 테니 한 말씀 더 드리겠습니다. 기본적으로 저는 당신에게 적개심을 느낀 적이 결코 없습니다. 오늘도 마찬가지고요. 저는 당신한테 늘 많은 호감을 가지고 있었습니다, 남작님. 당신한테 기이하게 끌리는 느낌을 받았죠. 공감, 아니 이건 정확한 표현이 아닐 겁니다. 그것은 아마도 공감 이상일 겁니다. 저는 누나의 친동생이니까요. 당신은 제게 물어볼 권리가 있습니다. 그런 감정에도 불구하고 왜 제가 당신을 이런 상황에 몰아넣었는지요. 보시다시피 단 하나의 탈출구만 주어진 상황에 말입니다. 자, 우리는 홀딱 빠진 눈으로 살쾡이나 담비를 쳐다볼 수 있습니다. 그 피조물의 자세와 동작, 가령 대담하게 도약하는 모습에 매혹될 수 있지요. 그럼에도 그 녀석을 냉혹하게 총으로 쏴 죽일 수 있습니다. 왜냐하면 맹수니까요. 이제 제가 할 수 있는 일은 당신에게 한 가지 약속을 드리는 것뿐입니다. 분명 이미 결단을 내리셨겠지만, 꼭 24시간 안에 결단을 실행에 옮기지 않으셔도 좋습니다. 이번 주가 지나기 전에는 당신이 소속된 연대의 명예 재판소[18]에 절대 이 일을 알리지 않겠습니다. 만약에 그런 조치가 필요하게 되더라도 말입니다. 이게 제가 더 말씀드리고 싶었던 겁니다.」

나는 이 모든 이야기를 들었다. 하지만 내 생각은 탁자 위에 놓인 리볼버의 어두운 총구에 가 있었다. 나는 리볼버가두 개의 크고 둥근 눈으로 내 눈을 응시하는 것을 보았다. 리볼버는 점점 더 다가왔고, 점점 더 커졌다. 리볼버는 공간을 삼켜 버렸다. 내게는 리볼버 말고 아무것도 보이지 않았다.

「당신은 남작님께 부당한 짓을 하고 있어요, 펠릭스.」돌연 나는 엔지니어의 목소리를 들었다. 「남작님은 당신과 나만큼이나 이 살인과 관련이 없어요.」

---

18 장교와 같은 특정 신분, 계급의 명예 및 품위와 관련된 문제를 다루던 재판소.

9

내가 다시 똑똑히 정신을 차린 순간에 대한 기억은 불분명하기만 하다. 나는 내가 깊게 탄식을 내뱉는 소리를 들었다. 방 안의 정적을 깬 첫 번째 소리였다. 곧이어 나는 머리가 살짝 쑤시는 느낌을 받았다. 그것은 통증이라 할 만한 건 아니고 불편한 느낌일 뿐이었으며, 금방 사라져 버렸다.

내가 설명할 수 있는 첫 번째 감정은 놀라움이었다. 내가 어떻게 되었던 거지, 하는 생각이 머릿속을 스쳐 갔다. 뭐였지, 무슨 망상이 날 사로잡았던 거지? 이어서 가슴을 죄는 듯한 느낌이 더해졌다. 어떻게 이런 일이 가능하지? 나는 불안에 사로잡히고 놀라서 자문했다. 나는 이 방에 들어서는 나의 모습을 보았고, 내가 속삭이는 말을 들었다. 결코 내 입술에서 나오지 않은 말을 말이다! 내가, 나 자신이 스스로에게 죄가 있다고 믿었다! 어떻게 이런 일이 가능하지? 착각이다! 백일몽이 나를 가지고 논 것이다! 낯선 의지가 나로 하여금 내가 저지르지 않은 행위를 떠맡도록 강요하려 한 것이다! 아니, 나는 이곳에 없었다! 나는 오이겐 비쇼프와 이야기를 나누지 않았다. 나는 살인범이 아니다! 이 모든 건 꿈이자 망상이다. 지옥에서 솟아오른 꿈과 망상은 이제 쫓겨나 버렸다……

나는 해방감과 안도감에 한숨을 내쉬었다. 나는 저항했다. 나는 굴복하지 않았다. 설명할 길 없는 힘이 나를 누르고 있었지만, 그 힘은 이제 꺾여 버렸다. 〈내 안과 내 주위의 모든 것이 달라졌다. 나는 다시 현실에 속했다.〉

이제 나는 시선을 들었고, 내 앞에 우뚝 선 펠릭스의 모습을 보았다. 그의 입술은 여전히 적대심과 엄격함을 드러내는 고집스러운 표정을 띠고 있었다. 그는 자신의 승리를 빼앗기지 않으려 결심한 듯 보였으며, 위험한 새 적에 맞서듯 대번에 엔지니어와 맞섰다. 그는 눈썹을 찌푸리고 못마땅하게 엔지니어를 쳐다보았다. 금방이라도 달려들 태세로. 그리고 흰 붕대를 감은 그의 손이 쳐들리면서 분노와 놀라움을 표현했다.

엔지니어는 이 동작에 위축되지 않았다.

「진정해요, 펠릭스!」 그가 말했다. 「내가 무슨 말을 하는지 잘 아니까요. 나는 이 일을 심사숙고해 봤어요. 그리고 남작님에게 죄가 없다고 확신하게 됐어요. 당신은 남작님께 부당한 짓을 한 거예요. 내 말 좀 들어 봐요. 내가 요구하는 건 그것뿐이에요.」

확신에 찬 그의 말은 나의 신경에 좋은 작용을 했다. 예의 해방감. 조금 전까지만 해도 나를 사로잡았던 고통스러운 압박감에 대한 기억은 이제 사라졌다. 사람들이 진정 내게 살인죄를 덮어씌웠다는 것이 이제 허무맹랑하고 불합리하게 여겨졌다. 밝은 빛, 현실의 빛이 사물을 비추기 시작하는 이제, 내가 느낀 것은 일종의 긴장감뿐이었다. 사건과는 아무런 관련이 없는 자가 느끼는 긴장감. 나는 호기심을 느꼈다. 그뿐이었다. 이 모든 일이 어떻게 해결될까? 나는 자문했다. 누가 오이겐 비쇼프를 죽음으로 몰아간 걸까? 누구에게 죄가 있을까? 그리고 내 파이프, 이 말 없는 물건…… 어떤 인과 관계에 의해 이 파이프가 여기 이 방에, 여기 이 탁자 위에 오게 된 걸까? 이 파이프가 범인으로 지목하는 자는 누구일까?

나는 알고 싶었다. 알아야만 했다. 그리고 내 눈은 나도 모르는 사이에 엔지니어에게 고정되어 있었다. 마치 그가 이 풀리지 않은 수수께끼의 미로에서 나가는 길을 알기라도 하는 양.

이 순간 내 적의 마음속에서 어떤 감정이 우세했는지 나는 모른다. 분노였는지 초조함이었는지 흥분이었는지 짜증이었는지, 아니면 실망이었는지 말이다. 마음속에서 무엇이 일어났든 간에 그는 그것을 숨기는 데 성공했다. 그의 얼굴은 다시 정중하고 친절한 표정을 띠었다. 성난 손동작은 말하라고 권하는 점잖은 손짓으로 바뀌었다.

「기대가 되는군요, 발데마르.」 그가 말했다. 「말해 봐요! 하지만 그래요, 간단히요. 벌써 경찰차 소리가 들리는 것 같으니까요.」

정말이었다. 거리에서 경적이 울렸다. 하지만 엔지니어는 신경 쓰지 않았다. 그리고 그가 말을 시작하는 지금, 나의 의식 속에서 짧은 순간 동안 다음과 같은 사실이 다시 떠올랐다. 이 일에 나 자신, 내 맹세, 내 명예, 내 인생이 달렸다는 사실을 말이다. 하지만 나는 곧바로 평온함과 확신을 되찾았고, 이 일이 나와 전혀 상관없다고 여기게 되었다. 이제 분명 모든 게 자연스럽게 설명될 터였다. 터무니없는 혐의가 나에게 계속 붙어 있으리라고는 상상할 수 없었다.

「총성이 울렸을 때……」엔지니어가 말했다. 「요슈 남작님은 위층에 있었습니다. 그렇죠? 알고 있었나요? 테라스에서 당신 누나와 대화를 나누고 있었죠. 우리는 여기에서 출발해야 합니다.」

「그랬을지도 모르죠.」별 대수롭지 않은 일을 이야기하는 투로 펠릭스가 말했다. 그는 여전히 바깥 소리에 귀를 기울이고 있었다. 그러나 경적 소리는 멀리 사라져 버렸다.

「그 점을 우리는 분명히 해야 합니다. 중요한 문제예요.」 엔지니어가 말을 이었다. 「왜냐하면 오이겐 비쇼프를 찾아온 낯선 자, 정체불명의 방문객이 두 발의 총성이 울린 순간 아직 여기 이 방에 있었다고 볼 근거가 있으니까요.」

「두 발이라고요? 나는 단 한 발밖에 못 들었는데요.」

「두 발이었어요. 리볼버를 아직 조사해 보지는 않았습니다만, 내 말이 맞다는 게 드러날 거예요.」

그는 벽 쪽으로 가서 벽지 무늬의 담청색 꽃과 아라베스크를 가리켰다.

「여기에 총알이 박혀 있습니다. 오이겐 비쇼프는 방어를 한 거예요, 펠릭스. 그는 자신을 뒤쫓는 자에게 한 발을 쏘았고, 그 직후에 스스로에게 총을 겨눈 거죠. 이것이 그때 상황입니다. 남작님은 결정적인 순간에 테라스에 있었습니다. 따라서 남작님이 그 정체불명의 방문객이라고 의심할 수는 없지요. 확실해요.」

고르스키 박사가 벽지 무늬에서 총알이 뚫고 들어간 자리로 몸을 숙이고는 주머니칼로 총알을 찾았다. 나는 석회가 흘러내리는 소리를 들었다. 펠릭스는 계속해서 바깥 거리의 소리에 귀를 기울였다.

「정말로 그렇게 확실한가요?」 이윽고 펠릭스가 고개를 돌리지 않은 채로 물었다. 「정체불명의 방문객이 어떻게 정원에 들어왔는지 설명해 줄 수 있나요? 아무도 방문객이 오는 것을 보지 못했고, 아무도 초인종이 울리는 소리를 듣지 못했잖아요. 당신이 무슨 말을 할지 나는 이미 알아요. 당신의 대단한 괴한이 정원 문을 여는 또 다른 열쇠를 가지고 있었다, 안 그래요?」

엔지니어가 고개를 가로저었다.

「아뇨. 추측컨대 오히려 괴한은 긴 시간 내내, 어쩌면 벌써 몇 시간 동안 여기 별채에서 오이겐 비쇼프를 기다린 것 같습니다.」

「그렇군요. 그럼 이제 괴한이 어떻게 방에서 나갔는지도 설명해 주실까요? 당신 주장대로라면 첫 번째 총성이 울렸을 때 그는 아직 여기에 있었어요. 하지만 두 발의 총성 사이에는 간발의 차이만 있었어요. 그리고 우리가 왔을 때 문은 안에서 잠겨 있었고요.」

「그 문제를 오랫동안 곰곰이 생각했지요.」 엔지니어가 전혀 당황해하지 않고 말했다. 「창문 역시 잠겨 있었고요. 기꺼이 고백하건대 그게 내 추리에서 취약점이에요. 지금까지 볼 때 남작님께 불리할 수 있는 유일한 점이지요.」

「유일한 점이라!」 펠릭스가 외쳤다. 「그럼 파이프는요? 이 영국식 섀그 파이프를 이리로 가져온 게 누구죠? 가령 당신이 말하는 수수께끼의 방문객인가요? 아니면 결국 오이겐 자신인가요?」

「두 번째 가능성을 처음부터 배제하고 싶지는 않군요.」 엔지니어가 말했다.

펠릭스가 격한 말을 입 밖으로 내뱉으려는 순간, 이제껏 묵묵히 이야기를 듣고 있던 고르스키 박사가 앞서 말했다.

「잘 모르겠군요.」 그가 말했다. 「저의 착각일 수도 있습니다만, 그 파이프가 잠시 동안 정말 오이겐 비쇼프의 손에 있는 걸 본 것 같거든요. 말씀드렸다시피 제 착각일 수도 있습니다만……」

「정말입니까, 박사님?」 펠릭스가 박사의 말을 끊었다. 「오이겐이 담배를 피우는 모습을 보신 기억이 있나요? 아뇨, 박사님. 매형은 담배를 피우지 않았어요. 담배라면 질색이었다고요……」

「그가 담배를 피울 생각이었다고 주장하는 게 결코 아닙니다.」 박사가 말허리를 잘랐다. 「어쩌면 딴생각을 하다가 파이프를 가져갔을지도 모르죠. 마침 손에 쥐고 있었으니까요. 이 봐요, 나도 한번은 멍하니 있다가 큰 가위를 들고 거리로 나선 적이 있다고요. 만일 아는 사람들을 만나지 않았더라면……」

「아뇨, 박사님. 보다 그럴듯한 설명을 찾으려고 노력하셔야겠습니다. 제가 여기에 들어섰을 때 파이프에는 아직 불이 붙어 있었어요. 그리고 봐요, 지금도 저기 바닥에 탄 성냥이 여섯 개비 놓여 있잖아요. 파이프를 사용한 겁니다.」

고르스키 박사는 아무 대답도 하지 못했다. 하지만 이 말은 엔지니어에게 뭐라 설명하기 어려운 작용을 했다.

엔지니어가 펄쩍 뛰었다. 그의 얼굴이 갑자기 백지장처럼 새하얘졌다. 그는 우리를 차례로 쳐다본 후 이렇게 소리쳤다.

「파이프에 아직 불이 붙어 있었다! 이겁니다. 생각 안 나요, 펠릭스? 〈책상에는 불타는 담배가 아직 놓여 있었다!〉」

우리 중 누구도 그가 무슨 생각에 빠진 건지 알아채지 못했다. 그는 아마도 흥분한 탓인지 뚜렷한 슬라브 억양으로 말했다. 이것이 가장 내 주의를 끌었다. 우리는 놀라서 그를 바라보았다. 그는 완전히 창백해졌고, 완전히 제정신이 아니었으며, 거의 충격을 받은 모습으로 우리 앞에 서 있었다. 아무것도 말하지 못하고, 아무것도 설명하지 못하고, 그저 더듬더듬하기만 했다. 그 와중에 그는 폭발하는 분노와 싸워야 했다. 우리가 그의 말을 바로 알아듣지 못했기 때문이다.

펠릭스가 고개를 절레절레했다.

「알아듣게 똑똑히 말해요, 발데마르. 무슨 소린지 하나도 모르겠어요.」

「여기 이 방에 처음 들어온 사람이 난데!」 엔지니어가 소리쳤다. 「빌어먹을! 눈은 뒀다가 뭐 한 거지? 똑똑히 말하라고요? 충분히 똑똑히 말했는데! 그 남자는 오이겐 비쇼프처럼 방에 틀어박혀 문을 잠갔어요. 그리고 집주인이 들어갔을 때 그의 책상에는 불타는 담배가 놓여 있었고요. 내 말이 이해가 안 가나요? 아니면 이해할 생각이 없는 건가요?」

마침내 나는 그가 무슨 말을 하는지 알아차렸다. 나는 오이겐 비쇼프와 친분이 있던 저 해군 소위의 불가사의한 자살 사건을 생각하지 않았던 것이다. 나는 두 비극적 사건의 유사성을 의식하며 가볍게 몸서리쳤다. 뭔가 관련이 있다는 어둡고 무서운 예감이 이 순간 처음으로 떠올랐다.

「외적인 상황이 동일하고 사건의 경과도 똑같아요.」엔지니어가 말하면서 주름진 이마를 손으로 쓸었다.「경과가 거의 똑같고, 게다가 세 경우 모두 어떤 확실한 동기가 없고요.」

「그래서 결론이 뭐죠?」펠릭스가 예의 완벽한 확신을 잃고 당황해하며 물었다.

「무엇보다도 한 가지 결론은 내릴 수 있죠. 요슈 남작님은 범인이 아니다. 이제는 분명히 알겠죠?」

「그럼 누가 범인인 거죠, 발데마르?」

엔지니어는 바닥에 쭉 뻗고 누운 채로 덮여 있는 시신을 오래도록 응시했다. 그는 이상한 상상에 빠져 목소리 톤을 죽였다. 그는 아주 나지막이, 거의 속삭이듯 말했다.

「오이겐 비쇼프가 우리에게 자기 친구의 운명에 대해 이야기했을 때, 아마도 그는 비밀의 답에 이르기까지 단 한 발짝만 남겨 두었을 거예요. 그는 방을 나설 때 답을 예감하고 있었죠. 그래서 그토록 흥분하고 완전히 제정신이 아니었던 거예요. 기억 안 나요?」

「그래서요? 계속 말해 봐요!」

「그 젊은 장교는 동생의 자살 원인을 알게 되었을 때 목숨을 끊었어요. 오이겐 비쇼프 역시도 비밀을 풀었고요. 그가 죽을 수밖에 없었던 이유는 바로 그것 때문일지도…….」

정원 초인종이 울리는 소리가 정적을 깨뜨렸다. 고르스키 박사가 문을 열고 밖을 내다보았다. 우리는 여러 사람의 목소리를 들었다.

펠릭스가 고개를 들었다. 그의 얼굴 표정은 달라져 있었다. 냉담한 우월감을 되찾은 표정이었다.

「경찰이군요.」 그가 완전히 달라진 어조로 말했다. 「발데마르, 보아하니 당신이 얼마나 환상의 세계에 빠져들었는지 모르는 것 같군요. 아뇨, 당신의 이론은 전혀 설득력이 없어요. 저는 이만 실례하겠습니다. 저 혼자 가서 경찰관들과 이야기하겠어요.」

그는 고르스키 박사에게로 다가가 따뜻하게 악수를 했다.

「안녕히 가십시오, 박사님. 오늘 디나와 저를 위해 해주신 일 잊지 않겠습니다. 박사님이 안 계셨다면 어쩔 뻔했는지. 당신은 침착함을 유지하며 모든 일을 챙겨 주셨습니다, 박사님.」

그러고 나서 펠릭스의 시선이 나를 훑었다.

「이 일에서 변한 건 아무것도 없다는 점을 확인시켜 드릴 필요는 없겠지요, 대위님.」 그가 가볍게 말했다. 「우리가 약속한 대로 하는 거예요, 안 그렇습니까?」

나는 말없이 몸을 숙여 인사했다.

10

그날 저녁 오이겐 비쇼프의 저택에서 추가로 일어난 일을 이제 이야기하겠다.

정원을 지나던 중에 우리는 경찰과 마주쳤다. 평복 차림의 세 신사로, 그중 한 명은 서류 가방과 커다란 갈색 가죽 가방을 들고 있었다. 귀먹은 정원사가 등불로 앞을 비춰 주고 있었다. 우리는 옆으로 길을 비켜 주었다. 그런데 얼굴이 통통하고 뾰족한 회색 턱수염을 기른 나이 든 신사가 ― 그는 이 구(區)를 담당하는 경찰의라는 게 드러났다 ― 멈춰 서서 고르스키 박사와 몇 마디 말을 주고받았다.

「안녕하십니까.」 경찰의가 말하고는 손수건을 입 앞으로 가져갔다. 「지금 계절치고는 좀 춥네요. 요청을 받고 오신 겁니까?」

「아닙니다. 우연히 현장에 있었지요.」

「대체 무슨 일입니까? 우린 아직 아무것도 모릅니다.」

「조사 전인데 미리 말씀드릴 순 없지요.」 박사가 회피하며 말했다. 나는 계속 길을 걸었기 때문에 이후 대화가 어떻게 흘러갔는지 더 이상 듣지 못했다.

내가 나온 뒤로 음악실에 발을 들인 사람은 아무도 없는 것 같았다. 문 앞에는 여전히 의자가 쓰러져 있었다. 나는 내 악보가 바닥에 흩어져 있는 것을 발견했다. 한 의자의 등받이에 디나의 숄이 펼쳐진 채 걸려 있었다.

열린 창문을 통해 차고 습한 밤바람이 불어왔고, 나는 한기를 느끼며 웃옷 단추를 잠갔다. 그리고 악보를 주우려 몸을 수그리는 동안 나의 시선은 〈B 장조 삼중주, 작품 번호 8〉이라고 적힌 악보 한 장에 가닿았다. 우리가 이 스케르초의 연주를 이제 막 끝마친 듯한 느낌이었다. 피아노의 종지(終止) 화음과 길게 끄는 첼로 톤이 귓속을 울렸다. 나는 기분 좋은 환각에 빠져 우리 모두가 아직 티 테이블에 둘러앉아 있는 양 믿었다. 아무 일도 일어나지 않은 가운데 엔지니어는 둥근 고리 모양의 푸른 담배 연기를 공중으로 내뿜었고, 피아노로부터 디나의 일정한 숨결이 느껴졌으며, 느릿느릿 왔다 갔다 하는 오이겐 비쇼프의 그림자가 소리 없이 양탄자 위로 미끄러졌다.

별안간 문이 꽝 닫혔다. 나는 소스라쳤다. 앞방에서 시끄러운 목소리들이 들렸고, 내 이름이 언급되었다. 내 이야기를 하는 사람은 엔지니어와 박사였다. 그들은 내가 오래전에 이 집을 떠났다고 생각하는 듯했다.

「전부.」나는 박사가 몹시 단호한 어조로 말하는 소리를 들었다. 「모든 폭력 행위, 모든 비열한 행위, 모든…… 망할,

10시가 되었군요. 나는 그가 살인도 저지를 수 있다고 믿습니다. 어쩌면 처음이 아닐지도 모르죠. 하지만 명예를 걸고 거짓 맹세를 한다? 그건 아닙니다.」

「처음이 아닐지도 모른다고요?」 엔지니어가 물었다. 「그게 무슨 뜻입니까?」

「맙소사! 기병 장교이지 않습니까. 여기 이렇게 외풍이 있는 곳에서 결투에 대한 제 견해를 펼쳐야 합니까? 그는 가차 없이 잔인해질 수 있어요. 저는 그런 사례를 줄줄 댈 수 있습니다. 저기 당신 외투가 걸려 있어요. 그는 동물을 좋아하죠. 승마용 말이나 개를요. 그래요. 하지만 자기 길을 가로막는 사람의 목숨은 그에게 딱 그 정도의 가치를 가진다는 점을 말씀드리죠.」

「제 생각에는, 박사님, 당신은 그를 완전히 잘못 판단하고 있습니다. 인상을……」

「제 말 좀 들어 봐요. 저는 그를 알아요. 잠깐만요. 15년 전부터 알아 왔다고요……」

「하지만 저 역시 조금은 사람을 볼 줄 압니다. 저는 정말이지 그가 앞뒤 가리지 않는 잔인한 사람이라는 인상을 받지 않았습니다. 오히려 반대로 몹시 민감한, 오직 자신의 음악 속에서만 사는, 내적으로 소심한……」

「친애하는 엔지니어님, 그렇게 간단히 정의할 수 있는 사람이 누가 있답니까? 한 사람의 성격을 몇 마디 단어로 다 표현할 수는 없는 법입니다. 인간의 성격은, 가령 양전하 아니면 음전하를 띠는 당신의 녹색 코일처럼 그렇게 간단한 게 아니에요. 민감하고 과민하다, 옳은 말일지도 모르죠. 내적으로 소심하다, 이것도 맞는 얘기고요. 하지만 그 밖에도 온갖 특성이 있을 수 있습니다. 정말이라니까요!」

나는 악보 한 장을 든 채 구부정한 자세로 서 있었다. 감히 움직일 엄두가 나지 않았다. 문은 완전히 닫히지 않고 살짝 열려 있었고, 조금이라도 움직이면 나의 존재를 들킬 수 있었기 때문이다. 그들이 벌이는 모든 토론에 나는 관심이 없었다. 내 머릿속에는 단 한 가지 생각만 있었다. 두 사람이 이제는 이 집을 떠나 주었으면 하는 생각 말이다. 어쩔 수 없이 이야기를 엿듣는 사람의 역할을 하자니 곤혹스러웠던 까닭이다. 그러나 대화는 계속되었고, 나는 원하든 원치 않든 그 이야기를 들을 수밖에 없었다.

「하지만 명예를 걸고 거짓 맹세를 한다, 아뇨, 그건 아닙니다.」 박사가 말했다. 「이봐요, 내면의 윤리 법칙이라는 게 있습니다. 아무리 냉소적인 사람이라도 그걸 위반하지는 않지요. 신분, 출신, 전통…… 아뇨, 요슈 남작은 명예를 걸고 거짓 맹세를 할 사람이 아닙니다. 펠릭스가 잘못 생각하는 거예요.」

「펠릭스가 잘못 생각하는 거다.」 엔지니어가 다시 한번 말했다. 「그것은 제게 처음부터 분명했습니다. 우리는 오래된 흔적을 발견합니다. 그런데 처음 보이는 곳까지 그 흔적을 추적하는 대신, 즉 가장 가까이에 있는 일, 자명한 일을 하는 대신…… 도대체 남작이 아카데미 학생의 자살과 무슨 관계가 있는가, 이 질문을 펠릭스는 스스로에게 던져야 합니다! 오이겐 비쇼프는 죽었고, 저는 여전히 그것을 이해할 수 없습니다! 우리는 사건의 전모를 밝힐 겁니다, 박사님. 그게 우리의 과제입니다. 저를 도와주시겠습니까?」

「도와달라고요? 그냥 두고 보는 것 말고 대체 우리가 뭘 할 수 있다는 겁니까?」

「그래요? 그냥 두고 본다?」 엔지니어가 격앙해서 크게 소리쳤다. 「아뇨, 박사님. 저는 지금껏 살아오는 동안 결코 그런 적이 없습니다. 태만을 숨기기 위한 위장 중에 제가 가장 증오하는 게 그냥 두고 보는 것입니다. 그냥 두고 본다, 그건 제게 너무 멍청하거나 너무 게으르거나 너무 무정하다는 소리입니다……」

「고맙습니다.」 고르스키 박사가 말했다. 「정말로 사람 볼 줄 아시는군요.」

「그럴지도요, 박사님. 보세요, 당신이 가차 없이 앞뒤 가리지 않는 사람, 주저할 줄 모르고 양심 없는 사람이라 여기는 남작은…… 정말이지 박사님, 제가 보기에 우리 러시아산 보르조이 같습니다. 보르조이 견종을 아시는지요? 호리호리하고, 거만하며, 정신적으로 그다지 활발하지는 않지만 철저히 귀족적이지요. 생긴 모습을 보면 조심해서 대해야 할 것 같죠. 그러면서도 자기 목숨이 달린 문제에서는 완전히 무기력하답니다. 우린 그를 위해 생각해야 합니다, 박사님. 그를 정말로 나 몰라라 내버려 둘 작정입니까? 그냥 두고 본다면 틀림없이 상황은 그에게 불리하게 돌아갈 겁니다. 그리고 끝은 리볼버고요. 그 점을 생각하세요. 아직 희생자가 충분하지 않나요, 박사님?」

고르스키 박사는 묵묵부답이었다. 나는 1분 동안 그가 이리저리 움직이며 요란을 피우는 소리를 들었다. 무슨 물건이 쿵 하고 바닥에 떨어졌고, 화를 내며 투덜대는 소리가 들려왔다. 이어서 저주를 퍼부어 대는 소리가 들렸다.

「뭘 찾는 겁니까?」엔지니어가 물었다.

「내 지팡이요. 대체 어디다 뒀더라? 내 것도 아닌데. 그게 가장 멋진 점이죠. 우리 집 수위 거랍니다. 이놈의 류머티즘이 또. 피에슈타니, 진작에 피에슈타니에 갔어야 했는데. 두툼한 뿔 손잡이가 달린 갈색 지팡이입니다. 어디서 못 보셨습니까?」

　나는 소스라치게 놀랐다. 왜냐하면 벽난로 옆 벽에 뿔 손잡이가 달린 갈색 지팡이가 기대져 있었기 때문이다.

　나는 두 사람이 나의 존재를 알아차리지 못한 채로 이 집을 떠나기를 바랐었다. 이제 그 희망을 포기해야 했다. 박사는 지팡이를 찾으러 이 방에 들어올 것이 뻔했으니까. 그 전에 선수를 쳐야 했다.

　나는 몸을 똑바로 세우고 악보를 아무렇게나 탁자 위로 던졌다. 그러고 나서 피아노로 다가갔고, 바이올린 상자의 뚜껑을 시끄럽게 닫았다. 두 사람은 내가 여기에 있으며, 그들이 그토록 부주의하게 시끄러운 소리로 나눈 대화를 한마디도 빠짐없이 들었다는 것을 알게 될 터였다.

　즉시 밖에서 고르스키 박사의 짜증스러운 투덜거림이 멎었고, 괘종시계가 똑딱거리는 소리만 들렸다. 지금 두 사람은 넋이 나간 채 서로를 쳐다보고 있으리라. 나는 그들의 놀라고 당황한 얼굴을 머릿속에 그려 보았다. 박사의 모습, 인 버네스[19]를 입고 덧신을 신은 채로 성경 속 소금 기둥처럼 굳어 버린 그놈[20]의 모습이 한순간 눈앞에 선했다.

마침내 그들은 말문이 다시 트인 듯했다. 흥분해서 속삭이는 소리가 시작되었고, 곧이어 발걸음 소리가 들렸다. 엔지니어의 확고하고 힘찬 발걸음 소리가.

나는 아주 느긋하게 그쪽으로 걸어갔다. 분명 나보다는 그에게 훨씬 불편한 상황이었다. 내가 막 문을 열려는 찰나, 옆에서 전화기가 날카롭게 울렸다.

나는 완전히 기계적으로 수화기를 집어 들었다. 절대 나에게 온 전화가 아니라는 생각이 뒤늦게 비로소 들었다. 「여보세요?」

「전화 받으신 분은 누구신가요?」 전화기에서 소리가 들려왔다. 아는 목소리였다. 나는 전화를 건 사람이 매우 젊은 아가씨라는 것을 곧장 확신했다. 그리고 이러한 인상은 특이한 향수에 대한 기억, 에테르 혹은 에테르를 함유한 오일의 향기에 대한 기억과 결부되어 있었다. 한순간 나는 어디서 이 목소리를 들었는지 생각에 잠겼다.

전화를 건 여인은 참을성을 잃었다.

「누구신데요?」 그녀가 짜증스러운 어조로 다시 물었다. 나는 혼란에 빠졌다. 왜냐하면 문이 벌컥 열렸기 때문이다. 엔

19 소매 대신 망토가 달린 외투.
20 Gnom. 땅의 정령으로 늙은 난쟁이의 모습을 하고 있다.

지니어가 외투 차림으로 모자를 든 채 문턱에 서서 의아해하는 눈빛으로 나를 바라보고 있었다.

「비쇼프 씨 댁입니다.」 마침내 내가 말했다.

「내 지팡이가 여기 있군.」 고르스키 박사가 굉장히 만족스러워하며 중얼거렸다. 엔지니어 옆으로 문을 비집고 들어온 그는 이제 방 안에 서서 다리를 문지르고 있었다.

「교수님 계신가요?」 여인이 물었다.

「교수님요?」 누구를 말하는 것인지 도통 알 수가 없었다. 잘못 연결되었군, 처음에는 그렇게 생각했다. 그러다 곧 떠올랐다. 언젠가 디나가 사람들이 그녀의 집 전화번호를 어느 안과 주임 의사의 번호와 항상 혼동한다며 한탄한 적이 있었다.

「벌써 또 시작이군.」 박사가 하소연했다. 「제일 좋은 건 유황 온천에 몇 주 다녀오는 걸 테지요. 믿기지 않으시겠지만 올여름에는 한 번도 그러지를 못했답니다.」

「누구를 바꿔 드릴까요?」 내가 물었다. 「비쇼프 교수님, 오이겐 비쇼프 씨요.」 전화기에서 대답이 들려왔다.

오이겐 비쇼프가 연기 아카데미에서 연극 수업을 했다는 사실이 이제야 기억났다. 바로 생각을 못 하다니! 학생 중 한 명이겠지, 나는 스스로에게 말했다. 하지만 왜 이 목소리가 나에게 에테르 냄새를 연상시키는지는 설명할 수 없었다.

「교수님께서는 지금 통화를 하실 수 없습니다.」 내가 전화기에 대고 소리쳤다.

「이제 좀 갑시다!」 고르스키 박사가 엔지니어에게 채근했다. 「류머티즘이 왔는데, 이렇게 외풍이 있는 곳에 얼마나 더서 있어야 하는 겁니까?」

「조용히 좀 하세요!」 엔지니어가 속삭였다. 「옷걸이대가 정강이에 떨어져서 그런 겁니다. 그게 당신이 말하는 류머티즘이에요.」

「말도 안 되는 소리!」 박사가 화를 내며 소리쳤다. 「무슨 그런 소리를! 근육통 맛을 호되게 보게 될 거라고요!」

「통화를 하실 수 없다고요? 저하고도요?」 여인이 자신감 넘치는 투로 물었다. 자기 이름을 댈 필요가 전혀 없다고 여기는 듯했다. 「저하고도 통화를 하실 수 없다고요? 제 전화를 기다리고 계신데요.」

나는 어찌할 바를 몰랐다. 게다가 고르스키 박사가 중간중간에 계속해서 말하는 소리가 나의 혼란을 가중시켰다. 뭐라고 말해야 하지?

「유감스럽게도 교수님께서는 누구와도 통화할 수 없습니다.」 내가 답했다. 불현듯 나는 스코틀랜드식 격자무늬 천과 거기에 덮여 있는 창백한 얼굴을 떠올릴 수밖에 없었다. 등골이 오싹해지고 손이 덜덜 떨리는 것이 느껴졌다.

「누구와도 통화할 수 없다고요?」 여인이 놀라서 의심하는 어조로 물었다. 「하지만 제 전화를 기다리고 계신다고요!」

「봐요, 벌써 또 비가 내리는 것 같습니다.」 박사가 말했다. 「나한테는 독이나 다름없어요. 마차를 잡아탈 수 있을까요? 당연히 못 잡겠죠. 안 봐도 뻔합니다.」

「제발 조용히 좀 해요, 빌어먹을!」 엔지니어가 호통쳤다.

「그게 무슨 소리죠? 사고가 났군요!」 정체를 알 수 없는 여자가 소리를 질렀다.

「옆구리랑 등도 아프군요. 통증은 위로 올라갑니다. 그럼 난리 나는 거죠.」 고르스키 박사가 완전히 주눅이 들어서 속삭이고는 입을 다물었다.

「무슨 일이 일어난 거죠? 말 좀 해보세요!」 전화기에서 여인이 채근했다.

「아무 일도 없습니다. 전혀 아무 일도.」 다음과 같은 생각이 내 머릿속을 번개처럼 스쳐 갔다. 〈이 여자가 어떻게 아는 거지? 대체 어떻게 해서 아는 거지? 아냐! 나를 통해 그 일을 들어서는 안 돼. 펠릭스한테만 그 사실을 알릴 권리가 있어……〉 「전혀 아무 일도 일어나지 않았습니다.」 내가 말했다. 그러면서 나는 내 목소리가 차분한 느낌을 주도록 노력했다. 그러나 일그러진 창백한 얼굴에 자리한 굳은 눈, 그 눈은 내 머릿속에 머물러 있으면서 사라질 줄 몰랐다. 「교수님은 일 때문에 혼자 틀어박혀 계십니다.」 내가 말했다. 「그뿐입니다.」

「일 때문에! 아, 맙소사. 새로운 배역 때문이군요. 그럼 그렇죠! 그런데 저는…… 아니, 그런 바보 같은 생각을! 저는 혹시나…….」

그녀가 혼자서 가볍게 웃었다. 그러고는 앞서의 자신감 있는 투로 말했다.

「당연히 교수님을 방해하고 싶지는 않아요. 혹시 괜찮으시면…… 지금 통화하시는 분은 누구죠?」

「요슈 남작입니다.」

「모르는 분이군요.」그녀는 아주 단정적으로 말했다. 그리고 다시금 나는 이 목소리를 전에 여러 번 들은 것 같다는 느낌을 받았다. 하지만 언제 어디서인지는 여전히 좀체 떠오르지 않았다. 「교수님께 전해 주실 수 있을까요? 원래 오늘 오후에 저한테 오시기로 되어 있었는데, 점심때 갑자기 약속을 취소하셨거든요. 그러니까 교수님께 전해 주셨으면 해요. 내일 오전 11시에 저희 집에서 기다리겠다고요. 모든 게 준비되었다고, 만약 교수님께서 내일 또 시간이 없으시면 저는 그 일을 또 한 번 미룰 기분이 아니라고 말씀드려 주세요.」

「이 모든 이야기를 누가 전했다고 말씀드리면 될까요?」내가 물었다.

「그러니까……」여자의 목소리는 이제 무언가 자기 뜻대로 되지 않아 심통이 난 버릇없는 아이의 목소리처럼 아주 못마땅하게 들렸다. 「그러니까 이렇게 전해 주세요. 제가 최후의 심판을 절대 더는 못 기다리겠다고요. 이걸로 충분할 거예요.」

「최후의 심판이라고요?」내가 의아해하며 물었다. 이때 나는 가벼운 불쾌감을 느꼈다. 왜 그런지는 설명할 수 없었다.

「그래요. 최후의 심판.」그녀가 힘주어 말했다. 「교수님께 그렇게 전해 주시겠어요? 고마워요.」

나는 그녀가 전화를 끊는 소리를 듣고 수화기를 내렸다. 바로 그때 누가 내 어깨를 움켜잡은 것을 느꼈다. 고개를 돌렸다. 엔지니어가 옆에 서서 내 얼굴을 응시하고 있었다.

「무슨…… 무슨 소리죠?」그가 더듬거리며 물었다. 「뭐라고 말씀하신 겁니까?」

「제가요? 여인이, 전화를 건 여인이 한 말이에요. 최후의 심판을 더는 못 기다리겠다고요.」

그가 나를 놓아주고는 수화기로 손을 뻗었다. 그의 모자가 바닥에 떨어졌다. 나는 모자를 주워 손에 들었다.

「늦었습니다. 이미 끊었거든요.」내가 말했다.

그는 격한 동작으로 수화기를 내던졌다.

「누구랑 통화하신 겁니까?」그가 나에게 소리쳤다.

「누구냐고요? 모릅니다. 이름을 밝히려 들지 않았거든요. 하지만 어디서 들어 본 목소리 같았습니다. 제가 말씀드릴 수 있는 건 이게 답니다.」

「잘 생각해 보십시오! 제발, 잘 좀 생각해 보시라고요!」그가 소리를 질렀다. 「통화한 사람이 누군지 알아야겠습니다. 분명 생각이 날 겁니다! 네? 분명 생각이 날 거라고요!」

나는 어깨를 으쓱했다.

「원하신다면 교환국에 전화해 보겠습니다. 나와 연결되었던 사람이 누군지 알 수 있을지도 모릅니다.」내가 말했다.

「전혀 가망 없는 일입니다. 괜히 애쓰지 마십시오. 그보다는 잘 생각해 봐요! 그 여자는 오이겐 비쇼프를 찾았잖아요. 그에게 뭘 원한 겁니까?」

나는 대화 내용을 한마디 한마디 말해 주었다.

「당신도 이상하다고 생각하는군요, 그렇죠?」내가 보고를 끝마친 후 물었다. 「최후의 심판! 이게 무슨 뜻일까요?」

「그게 무슨 뜻인지는 나도 모릅니다.」그가 말하고는 바닥을 응시했다. 「제가 아는 것은 단지, 그게 오이겐 비쇼프가 마지막으로 남긴 말이라는 겁니다.」

우리는 말없이 서로를 마주하며 서 있었다.

방 안에서는 아무것도 움직이지 않았다. 시계가 똑딱거릴 뿐 그 외에는 아무 소리도 들리지 않았다. 정원을 내다보던 고르스키 박사가 마침내 창문을 닫았다.

「다행입니다, 이제 비가 내리지 않는군요.」 그가 말하면서 우리 쪽으로 왔다.

「비가 내리든 말든 그게 나와 무슨 상관입니까!」 엔지니어가 갑자기 분노를 폭발시키며 소리쳤다. 「아직도 모르겠습니까? 한 사람의 목숨이 위험합니다!」

「저는 괜찮습니다. 완전히 쓸데없는 걱정을 하시는 겁니다.」 내가 그를 진정시키려 말했다. 「정말이지 저는 당신이 생각하는 것처럼 그렇게 무기력하지 않습니다. 게다가…….」

그는 완전히 넋이 나가서 나를 바라보았다. 그러고는 자기 모자를 보고 그것을 내 손에서 집어 갔다.

「당신의 목숨을 이야기하는 게 아닙니다.」 그가 중얼거렸다. 「아니, 당신의 목숨이 아니에요.」

그리고 그는 가버렸다. 말없이. 마치 몽유병자처럼 밖으로 나가 계단을 내려갔다. 구겨진 모자를 든 채 인사도 없이, 나도 고르스키 박사도 신경 쓰지 않고.

11

그날 저녁 나와 마주친 이들은 필경 내가 제정신이 아닌 사람이라는, 갑자기 넋이 나간 사람이라는 인상을 받았을 것이다. 나는 흥분한 상태로 모자도 쓰지 않고 이마에는 새로 찢어진 상처가 난 채로 밝은 조명이 비추는 거리를 지나 집으로 향했다. 언제 어디서 이 상처를 얻었는지 도무지 알 수가 없었다. 건너편 별채에서 몇 초간 의식을 잃었을 때 — 그것은 가벼운 졸도일 뿐이고 금방 지나갔다 — 무언가 단단한 물건에, 가령 의자 등받이나 책상 모서리에 이마를 부딪쳤을 가능성이 컸다. 나는 그 후 얼마 안 있어 오른쪽 눈 위에 따끔하고 쑤시는 듯한 아픔을 느꼈던 것을 정확히 기억한다. 하지만 그때 나는 거기에 더는 신경을 쓰지 않았고, 아픔은 곧 가신 듯했다. 거리로 나섰을 때 나는 이 상처에 대해 여전히 아무것도 모르고 있었다. 그리고 사람들이 내게 던지는 놀란 눈빛은 이상한 상상을 불러일으켰다.

마치 온 도시가 방금 비쇼프 저택에서 벌어진 일을 이미 아는 것 같았다. 온 도시가 그 사건에 관심을 보였으며, 온 도시가 나를 알고 나를 살인범이라 여겼다. 〈당신이 아직도 체포되지 않다니, 어떻게 그럴 수가 있지?〉 야간 카페에서 거리로 나온 한 대학생의 의아해하는 눈빛이 물었다. 나는 소스라치게 놀라 발걸음을 재촉했고, 어느 집 문 앞에 서서 들여보내 주기를 기다리는 두 아가씨와 마주쳤다. 그들은 자매였는데, 그중 마가목 가지를 든 아가씨가 나를 알아보았다. 틀림없었다. 〈저 사람이야.〉 그녀가 속삭였다. 그리고 나는 그녀가 혐오와 분노에 휩싸여 고개를 돌려 버리는 모습을 보았다. 그녀는 얼굴이 창백했다. 여름용 모자의 넓은 테 아래로 그녀의 붉은 머리칼이 언뜻 비쳤다.

이어서 신경질적으로 손을 움직이는 늙은 신사가 와서 멈춰 서더니, 수심 가득한 눈빛으로 나를 바라보았다. 심지어 내게 말을 걸려는 기색이었다. 〈어떻게 그 불쌍한 사람을 죽음으로 몰아갈 수 있습니까! 어떻게 그럴 수 있습니까?〉 이런 말을 하려는 듯했다. 망할! 이제 지긋지긋하다고! 하는 생각이 나를 스치고 갔다. 그 신사는 말을 꺼내는 즉시 내가 그에게 달려들 작정이라는 것을 알아챘다. 그러자 그는 겁을 집어먹고 다른 곳으로 가버렸다.

그러나 나에게 마지막 남은 자제력을 잃게 한 일이 일어났다.

자전거를 탄 사람이 소리 없이 내게로 다가왔다. 팔을 드러내고 잔인한 얼굴 표정을 한 키 큰 근육질의 남자는 망사 조끼를 입은 모습이 빵집 점원 같았다. 이 남자가 내 바로 앞에서 자전거를 세우고 뛰어내리더니 나를 응시했다. 나를 찾고 있는 거야! 나를 뒤쫓고 있는 거야! 하는 생각이 내 머릿 속을 쏜살같이 스쳐 갔다. 나는 달리기 시작했다. 헐레벌떡 거리를 가로질러 뛰었다. 계속해서 뛰었다. 그러다 원래 길 에서 멀리 벗어난 어두운 샛골목에서 비로소 숨을 헐떡거리 며 멈춰 섰고, 정신을 차렸다.

이게 뭐지? 나는 깜짝 놀라고 부끄러워하며 자신에게 물 었다. 내가 뭐 때문에 달아난 거지? 저기에서 누가 리볼버를 스스로에게 겨눴다는 이유로 도시 전체가 움직인다는 게 도 대체 있을 수나 있는 일인가? 내가 가는 길에 우연히 마주친 낯설고 무관심한 사람들의 눈에서, 그들의 얼굴에서 펠릭스 가 내게 제기한 터무니없는 비난을 읽어 내다니, 이 무슨 미 친 짓인가! 망상이 나를 깜짝 놀라게 한 거야. 낯선 사람들 중 에 내가 알던 사람은 없었어. 그중에 내가 본 적 있는 사람은 없었어. 「이제 됐다고! 집으로 가자!」 나는 성을 내며 스스로 에게 속삭였다. 신경 탓이야. 브롬을 먹어야겠어. 그래, 너무 힘든 하루였어. 내가 뭘 두려워한 거지? 나는 아무 죄가 없는 데. 사람들의 시선을 겁낼 필요는 없어. 평온하게 내 갈 길을 가면 돼. 나는 어제처럼 평온하게 사람들의 얼굴을 바라볼 수 있어. 여느 날처럼 평온하게.

그러나 어떤 충동이, 내 안에 있는 무언가가 나로 하여금 마주 오는 사람들을 피해 멀찍이 돌아가게끔 했다. 나는 가 스등이 비추는 밝은 원을 우회하고 그늘진 곳을 찾았다. 그 리고 뒤에서 발걸음 소리를 들으면 놀라서 움찔했다. 어두운 길모퉁이에서 나는 마차가 천천히 지나가는 소리를 들었다. 나는 마차를 불러 세웠다. 마차가 멈춰 섰고, 졸음기 있는 마부가 나를 집으로 데려다주었다.

집 문을 열었을 때 나는 이미 결심이 서 있었다. 떠나는 거야.

「내 신경은 녹초가 돼버렸어.」 나는 방으로 들어가면서 낮은 소리로 말했다. 그 말을 대여섯 번 되풀이했다. 나는 내가 그러고 있는 것을 알아차리고 소스라쳤다. 그래, 여기에서 떠나는 거야! 하지만 남쪽은 안 돼. 아니, 니스는 안 돼. 라팔로나 리도도. 나는 저기 보헤미아의 흐루딤 지방에 영지를 소유하고 있었다. 일찍 죽은 외가 쪽 사촌에게서 물려받은 것이었다. 이 오래된 영지에서 나는 유년의 일부를 보냈고, 관리인의 보고, 제안, 정기 결산을 검토할 때마다 당시의 지난 여름날들을 자꾸만 떠올릴 수밖에 없었다. 유년기 이후로 나는 그곳을 단 한 번 방문했고, 일주일 동안 흐루딤의 숲속에서 수노루를 사냥했다. 이제 그로부터 5년이 지났다.

나는 그리로 가고 싶었다. 그곳에서는 평온과 고독을 찾을 수 있었다. 살면서 지금처럼 평온과 고독이 필요한 적은 결코 없었다. 내가 도시에서 사라진 것을 사람들이 곡해할 수 있다는 점, 그것을 도피로, 죄의 고백으로, 반박할 수 없는 증거의 그물망에서 억지로 벗어나려는 절망적인 시도로 곡해할 수 있다는 점 — 바로 그렇게 비칠 수 있다는 점을 그 순간 나는 생각하지 않았다. 나는 도시에서 벗어나고 싶었다. 그게 전부였다. 그리고 나는 앞으로 몇 주를 어떻게 보낼지 머릿속에 그려 보았다. 산을 오르고 내려가고 끝없는 전나무 숲을 지나는 몇 시간 동안의 하이킹. 털이 텁수룩한 늙은 사냥개와의 우정. 어린 소년 시절에 바다 괴물을 쫓으면서 물방개, 도롱뇽, 거머리를 잡던 웅덩이와의 재회. 마을 여관의 객실에서 과묵한 체코 농부들과 카드놀이 하는 산림 공무원들 사이에 앉아 보내는 어느 여름날 오후. 그리고 저녁에 잠자리에 들기 전 벽난로의 장작불을 마주하고 안락의자에 앉아 책과 적포도주와 파이프 담배와 더불어 보내는 한 시간.

앞으로 몇 주간의 생활이 이렇듯 눈앞에 펼쳐졌다. 그리고 이 계획을 막 세우자마자 벌써 내 안에서 그것을 실행에 옮기라고 난리였다. 나는 안달복달했다. 지금 당장, 바로 이 순간 기차 안에 앉아 있었으면 하는 생각이 굴뚝같았다. 나는 방 안에서 왔다 갔다 했다. 눈에 익은 그림, 책상, 창문에 드리운 알록달록 수놓은 고블랭직, 알바니아제 화승총, 그리고 벽에 걸린 녹색 비단으로 된 기도용 양탄자 — 이 모든 것이 꼴 보기 싫어지고 견딜 수 없게 되었다.

나를 사로잡은 조급함의 열병은 아무 일도 하지 않고 기다리는 것을 용납하지 않았다. 나는 마음속의 결심을 굳히기 위하여, 계획의 실행을 앞당길 수 있는 무언가를 하기 위하여, 꾸물거릴 시간이라곤 없는 듯 여행용 트렁크 두 개를 꺼내서 짐을 꾸리기 시작했다. 내면의 불안에도 불구하고 나는 체계적으로 행동했고, 모든 것을 생각했다. 하인 빈첸츠가 그보다 더 잘하지는 못했으리라. 나는 심지어 작은 휴대용 나침반과 이미 5년 전에 보헤미아 여행에 함께했던 독일어-

체코어 사전도 잊지 않았다. 짐 싸는 일을 마쳤을 때 방 안은 책과 옷과 가죽 각반과, 남겨 두고 갈 빨랫감으로 아수라장이 되어 있었다. 트렁크를 닫고서 나는 여행을 떠나기 전에 급히 처리할 일이 또 뭐가 있을지 곰곰이 생각했다. 은행에 가서 돈을 찾아야 했다. 그것이 첫 번째였다. 내 변호사와 상의도 해야 했다. 나는 전화로 그를 부를 생각이었다. 휴가는? 휴가 기간은 아직 끝나지 않았다. 수요일 저녁에 오페라 레스토랑에서 친구들과 약속이 있는데, 못 간다고 전해야 했다. 나를 마중하기 위해 정거장으로 마차를 보내라고 영지 관리인한테 전화로 지시도 해두고. 노름빛을 갚고 몇몇 청구서의 대금을 치러야 했다. 나는 모든 일을 완전히 깔끔하게 정리해 두고 싶었다. 도시에서 처리할 마지막 몇 가지 일들을 말이다. 그리고 펜싱 클럽에서 여는 벵크하임 백작 추모 대회, 거기에 참가 신청을 해뒀는데 때맞춰 불참을 통보해야 했다. 클럽 비서에게 몇 줄 적어 보내면 처리가 되리라.

그 순간 나에게 떠오른 일은 이게 다였다. 나는 다음 날을 위하여 이 일들을 메모해 두고, 책상에서 서진으로 종이쪽지를 눌러 두었다. 나의 불안은 약간 가라앉았다. 이 늦은 시각에 여행 준비를 위해 할 수 있는 일은 다 했다. 2시 5분, 이제 잠자리에 들 시간이었다.

하지만 나는 여전히 너무도 흥분해 있었기에 잠을 이룰 수 없었다. 한동안 눈을 감은 채 누워 있었으나 잠이 올 기미는 보이지 않았다. 말똥말똥한 뇌 속에서 오만 가지 불안한 생각이 고통스러울 만치 생생하게 교차했다. 곧이어 나는 나이트 테이블에 둔 수면제를 떠올렸다. 갑 안에는 조그만 브롬 두 알만 남아 있었다. 나는 두 알을 전부 먹었다.

브롬이나 모르핀 물약이나 베로날 같은 마취제를 사야 해. 잊어버리면 안 돼! 앞으로 며칠간은 그런 게 아마 더 자주 필요할 테니. 나는 스스로에게 말했다. 그러고는 즉시 벌떡 일어나 흥분해서 처방전을 찾기 시작했다. 먼저 지갑 안을, 이어서 모든 책상 서랍과 궤 및 서랍장 구석을, 마지막으로 상의 주머니를 찾아보았지만 처방전은 좀체 나타나지 않았다.

됐어. 나는 마음을 진정시켰다. 처방전은 필요 없어. 대천사 약국에서는 나를 아니까. 내가 지나갈 때면 주인이 인사를 건네잖아. 분명 의사의 처방이 없더라도 브롬을 조금은 받을 수 있을 거야. 브롬! 잊으면 안 돼. 안 그러면 내일 찻간에서 잠을 못 이룰 거라고.

나는 내일을 위한 메모를 적어 둔 종이쪽지를 책상에서 가져왔다. 그리고 브롬이라는 단어를 적는 순간 나는 돌연, 무슨 연관 관계에서인지 모르지만, 전화기에서 들은 저 목소리를, 최후의 심판을 못 기다리겠다는 여자의 목소리를 떠올릴 수밖에 없었다. 이 얼마나 기이한 소리인가! 그와 동시에 엔지니어의 말이 기억 속에 떠올랐다. 〈잘 생각해 보십시오! 제발, 잘 좀 생각해 보시라고요! 분명 생각이 날 겁니다.〉 그래, 분명 생각이 날 것이다. 이제 나에게는 차근차근 생각해 볼 시간과 여유가 있었다. 아직 잠이 들어서는 안 됐다. 어떻게 내가 그 목소리를 아는 것인지 잘 생각해 봐야 했다. 내 생각에 그 정체불명의 여자는 분명 비밀의 열쇠를 쥐고 있었다.

그녀는 왜 오이겐 비쇼프가 저세상으로 도망쳤는지 우리에게 말해 줄 수 있었다. 그녀는 그것을 알고 있었다. 나는 그녀를 찾아야 했다. 그녀와 이야기를 해야 했다……

나는 침대에 누워 두 손으로 관자놀이를 누르면서 기억 속을 파헤쳤다. 그 목소리의 울림을 다시 한번 귓속으로 불러오려 시도했지만 잘 되지 않았다. 졸음이 나를 덮쳐 왔다. 수면제가 효능을 발휘한 것이다.

마음속에서 안정감이 일었고, 벌어진 모든 일이 이제 비현실적이며 이상하게도 무게가 없게 여겨졌다. 벽에 비친 그림자놀이처럼. 나는 아직 깨어 있었지만 나를 어루만지는 가벼운 잠의 손길을 이미 느꼈다. 의미 없이 조각난 말들이 귀로 휙 지나갔다. 다가올 꿈의 전조가. 「여전히 비가 내리는군.」한 목소리가 말했다. 그리고 다른 목소리가 거기에 섞여 들었다. 나는 벌떡 일어났고 혼자였다. 파리 한 마리가 방 안에서 윙윙거렸다. 아래쪽 길거리에서 한 남자가 지나갔고, 지팡이로 포석을 한 번, 두 번, 세 번 쳤다. 나는 그 소리를 들었다. 하지만 같은 순간 마치 어딘가 먼 곳에서 딱따구리가 딱딱거리는 듯했다. 전나무 숲이 쏴쏴 소리를 냈고, 한 줄기 습한 미풍이 내 얼굴로 불어왔으며, 멀리서 새소리가 들려왔다. 다시 한번 나는 눈을 뜨려 해보았다. 그리고 그날이 끝났다.

12

아침 식사를 들고 침대 앞에 선 빈첸츠가 나를 깨웠다. 방 안이 어두웠기에 그의 형체를 이루는 윤곽과 은제 우유 주전자에서 나오는 희미한 빛만 보였다. 나는 그가 말하는 것을 들었지만, 무슨 소리인지 알아듣지 못했다. 아직도 나는 깨어나기를 거부했다. 계속 잠을 자고 싶었다. 나는 일어나서 하루를 시작해야 한다는 데 어렴풋이 두려움을 느꼈다.

「몇 시쯤 됐지?」 내가 힘겹게 물었다. 그러고 나서 곧바로 다시 잠든 게 분명하다. 하지만 오랫동안은 아니고 아마 단 몇 초에 불과했을 것이다. 왜냐하면 내가 눈을 떴을 때 빈첸츠가 여전히 침대 앞에 서 있었으니까.

「삼가 말씀드립니다, 대위님.」 나는 그가 말하는 소리를 들었다. 「9시가 지났습니다.」

「말도 안 돼.」 내가 대답하고는 눈을 감았다. 「칠흑처럼 깜깜한데.」

나는 아침 식기가 가볍게 달그락거리는 소리와 누군가 발을 끌면서 양탄자 위를 걸어가는 소리를 들었다. 이어서 블

라인드가 위로 올라갔다. 햇빛이 방 안으로 밀려들었고, 고통스러운 밝은 기운이 내 얼굴에 닿았다.

「대위님께서 여행을 떠나실 생각이라면 지금이 일어나시기에 가장 좋은 시간입니다.」빈첸츠가 창가에서 상기시켰다.

「여행? 어디로? 뭐 때문에?」내가 아직 반쯤 잠든 채로 물었다. 나는 곰곰이 생각해 보았지만, 기억나는 것이라고는 내가 간밤에 트렁크 두 개에 짐을 꾸렸다는 사실뿐이었다. 「아직 시간이 있어. 짐을 역으로 가져다주게.」

「남부역으로요?」

내가 어디로 가려 했는지 생각해 내기까지 얼마간 시간이 걸렸다.

「아니, 흐루딤으로 갈 거야.」내가 말했다. 「다시 방 안을 어둡게 해줘. 잠을 더 자고 싶으니.」

「하느님 맙소사!」빈첸츠가 느닷없이 소리쳤다. 「대위님 몰골이 그게 뭡니까?」

나는 아직도 완전히 잠이 깨지 않았다. 「또 뭐가?」내가 짜증스레 묻고는 침대에서 몸을 일으켰다.

「이마요! 오른쪽 눈 바로 위요! 어디서 그렇게 되신 겁니까?」

나는 손으로 이마를 더듬었다.

「한번 보여 주게.」내가 말하자 빈첸츠가 거울을 가져다주었다.

나는 놀라며 상처와 굳은 피를 바라보았다. 어디서 이 상처가 생긴 것인지 나 스스로도 제대로 설명할 수가 없었다.

「계단실에 어제 또 불이 켜져 있지 않더군.」 내가 곧 말했다. 그냥 더 이상은 생각하고 싶지 않았기 때문이다. 「빌어먹을! 이제 잠 좀 자게 나가 주게!」

「손님께는 뭐라고 전할까요? 답을 기다리고 계신데, 몹시 급한 일이라고 합니다.」

「망할, 무슨 손님 말인가?」

「아까 말씀드렸습니다. 한 신사분께서 저쪽 방에 계신다고요. 오신 적이 없는 분이에요. 키가 크고 금발입니다. 대위님과 꼭 이야기를 나눠야 한다고 하십니다. 여기가 자기 집인 양 책상에 편안히 앉아 계시죠.」

「자네한테 이름을 말하지 않았나?」

「삼가 말씀드립니다. 설탕 그릇 위에 명함이 있습니다.」

내가 명함을 집어 들었다. 〈발데마르 졸그루프.〉 이 이름을 두세 번 읽고 나자, 비로소 어제 일에 대한 기억이 떠올랐다. 불쾌한 감정이 스멀스멀 밀려왔다. 그 엔지니어가 이런 아침 시간에 무슨 일로 나를? 그가 찾아왔다는 것은 확실히 좋은 뜻이 아니었다. 나는 몸이 불편하다며 양해를 구할지, 아니면 그냥 집에 없다고 전하게 할지 곰곰 생각했다. 나는 혼자 있고 싶었다. 아무도 만나고 싶지 않고, 아무것도 듣고 싶지 않았다.

그것은 첫 순간에 든 생각이었고, 나는 그 생각을 억눌렀다.

「아침은 나중에 들지.」 내가 하인에게 말했다. 「그리고 손님께는 잠깐만 더 기다려 달라고 말씀드려. 5분 후에 나가겠다고 전하게.」

　내가 방에 들어섰을 때 엔지니어는 내 책상에 앉아 있었다. 그는 밤을 샌 듯 피곤해 보였다. 그것이 내가 받은 첫 번째 인상이었다. 그의 앞에 놓인 재떨이에는 담배꽁초 예닐곱 개비가 있었다. 나를 기다리는 동안 줄담배를 피운 것 같았다. 이제 그는 양손으로 머리를 받친 채 이상하게 고정된 시선으로 멍하니 허공을 바라보고 있었다. 마치 육체적인 고통과 싸우기라도 하는 듯 그의 아랫입술은 살짝 일그러져 있었다. 하지만 나의 존재를 알아챈 순간, 그 표정은 그의 얼굴에서 사라졌다. 그의 눈에는 기대에 부푼 긴장감이 어려 있었다.

　「주무시는데 깨우게 해서 죄송합니다.」 그가 말머리를 떼었다. 「하지만 정말이지 한가로이 기다릴 수가 없었습니다.」

　「아뇨. 감사드릴 일입니다.」 내가 말했다. 「너무 오래 잠을 잤거든요. 평소에는 그렇지 않은데. 차 한잔하시겠습니까?」

　「감사합니다. 아니, 차는 됐습니다. 괜찮다면 코냑이나 조금 주십시오. ……고맙습니다. 이거면 충분합니다. 자, 제가 왜 여기에 왔는지 아십니까?」

　「제 생각에는 펠릭스가 보낸 것 같군요.」 내가 대답했다. 「어제 이후로 무슨 새로운 일이 일어났습니까?」

　「아직은요. 지금까지는 아무 일도 없습니다.」 엔지니어가 웅얼거렸고, 다시 예의 고정된 시선을 보였다.

　「그렇다면 지금으로선 정말로 모르겠습니다…….」

「헛걸음을 한 것 같군요.」 그가 말했다. 그는 몸을 앞으로 숙이고 앉아 완전히 무표정한 시선으로 내 옆을 바라보았다. 「어제 통화로 오이겐 비쇼프에 대해 이야기를 나눈 사람이 누군지 말씀해 주실 수 있을 거라고 생각했습니다. 기억나시죠! 어제 그 여인이 누굴지 더 생각해 보지 않으셨군요, 그렇죠?」

「아닙니다. 생각해 봤습니다.」 내가 황급히 말했다. 말하는 동안에 어떤 영감 같은 것이 떠올랐다. 나는 아주 느닷없이 결론을 이끌어 냈다. 그것은 내게 필연적이고 확실해 보였다. 「저는 생각해 보았고, 결론에 도달했습니다. 저와 이야기를 나눈 여인은…… 배우일 수밖에 없습니다. 추측컨대 제가 그녀를 아는 건 무대를 통해서입니다. 왜냐하면 오이겐 비쇼프와 저, 우리 둘이 함께 아는 지인은 몇 명 안 되니까요. 그렇지만 언제, 어떤 작품에서 그녀를 보았는지는 유감스럽게도 아직까지 알아내지 못했습니다.」

「감사합니다.」 짤막하게 말한 엔지니어는 완전히 넋이 나간 채로 벽에 걸린, 녹색 비단으로 된 기도용 양탄자를 응시했다.

「이름이 생각날 겁니다.」 내가 얼마 후 말을 이었다. 「시간을 주십시오. 어쨌든 후보가 아주 많지는 않습니다. 최근에 썩 자주 극장에 간 건 아니니까요.」

엔지니어는 손으로 고개를 받치고 내 맞은편에 무심하게 앉아 있었다. 그는 여전히 한마디도 하지 않았다. 나는 그의 침묵을 견딜 수 없었다.

「만일 오늘 오후에 만날 수 있다면…….」 내가 제안했다.

「가령 5시라고 합시다. 그 정도는 시간을 주셔야 합니다……. 그때까지는 확실히…….」

그가 손짓으로 말을 잘랐다.

「아뇨, 더 애쓰실 필요 없습니다.」 그가 말했다. 그러고 나서 갑자기 코냑 병을 집어 들어 술을 따라 마시기 시작했다. 미친 사람처럼 한 잔, 또 한 잔 연달아 들이부었다.

「오후 5시라고 하셨죠.」 그가 대략 일곱 잔째 마신 후 말을 이었다. 「오늘 오후 5시면 저는 당신이 어제 누구와 이야기를 나눴는지 알게 될 겁니다. 그 점에는 정황상 의심할 여지가 없습니다.」

「정말입니까?」 내가 깜짝 놀라 믿지 못하며 외쳤다. 「무슨 근거가 있는 겁니까? 솔직히 말해 상상할 수가 없군요. 어떤 식으로…….」

「믿으셔도 좋습니다. 그냥 하는 소리가 아닙니다.」 엔지니어가 중얼대고는 코냑 잔을 단숨에 비워 버렸고, 이어서 다시 한 잔 그리고 또 한 잔을 비웠다. 물컵으로 코냑을 마시는 데 익숙한 듯했다.

「물론 가장 중요한 건 그 여인이 누군지 아는 거겠지요.」 내가 말했다. 「그녀한테 몇 가지 물어봐야 합니다, 안 그렇습니까? 무엇보다…….」

그가 고개를 가로저었다.

「그녀에게서 무슨 설명을 듣게 될 거라고는 생각하지 않습니다.」 그가 말했다. 이어서 그는 다시금 생각에 잠겨 침묵했다.

우리가 말없이 마주 앉은 채로 몇 분이 흘러갔다. 저기 내 침실에서는 빈첸츠가 평소 습관처럼 낮은 목소리로 혼잣말을 하고 있었다. 이따금 그는 말을 멈추고 어떤 슈타이어마르크 지방 군가의 후렴구를 휘파람으로 불었다. 열린 창문을 통해 거리의 소음이 작게 들려왔다. 화물차가 지나가느라 찻잔, 코냑 병, 은제 우유 주전자가 가볍게 달가닥거렸다. 나는 전날 메모를 해둔 종이쪽지가 책상 위에 있는 것을 보고, 그것을 주머니에 넣어 두었다.

　갑자기 엔지니어가 일어섰다. 그는 아주 힘찬 걸음으로 방 안을 몇 차례 왔다 갔다 했다. 그러다가 내 여행용 트렁크 앞에서 멈춰 섰다.

　「그러니까 다 끝난 일인가 보군요.」 그가 완전히 달라진 어조로 말했다. 「주무시는 걸 방해해서 유감입니다. 정말 그럴 필요가 없었는데. 보아하니 여행을 떠나시려는군요.」

　「네, 보헤미아로 갑니다. 흐루딤 근방에 조그만 영지가 있거든요……. 코냑 한 잔 더 드릴까요? 저녁 7시에 기차가 출발합니다.」

　「이렇게 갑작스레 이곳을 떠나시는 이유를 들을 수 있을까요?」

　「붉은 사슴이 사냥꾼을 기다리고 있으니까요. 다른 이유는 없습니다.」

　「며칠 기다리게 한다고 해서 당신네 사냥 구역의 수노루들이 몹시 성을 낼 거라고 생각하십니까? 농담은 집어치우죠. 남작님, 여행을 미루시지 않겠습니까?」

「그럴 까닭이 있을지 정말 모르겠군요.」

〈성질 좀 죽이십시오〉라고 엔지니어가 말하고는 고개를 들어 내 얼굴을 들여다보았다. 「아주 솔직히 터놓고 말씀드리죠. 지난밤에 경마 클럽에 갔습니다. 당신의 좋은 친구 몇 명과 당신에 대해 이야기를 나누었죠. 당신을 두고 상당히 활기찬 논쟁이 벌어졌습니다. 아니, 당신은 제가 처음에 생각한 그런 사람이 아닙니다. 문예 애호가도, 유미주의자도 아닙니다. 사람들이 당신의 이름을 입에 올릴 때면 존경심과 증오가 뒤섞인 독특한 어조로 말하더군요. 듣기로 당신은 몇몇 스캔들에서, 그러니까 말하자면 수단 방법을 가리지 않았다더군요. 어떤 이는 어제 당신을 훌륭한 악당이라고 불렀고요……. 제발, 앉아 계십시오! 들은 그대로 이야기하는 겁니다 *Relata refero*. 모욕하려는 의도는 전혀 없습니다……. 당신은 영지로 가서 수노루를 사냥하려고 합니다. 좋아요. 이해합니다. 그런데 어째서입니까? 당신은 오이겐 비쇼프의 죽음에 아무런 죄가 없습니다. 죄가 있을 수 없습니다. 빌어먹을, 만일 제가 당신에 대해서 들은 이야기 중에 적어도 절반이 진실이라면, 당신이 왜 하필 이번 경우에는 있는 힘껏 자신을 변호하지 않는지, 왜 펠릭스의 요구대로 순순히 따르는지 이해가 되지 않습니다…….」

「그런데 저도 이해가 되지 않는군요. 이 모든 일이, 그리고 펠릭스가 저의 소소한 사냥 여행과 무슨 상관이 있는지 말입니다.」

「저랑 숨바꼭질 놀이를 하자는 겁니까?」 엔지니어가 묻고는 나를 진지하게 유심히 바라보았다. 「무엇 때문이죠? 망상에 빠지지 마십시오. 당신을 아는 사람이라면 누구나 당신에게 세련된 연출 감각이 있다는 걸 알아보게 될 겁니다. 신문 기사에서 당신이 사냥 중에 사고를 당했다는 소식을 전하며, 당신의 그 비범한 재능을 명시적으로 언급하지는 않더라도 말이죠.」

나는 몇 초간 깊이 생각해야 했다. 그러고 나서야 나는 그가 무슨 말을 하는 것인지 이해했다. 나는 일어섰다. 이 대화를 계속할 생각이 없었다. 엔지니어 역시 일어났다. 나는 떨리는 눈빛, 상기된 뺨, 산만한 손동작을 보고 그의 몸속에서 알코올이 작용하기 시작했음을 알 수 있었다.

「남의 문제에 끼어드는 건 언제나 달갑잖은 일입니다.」 그가 일종의 흥분 상태에서 계속 말했다. 「그럼에도 불구하고 저는 여행을 이틀만 미뤄 달라고 제안을 드리고 싶습니다. 당신이 궁지에 처했다는 것은 잘 압니다. 그런데 만약 앞으로 48시간 내에 제가 당신과 펠릭스에게 오이겐 비쇼프를 살해한 자가 누군지 말한다고 약속드린다면요?」

그의 말은 나에게 아무런 인상도 주지 않았다. 나는 그 말을 진지하게 받아들이지 않았다. 나는 그가 그토록 주제넘은 소리를 하는 것이 단지 알코올 때문이라고 확신했다. 나는 자신감에 찬 그의 태도를 도발로 느꼈고, 쌀쌀맞게 거절하는 말을 내뱉으려는 찰나였다. 그런데 불현듯 그가 결국은 새로운 사실을, 전날 내가 놓친 어떤 문제를 알아냈을지도 모른다는 생각이 들었다. 왜인지는 모르지만, 돌연 나는 그가 나보다 더 많은 것을 안다고 거의 확신했다. 엔지니어가 별채에서 어떤 단서들을 찾아냈고, 그것들을 가지고 그가 살인범이라 부르는 저 정체불명의 방문객이 누구인지 추리해 냈다, 충분히 가능한 일 같았다.

「지문입니까?」내가 물었다.

그는 완전히 어리둥절해져서 나를 바라보았고, 대답을 주지 않았다.

「살인범의 지문이 별채에서 발견되었나요?」

그가 고개를 가로저었다.

「아뇨. 지문은 발견되지 않았습니다.」그가 말했다.「그런 건 없었습니다. 들어 보십시오. 살인범은 결코 저택에 있지 않았습니다. 오이겐 비쇼프는 별채에서 내내 혼자 있었습니다.」

「하지만 어제 말씀하시길…….」

「그건 착각이었습니다. 아무도 오이겐과 함께 있지 않았어요. 총을 두 발 쏘았을 때 그는 남의 의지에 의해 명령과 강요를 받고 있었습니다. 오늘 제가 보기에는 그렇습니다. 살인범은 오이겐과 함께 있지 않았습니다. 사건이 발생한 순간에도 그렇고, 그 전에도요. 왜냐하면 저는 그가 수년 전부터 자기 집을 벗어나지 않았다는 것을 알기 때문입니다…….」

「누가요?」내가 화들짝 놀라 외쳤다.

「살인범이요.」

「아는 사람입니까?」

「아뇨. 모릅니다. 하지만 제게는 그가 이탈리아인이고 독일어를 거의 한마디도 모른다고 볼 만한 근거가 있습니다.

그리고 방금 말씀드렸듯 그가 수년 전부터 자기 집을 벗어나지 않았다고 볼 만한 근거도요.」

「그걸 어떻게 아시는 겁니까?」

「괴물.」엔지니어가 내 질문에는 개의치 않고 말을 이었다. 「일종의 괴물입니다. 어마어마하게 비대한 몸을 가진 인간, 아마도 병적으로 뚱뚱하고 그 결과 전혀 움직일 수 없다는 선고를 받은 자. 이것이 살인범의 생김새입니다. 그런데 이 혐오스러운 피조물이 바로 예술가들에게 아주 특별한 매력을 발휘한다, 이게 기이한 점입니다. 한 사람은 화가였고, 다른 사람은 배우…… 이 점이 눈에 띄지 않던가요?」

「그런데 살인범의 외모가 괴물 같다는 걸 어떻게 아시는 겁니까?」

「괴물. 퇴화한 인간.」엔지니어가 반복해서 말했다. 「어떻게 그걸 아느냐고요? 정말이지 지금 저를 무슨 명민한 사람으로 보시는군요. 사실은 조사 중에 약간의 행운이 따랐을 뿐입니다.」

그가 말을 멈추었고, 책상 앞 안락의자에 새겨진 조각 장식을 유심히 관찰했다.

「비더마이어 양식[21]의 의자는 아마 유별나게 약하지요, 안 그래요?」 그가 물었다. 「여기 이 의자는 비더마이어 양식이 아니군요. 치펀데일 양식[22]인가요? 그러니까…… 오이겐 비

[21] 19세기 전반에 독일어권에서 유행한 양식으로, 간소하고 실용적인 것이 특징이다.

[22] 18세기 영국의 가구 제작자의 이름을 딴 양식으로, 곡선이 많은 장식적인 디자인이 특징이다.

쇼프가 관리국 사무실에서 어떤 여인과 ─ 어쩌면 어제 전화를 건 바로 그 여인일지도 모르지요 ─ 통화하는 소리를 뢰벤펠트 박사가 들었습니다. 뢰벤펠트 박사를 아십니까?」

「관리국 비서 말입니까?」

「드라마투르그인지 비서인지 연출가인지…… 그 사람이 극장에서 무엇인지 정확히는 모르겠습니다. 오늘 아침 그 사람을 만났고, 그가 이야기해 주었지요. 잠시만요!」

엔지니어가 조끼 주머니에서 시가 전차표를 하나 꺼냈다. 표 뒷면에 메모를 해둔 것이었다.

「뢰벤펠트 박사는 통화 내용을 정확히 그대로 기억할 수 있었습니다.」 그가 말을 이었다. 「오이겐 비쇼프가 통화 중에 무슨 말을 했는지 들어 보십시오. 〈그놈을 들고 오라고요? 말도 안 됩니다! 당신네 비더마이어 양식 가구는 정말로 그 무게를 버텨 낼 수가 없습니다. 그리고…… 생각해 보십시오. 건물에는 승강기가 없잖아요. 그놈을 들고 어떻게 계단을 내려가라는 겁니까.〉 이게 전부였습니다. 그 뒤로는 통화를 마칠 때 으레 하는 말이 몇 마디 더 있을 뿐이었죠.」

그는 표를 세심하게 접고는 탐색하는 눈으로 나를 바라보았다.

「어떻습니까?」 그가 물었다. 「어떻게 생각하시는지요?」

「이 몇 마디 안 되는 말에서 그런 결론을 이끌어 낸 것은 너무 지나치다고 생각합니다만.」 내가 답했다. 「통화에서 언급된 사람이 실제로 살인범인지 아닌지 알 수가 있습니까?」

「그가 아니라면 누구겠습니까?」 엔지니어가 소리쳤다.

「아니, 건물에 승강기가 없어 자기 집을 벗어날 수 없는 그 남자가 살인범입니다. 확실합니다. 이제 그의 모습이 머릿속에 그려집니다. 병적으로 비대한 몸을 가진 괴물, 어쩌면 몸이 마비되었을지도요. 그를 찾아내는 게 아주 어려울 거라고 생각하십니까?」

그는 방 안을 왔다 갔다 하면서 내게 자신의 계획을 밝히기 시작했다.

「〈의사 협회〉에 한번 물어볼 수 있을 겁니다. 그것도 한 가지 방법이겠지요.」 그가 말했다. 「이와 같은 〈사례〉를 전문가들이 모르고 있을 리 없습니다. 또 그렇게 몸이 비대한 사람들에게는 거의 예외 없이 심장병이 있지요. 그러니까 심장 전문의한테서 그에 대해 자세한 이야기를 들을 수 있을지도 모릅니다. 그는 이탈리아인이고, 추측컨대 독일어는 한마디도 못 합니다. 그러면 후보자 수가 대폭 줄어들지요. 하지만 이런 모든 방법을 쓸 필요가 없기를 바랍니다. 저는 살인범이 있는 곳을 알아낼 수 있는 훨씬 간단한 방법을 찾을 수 있다고 생각합니다. 다만 한 가지 이해가 되지 않는 점이 있습니다. 오이겐 비쇼프는 왜 이 이탈리아인을 찾아간 걸까요? 필경 그에게는 괴물, 기괴한 것, 자연의 변덕을 좋아하는 취미가 있었던 걸까요?」

「살인범이 이탈리아인이라는 걸 아신다고요?」 내가 물었다.

「제가 그걸 안다고 하면 지나친 말일 테지요.」 엔지니어가 답했다. 「그것 역시 추론일 뿐입니다. 당신은 또다시 지나친 추론이라고 말씀하실 테지요. 상관없습니다. 제가 왜 살인범이 이탈리아인일 수밖에 없다고 확신하는지 한번 설명해 보겠습니다. 일단 들어 보시고 뭐든 의견을 말씀하시지요.」

그는 안락의자에 털썩 앉아 눈을 감고 깍지 낀 손등에 턱을 얹었다.

「이 사건 이전의 이야기로 돌아가야겠습니다.」 그가 이야기를 시작했다. 「기억하시는지요? 오이겐 비쇼프가 우리에게 이야기한 예의 해군 장교는 동생을 죽인 범인을 추적하고 있었습니다. 어느 날 그는 평소와 달리 점심때 늦게 귀가했습니다. 한 시간 후 그는 자살을 저질렀죠. 그날 앞서 그는 동생을 죽인 범인을 찾아냈고, 살인범과 이야기를 한 겁니다. 여기까지는 아시겠죠, 그렇지 않습니까?」

「그렇습니다.」

「이야기를 계속하겠습니다. 최근에 오이겐 비쇼프 역시 몹시 늦게 귀가했습니다. 첫 번째는 수요일에, 두 번째는 금요일에요. 그는 택시를 탄 적이 있었습니다. 왜냐하면 식사 자리에서 이야기하길 성가신 일이 코앞에 닥쳤다고, 운전기사가 부르크 거리에서 시가 전차의 트레일러를 들이받는 바람에 자기가 경찰에 출두해야 한다고 했으니까요. 토요일에 그는 또다시 식사 시간에 늦었지요. 그는 지쳐 있었고, 멍하고 말수가 적었습니다. 디나는 리허설이 평소보다 길었을 거라고 짐작했습니다. 그러나 그에게 물어보지는 않았지요. 오늘 확인한 바에 따르면 리허설은 그 사흘 내내 평소와 같은 시각에 끝났습니다. 보시다시피 사건에 앞선 상황이 두 경우다 똑같습니다. 단 한 가지 차이점만 있을 뿐이죠. 중요한 차이점이요. 그게 뭔지 아시겠습니까?」

「아뇨.」

「그걸 모르시다니 이상하군요. 자, 살인범은 희생자에게 아주 강력한 영향력을 행사했습니다. 해군 장교는 아무래도 첫날에 거기에 굴복한 것 같고요. 반면 오이겐 비쇼프의 경우에는 살인범이 자기 뜻을 그에게 강요하는 데 사흘이 걸렸습니다. 그 이유가 무엇인지 말씀하실 수 있습니까? 그래요, 배우들은 일반적으로 쉽게 영향을 받습니다. 반면 장교의 경우에는 훨씬 강력하게 저항했을 법했을 텐데 말입니다. 저는 이 문제를 심사숙고했고, 스스로 만족할 수 있는 유일한 설명을 찾아냈습니다. 즉 살인범은 해군 장교에게는 완전히 익숙한 언어지만, 오이겐 비쇼프가 자기 의사를 전달하자면 번거롭고 힘들 수밖에 없는 언어를 사용하는 겁니다. 그렇다면 살인범은 이탈리아인입니다. 왜냐하면 이탈리아어는 오이겐 비쇼프가 유일하게 좀 아는 외국어니까요. 당신 말이 옳을지도요, 남작님. 이건 하나의 가정입니다. 아주 대담한 가정요. 저는 이 점 또한 인정합니다…….」

「당신 말이 옳을 수도 있습니다.」 내가 말했다. 오이겐 비쇼프가 실제로 이탈리아와 이탈리아적인 모든 것을 좋아했다는 사실을 떠올린 까닭이었다. 「당신의 논증은 철저히 논리적으로 보입니다. 저는 거의 설득되었습니다.」

엔지니어가 싱긋 웃었다. 그의 얼굴에는 만족과 겸양의 표정이 드러나 있었다. 내가 인정해 주자 기뻐하는 빛이었다.

「고백컨대 저는 결코 그 생각에 이르지 못했을 겁니다.」내가 계속해서 말했다. 「당신의 예리함에 정말이지 존경을 보냅니다. 어제 저와 통화한 여자가 누군지 당신이 저보다 빨리 알아낼 거라는 점을 더는 의심하지 않습니다.」

그러자 그의 이마에 주름이 잡혔고 얼굴에서 웃음기가 사라졌다.

「많은 통찰력이 필요한 일이라고는 생각하지 않습니다만.」그가 느릿느릿 말했다. 그는 두 팔을 들었다가 다시 내려뜨렸다. 이 동작에는 체념이 들어가 있었다. 체념의 원인을 나는 알 수 없었다.

그가 침묵에 빠졌다. 그는 생각에 잠긴 채로 은제 케이스에서 담배를 꺼내 손가락 사이에 들고 있었으나 불을 붙이는 일은 잊은 듯했다.

「보십시오, 남작님!」잠시 후 그가 말했다. 「여기에 앉아 당신을 기다릴 때 ─ 이 연상 작용을 이해하실 수 있게 설명하기는 쉽지 않을 겁니다 ─ 그러니까 여기에 앉아 있는 동안, 자연히 저는 전화를 건 여자와 그녀가 최후의 심판을 두고 한 정말이지 기이한 말들을 생각하고 있었지요. 그러다 갑자기 ─ 어쩌다 그리되었는지는 모르겠습니다만 ─ 갑자기 저는 문호강에서 죽은 그 5백 명을 보았습니다.」

그는 완전히 넋이 나간 채 손에 든 담배를 응시했다.

「실제로 보았다는 건 아닙니다.」그가 말을 이었다. 「단지 상상해 본 거죠. 무언가가 저로 하여금 쉼 없이 생각하도록 강제했습니다. 그들이 내 앞에 서 있다면 어떨까…… 나란히 쓰러져 있는 5백 명의 노랗고 일그러진 얼굴들, 전부 절망에 빠지고 죽음을 확신하는 원망스러운 얼굴들…….」

그는 성냥을 그었지만, 성냥은 손에서 부러져 버렸다.

「물론 유치한 상상이지요. 당신 생각이 옳습니다.」 이윽고 그가 말했다. 「그 단어가 드리우는 그림자, 그게 요즘 사람들에게 무슨 의미겠습니까! 최후의 심판이라, 옛날 옛적의 공허한 울림이지요. 하느님의 심판석, 이 단어를 들으면 어떤 감정이 일어납니까? 물론 당신의 선조들은 설교단에서 〈진노의 날 *dies irae*〉의 구절이 울릴 때면 두려움에 사로잡혀 미친 듯이 무릎을 꿇고 연도(煉禱)를 부르짖었겠지요. 요슈 가문은……」 갑자기 그의 말투가 가볍게 수다를 떠는 것처럼 바뀌었다. 조금 흥미로울지는 몰라도 기본적으로 진지한 의미는 없는 이야기를 하는 양. 「요슈 가문은 가톨릭 색이 강한 지방인 팔츠노이부르크에서 유래했습니다, 그렇죠? 제가 당신 가문의 유래를 이토록 정확히 안다는 점에 놀라셨군요. 딱 보니 그렇습니다. 제가 남작 가문들의 계보 일반에 무슨 관심이 있다고는 생각하지 마십시오. 하지만 자기가 상대할 사람이 누구인지는 알고 싶은 법이잖습니까. 그래서 저는 지난밤 클럽에서 〈고타〉[23]를 달라고 했습니다. 무슨 이야기를 하고 있었죠? 그래요, 당연히 저는 두려워하지 않았습니다. 말도 안 되는 소리! 하지만 어쨌든 몹시 이상한 느낌이었죠. 코냑은 성가신 상상에서 벗어나기 위한 탁월한 수단

23 유럽의 귀족의 계보를 정리한 『고타 연감 *Almanach de Gotha*』을 가리킨다.

입니다.」

담배에 불이 붙었다. 그는 몸을 뒤로 기대고 둥근 고리 모양의 푸른색 담배 연기를 앞으로 내뿜었다. 나의 눈은 연기를 따라갔다. 온갖 생각이 떠올랐다. 별안간 나는 이 기이한 사람을 설명해 줄 열쇠를 손에 넣게 되었다. 어깨가 떡 벌어진 이 금발의 거인, 실천력과 의지를 갖춘 이 건장한 사람에게는 취약한 곳이 있었다. 24시간도 채 안 되는 동안 그는 오래전에 지나간 전장의 경험을 두 차례나 이야기했다. 그는 술꾼이었고, 알코올은 그에게 피난처였다. 그것은 그가 헤쳐 나가야 하는 절망적인 싸움에서 잠시 도피처가 되어 주었다. 아물 줄 모르는 심한 죄책감이 지난 세월 내내 그를 따라다니면서 가만히 놔두지 않았다. 약하게 불어오는 기억의 바람이 그를 바닥으로 내동댕이쳤다.

맨틀피스에 걸린 시계가 11시를 쳤다. 엔지니어가 일어나 작별을 고했다.

「약속하신 겁니다, 그렇죠? 이야기한 대로 여행을 미루시는 겁니다.」 그가 말하며 손을 건넸다.

「그게 무슨 소리입니까?」 내가 언짢아하며 말했다. 나는 그런 약속을 한 적이 없었기 때문이다. 「제 계획은 변한 게 없습니다. 오늘 중으로 떠날 겁니다.」

그러자 그가 노발대발하며 자제력을 완전히 잃었다.

「뭐라고요!」 그가 소리를 질러 댔다. 「계획이라…… 빌어먹을, 제가 시간 낭비를 한 겁니까? 두 시간 동안 당신을 타이르려고 노력했는데, 그런데…….」

내가 눈을 들어 그의 얼굴을 바라보았다. 그는 자신의 말투가 부적절했다는 것을 바로 깨달았다.

「용서하십시오.」 그가 말했다. 「저는 정말이지 바보입니다. 따지고 보면 이 모든 일은 저와는 아무 상관도 없는데 말입니다.」

나는 그를 밖으로 바래다주었다. 문 앞에서 그는 다시 한 번 몸을 돌려 손으로 자기 이마를 쳤다.

「그럼 그렇지! 가장 중요한 걸 잊을 뻔했습니다.」 그가 말했다. 「들어 보십시오, 남작님. 오늘 아침에 디나를 찾아갔습니다. 제가 착각하는 걸 수도 있지만, 그녀가 당신과 몹시 이야기를 나누고 싶어 한다는 인상을 받았습니다.」

이 소식에 나는 머리를 한 대 얻어맞은 것 같았다. 나는 잠시 동안 마비된 채로 서 있었고, 생각을 다잡을 수 없었다. 그리고 다음 순간 나는 자신과의 격렬한 싸움을 이겨 내야 했다. 나는 엔지니어에게 다가가 그의 양어깨를 붙잡고 싶었다. 그는 디나를 찾아갔다, 그녀를 보았다, 그녀와 이야기했다! 나는 격렬한 욕망을 느꼈다. 좋은 일이든 나쁜 일이든 전부 듣고 싶었다. 그에게 물어봐야 했다. 디나가 내 이름을 언급했는지, 그리고 그때 그녀의 얼굴 표정이 어떠했는지……. 이것이 처음 든 충동이었다. 그러나 나는 그 충동을 극복했고, 아주 평온한 태도를 유지했다. 나는 그에게 나 자신을 내맡기지 않았다.

「그녀한테 제 주소를 편지로 전하겠습니다.」 내가 말했다. 나는 내 목소리가 떨리는 것을 알아차렸다.

「그러십시오! 그러세요!」엔지니어가 외치고는 몹시 다정하게 내 어깨를 쳤다. 「편안한 여행 되시길! 기차 놓치지 마시고요!」

13

그날 내가 다음 기차로 떠나려는 계획을 실행에 옮기지 않은 이유를 대기는 쉽지 않다. 나를 잡아 둔 것이 디나에 대한 생각이 아니었다는 점은 분명하다. 엔지니어가 전한 소식이 처음에는 나를 몹시 흔들긴 했으나, 나는 잠시 차분히 숙고한 뒤로 그 소식에 더 이상 의미를 두지 않았기 때문이다. 디나가 나를, 남편의 살인범이라 여기는 나를 다시 보고 싶어한다는 게 도대체 말이나 되는가? 나는 거짓 사실을 지어내어 내 결심을 포기시키려는 엔지니어의 의도를 꿰뚫어 보았고, 짧은 순간 동안이나마 그에게 속아 넘어간 나 자신에게 분통을 터뜨렸다.

내가 여행을 떠나려는 생각을 포기한 것은 절대로 부득이한 이유 때문이 아니었다. 그것은 엔지니어의 방문을 받고 기분이 돌변했기 때문이었다. 그 전까지 나는 전혀 아무것도 하지 않고 있었다. 나는 그 사건과 조금도 관계가 없다고 느꼈는데, 터무니없는 우연에 의해 사건의 중심에 놓이게 되었다. 나는 급작스럽게 달라진 상황에 너무도 깜짝 놀라고 마비된 상태였기에, 나를 방어하려는 시도를 거의 하지 않았다. 나는 자신 속에 완전히 침잠해 있었으며, 사물을 이끄는 우연에 모든 것을 내맡겼고, 설명할 길 없는 전도된 느낌에 빠져 단 한 가지 소망만을 품었다. 전날의 사건에 대한 기억이 나를 건드리지 않았으면 하는 소망을.

그러나 이제는 상황이 달라졌다. 엔지니어와 나눈 대화를 통해 내 마음속에서는 내 일을 스스로 해결해야겠다는 욕구가 일었다. 오이겐 비쇼프의 살인범을 반드시 찾아내야 했다. 어디에서 찾아야 할지는 알 수 없었다. 나는 굼뜨고 잔혹하며 어마어마하게 살찐 사람의 모습을 보았다. 그는 거미처럼 음험하게 자기 집 안에 앉아 희생자를 기다리고 있었다. 이 흉악한 괴물이 엔지니어의 망상에 그치지 않는다는 생각, 그놈이 실제로 어쩌면 근처에 살고 있을지 모른다는 생각, 내가 그와 대면하여 해명을 요구할 수 있다는 생각 — 무엇보다 이 마지막 생각이 나에게 행동하게끔 박차를 가했다. 여태껏 너무도 많은 시간을 흘려보냈다. 이제 나는 1분도 허비할 수 없었다. 오이겐 비쇼프가 지난주 중 저 3일, 12시부터 2시 사이에 어디에 있었는지 알아내야 했다. 이 문제로부터 분명 다른 모든 게 밝혀질 터였다. 전날 밤 여행을 준비할 때와 똑같은 열의와 조급함으로 나는 이제 내 과제에 전력했다.

1시가 되었다. 빈첸츠가 식사를 차려 두었다. 그는 내가 집에 있을 때면 인근 음식점에서 식사를 가져오곤 했다. 나는 음식을 건드리지 않고 그냥 놔두었다. 나는 초조하고 흥분한 상태로 방 안을 서성였다. 이런저런 계획을 세웠다가는 무용하다거나, 너무 시간을 많이 잡아먹는다거나, 실행 불가능하다는 이유로 그것을 폐기했다. 나는 온갖 가능성을 검토했고, 자꾸만 장애물에 부닥쳤다. 오만 가지 추리에 빠져들었다가 참을성을 잃고는 다시 추리를 시작했다. 그럼에도 결국에는 제대로 된 착상이 떠오르리라는 것을 한순간도 의심하지 않았다.

그 착상은 전혀 기대하지도 않은 순간에 완전히 갑작스럽게 찾아왔다. 나는 열린 창가에 서 있었다. 유리창에는 분주한 거리의 풍경이 기이하게 축소되어 비쳤다. 그리고 내게 나타난 광경은 철필로 그린 듯 내 기억 속에 새겨졌다. 오늘날에도 모든 게 눈앞에 선하다. 맞은편 집 창문의 흐릿한 푸른색 커튼. 유행에 뒤떨어진 보닛을 쓰고 거리를 가로지르는 숙녀. 레몬이 가득 든 크고 납작한 광주리를 든 여자 일꾼. 비록 미니어처처럼 작긴 해도 대천사 미카엘 약국의 간판을 나는 똑똑히 알아볼 수 있었다. 대천사는 수호의 제스처로 두 손을 들어 올리고 있었다. 시가 전차 한 대가 미끄러져 지나가면서 그 모습이 가려졌다가 다시 보였다. 모퉁이 카페 앞에는 제과점 차가 서 있었다. 머리카락이 빨간 젊은이가 황갈색 나무 상자 두 개를 들고 회전문으로 사라졌다. 그리고 이 모든 것을 관찰하는 동안 돌연 생각이 떠올랐다. 너무도 간단하고 너무도 자명해 보이는 생각이었기에, 나는 엔지니어가 어떻게 그 생각을 하지 못했는지 이해할 수 없었다.

자동차 사고! 오이겐 비쇼프가 당한 자동차 사고! 그것이 나의 조사에서 출발점이 되어야 해! 나는 곰곰이 생각했다.

부르크 거리, 제7구 — 그곳 경찰서장을 나는 알고 있었다. 프란츠 아니면 프리드리히 후프나글 박사. 몇 달 전에 익명의 협박장 때문에 그를 찾아간 적이 있었다. 그때 이후로 나는 한 시내 카페의 체스실에서 그를 자주 보았다. 그는 분명나를 기억하고 있었다. 프란츠 후프나글 박사. 그는 틀림없이 나를 도와줄 터였다. 직접 조사를 실행하기에는 내겐 내면의 차분함과 인내심이 없었다. 나는 명함에 몇 줄 적은 다음 하인 빈첸츠를 불러 필요한 지시를 내렸다.

「크라인들 거리의 경찰서에 가서 후프나글 박사를 찾아 이 명함을 전하게. 그러면 그 사람이 어떤 자동차 사고에 대한 경찰 조서를 보게 해줄 거야. 그걸 보고 기사 이름이랑 자동차 번호를 메모하게. 그리고 정차소에 가서 그 기사를 기다린 다음 나한테 데려와. 그 사람이랑 할 이야기가 있으니까. 자네가 할 일은 이게 다야. 무슨 말인지 알겠나? 경찰이 도와줄 거야.」

빈첸츠가 떠났고, 내게는 나의 시도가 제공하는 기회를 숙고해 볼 시간이 넉넉했다. 나는 그 기회를 결코 과대평가하지 않았다. 나는 오이겐 비쇼프가 귀가를 위해 어느 거리에서 그 택시를 잡아탔는지 알아낼 수 있을 터였다. 물론 그래도 아직 갈 길이 멀었다. 하지만 그러고 나면, 적어도 도시의 어느 구역에서 조사를 시작할지 알 수 있을 터였다. 그 후에 진짜 어려움에 부닥치리라는 점을 나는 분명히 알고 있었다. 그러나 나는 뜻밖의 행운이 찾아올 거라고, 적절한 순간에 영감이 떠올라 나를 도와줄 거라고 확신했다. 그렇게 되면,

나는 의심의 여지 없이 엔지니어보다 앞서는 것이었다. 그 순간 나에게 가장 중요한 건 이 점이었다.

나는 두 시간을 기다려야 했고, 시간은 몹시 굼뜨게 흘러갔다. 오후 3시쯤 빈첸츠가 돌아왔다. 그는 경찰 조서의 사본을 가져왔다. 요제프 네드베트 경관의 9월 24일 자 보고에 따르면, 자동차 A VI 138(운전사 요한 비더호퍼)이 같은 날 1시 45분에 부르크 거리에서 미끄러운 포석 때문에 시영 시가 전차 5139호의 트레일러를 들이받았고, 이 충돌로 인해 가볍게 손상되었다. 빈첸츠는 정차소에서 그 택시 기사를 만났고, 이제 기사가 차를 가지고 대문 앞에서 기다리고 있었다.

내가 만난 요한 비더호퍼 씨는 나이가 지긋하고 몹시 수다스러운 남자였다. 그에게는 아직도 사고의 여파가 남아 있는 게 분명했다. 이 사고로 그는 경찰과 접촉하게 되었다. 그는 경찰의 개입 방식이 어떻다느니, 자기 생각에 시가 전차 직원들은 똘똘 뭉치는 경향을 보인다느니 하며 격한 말을 길게 늘어놓았다.

「난 아무 잘못 없어요.」 그가 이야기했다. 「비가 왔어요. 전날 비가 왔다고요. 순식간에 벌어진 일이었죠. 피해는 나만 봤고요. 그런데 시가 전차 직원 놈들, 그 쓰레기 같은 놈들이 한통속이 되지 뭐예요. 그리고 또 하나, 경관이 있기는 했는데 말이죠. 〈경관님!〉 내가 그이한테 말했죠. 〈소란 피우지 말고 넘어가죠. 괜히 동네방네 구경거리 만들지 말고요.〉」

그가 버지니아에 불을 붙였고, 나는 막간을 이용하여 피해 규모를 물었다.

「뭐, 새 스프링 판이 망가졌죠.」 기사가 대답했다. 「그리고 앞 유리도 나가 버렸고요. 오후 내내 수리해야 했죠. 토요일에 수리를 마친 상태로 점심때 정차소에 서 있었죠. 우연의 장난인지 바로 그 신사분이 또 8번지에서 나오더라고요. 〈저 사람은 절대 안 태워.〉 동료가 내게 말했죠. 하지만 뭐, 난 상관 안 해요. 미신 같은 건 안 믿죠. 그래서 〈타십시오, 나리!〉 했지요…….」

「그 신사가 8번지에서 나오는 걸 봤다고 했소?」 내가 그의 말을 끊었다. 나는 흥분을 감출 수 없었다. 「그 정차소가 어디에 있소?」

「도미니카너바스타이요, 대중 카페 바로 맞은편…….」

「그리로 태워다 주시오! 도미니카너바스타이 8번지.」 내가 지시하고는 차에 올라탔다.

택시는 회색으로 칠한 멜랑콜리한 외관의 3층 건물 앞에 멈춰 섰다. 나는 어두운 입구에서 수위실을 찾았으나 헛일이었다. 나는 너저분하게 방치된 좁은 뜰로 들어섰다. 포석에 빗물이 고여 웅덩이를 이루고 있었다. 종을 알 수 없는 개 한 마리가 손수레 위에 서서 나를 향해 사납게 짖어 댔다. 돌무더기 위에서 조그맣고 창백한 사내애 둘이 벽돌 조각, 상자 뚜껑, 깨진 병을 가지고 놀고 있었다. 나는 그중 한 아이에게 수위가 어디 있냐고 물었지만, 아이는 내 말을 알아듣지 못했는지 대답이 없었다.

한동안 나는 어찌할 바를 모르고 서 있었다. 누구에게 도움을 청해야 할지 알 수가 없었다. 어느 구석진 곳에서 물소리가 쉼 없이 들려왔다. 아마 그곳에 샘이 있거나 홈통에서 물이 흘러나오는 듯싶었다. 개는 여전히 짖어 대고 있었다. 나는 나선형 목재 층계를 올라갔다. 아무 집에나 가서 초인종을 울리고 도움을 청할 생각이었다.

웬 불쾌한 냄새가 나를 맞아 주었다. 낡은 가재도구, 모인 습기, 채소 쓰레기가 풍기는 곰팡내였다. 나는 억지로 계속 발을 내디뎠다. 불쾌감을 극복했다. 빈손으로 집에 돌아가고 싶지 않았다.

2층에서 나는 방향을 잡았다. 층계 바로 오른쪽에 독일 학술 연합 〈힐라리타스〉가 있었다. 문틈에 편지 두 통과 구겨진 쪽지 하나가 꽂혀 있었다. 쪽지에는 연필로 〈카페 크론슈타인에 있음〉이라고 쓰였고, 그 아래에 내가 해독할 수 없는 이름이 적혀 있었다. 여기에 물어봐야 소용없을 것 같았다. 나는 모자상 및 펠트상 협회의 사무국 또한 지나쳤다. 세 번째는 어느 가정집 문이었다. 〈빌헬름 쿠비체크, 퇴역 소령〉이라고 문패에 적혀 있었다. 나는 그곳에서 초인종을 울렸고, 문을 열어 준 아가씨에게 내 명함을 건넸다.

나는 단출하게 꾸민 방으로 안내되었다. 가구에 흰색 보호 덮개가 씌워져 있었다. 맞은편 문에는 제복 재킷을 입고 가슴에 철관 훈장을 단 어느 육군 중장의 초상화가 걸려 있었다. 소령이 나를 맞이했다. 그는 스모킹 재킷 차림에 슬리퍼를 신고 있었는데, 목적을 알 수 없는 방문에 놀라고 불안해 하는 기색이었다. 탁자 위에는 루페, 터키식 파이프, 메모장,

헝겊, 초콜릿, 펼쳐진 우표 앨범이 놓여 있었다.

나는 이 건물의 거주자들 중 한 사람에 대해 물어볼 게 있어 왔다고 이야기했다. 동료에게 부탁하는 것이 마땅하다고 생각했다며, 나 역시 장교라고, 제12 용기병 연대의 퇴역 대위라고 했다. 그러자 그의 얼굴에서 불신이 사라졌다. 그는 내게 무슨 회사의 의뢰를 받아 왔느냐며 약간 의심하면서 물었다. 내가 순수하게 사적인 일로 찾아왔다고 답하자, 그는 경계를 풀었다. 그는 화주 한잔을, 그것도 좋은 갈리시아산 콘투초프카[24]를 대접하지 못해 아쉽다고 했다. 아내가 외출 중이고 열쇠를 가져갔다고 했다. 그리고 자기는 파이프를 피우기 때문에 궐련 한 대도 내놓을 수가 없다고 말했다.

나는 내가 찾는 남자의 모습을 엔지니어한테 들은 대로 그에게 묘사했다. 소령은 자기가 사는 건물에 그렇게 이상한 생김새를 가진 사람이 거처한다는 데 놀라워하며 이야기를 들었다. 그는 그러한 괴물의 존재를 결코 들은 적이 없었다.

「이상하군! 이상해! 이상한 일이야!」 그가 중얼거렸다. 「연대를 나온 이후로 저는 이곳에 살고 있습니다. 이 거리에는 남 얘기하길 좋아하는 자들만 사는데 말입니다. 6번지에 사는 돌레찰 부인이 점심때 케이퍼 소스를 곁들인 우설 요리를 먹으면, 오후에는 거리의 모든 아이들이 그걸 알지요. 그자가 절대 외출하는 일이 없다고 하셨지요! 그래도 분명 무슨 이야기가 돌 텐데 말입니다. 그렇게 꽁꽁 숨어 살 수는 없는 노릇이지요. 제가 무슨 생각을 하는지 아시겠습니까, 대

24 리큐어의 일종.

위님? 당신은 속은 겁니다. 어떤 장난꾸러기가, 익살꾼이, 못된 놈이 당신을 가지고 논 거라고요. 용서해 주십시오, 대위님.」

그는 한동안 생각에 잠겼다.

「그건 그렇고…… 그자가 이탈리아인이라고 하셨죠? 잠깐, 잠깐만, 잠깐만 기다려 보십시오! 작년까지 여기 이 건물에 세르보크로아티아 사람이 살았습니다. 그 사람은 독일어가 형편없었죠. 그 사람의 모국어로 그와 대화할 수 있는 사람은 제가 유일했습니다. 2년간 프리예폴리에서 근무한 적이 있거든요. 아시다시피 똥통 같은 곳이지요. 그 시절을 생각하면 섬뜩합니다. 노비파자르에 있던 때의 이야기를 들려드릴 수도 있겠지만, 그만둡시다! 그러니까 그 사람은 실은 뚱뚱하지 않았습니다. 정반대였죠. 이름이 둘리비츠였습니다. 이제 생각이 나는군요. 어떤 의원의 조카였고요. 제가 보기에 그 의원은 그야말로 대역 죄인이죠. 그런데 당신이 이야기한 자가 그 사람일 리는 없습니다. 왜냐하면 그는 작년에 부다페스트로 이사를 갔으니까요. 둘리비츠, 맞아요, 이름이 둘리비츠였습니다. 잠깐, 잠깐만, 잠깐만 기다리십시오! 이삼 주 동안 얼굴을 보지 못한 세입자가 하나 있어요. 관리인한테 물어보죠. 〈크라트키 씨한테 대체 무슨 일이 있습니까? 요즘 통 보이지가 않는데〉 하고요. 중이염이죠! 지금 그가 벌써 다시 외출을 하네요. 아직도 좀 창백해요. 좀 기운이 없고. 그런 걸 앓으면 정말 힘들지요. 하지만 일단 그는 이탈리아인이 아니고, 일반적인 의미에서 뚱뚱하다고도 할 수 없습니다.」

그는 깊은 생각에 빠졌다. 그러다 갑자기 어떤 생각이 떠오른 듯 보였다.

「결국 당신이 찾는 사람이 알바하리 씨라면…….」 그가 목소리를 죽여 말하고는 다 이해한다는 듯 너그러이 미소를 지었다. 「정말이지 제 앞에서 부끄러워하실 필요가 없습니다. 뭐 하러 그럽니까, 같은 동료인데. 나도 한때는 젊었지요. 가브리엘 알바하리 씨는 3층 8호에 삽니다. 어떤 유의 사람들이 그를 찾아 올라가는지 모르실 겁니다. 정말 고상한 사람들, 기사들이죠. 뭐, 누구든 알바하리 씨가 필요한 상황에 처할 수 있습니다. 저는 그걸 나쁘게 생각하지 않습니다. 어쨌든 그는 아주 교양 있는 사람이라고, 열정적인 수집가라고 합니다. 그림, 골동품, 빈 관련 문헌, 연극 관련 유물 등 가능한 모든 걸 수집한다지요. 늘 우아하고 늘 훌륭한 노신사예요. 그때그때 상황에 따라 10, 12, 15퍼센트, 때로는 그 이상을 받는다는 점만 제외하면요.」

나는 대금업자의 고객으로 취급받고 싶지 않았다. 그래서 필요한 만큼만 소령에게 비밀을 털어놓기로 결심했다.

「저는 돈이 궁해서 온 게 아닙니다, 소령님.」 내가 힘주어 말했다. 「알바하리 씨한테는 관심 없습니다. 간단히 말하자면, 저는 배우 비쇼프 때문에 이곳에 온 겁니다. 그는 최근에 이 건물을 여러 차례 방문했거든요. 그리고 어느 모로 보나 그의 자살은 이 방문과 관련이 있는 것 같습니다. 그는 어제 저녁에 자신의 저택에서 총으로 자살했습니다.」

소령이 마치 감전된 것처럼 의자에서 펄쩍 뛰었다.
「이럴 수가! 궁정 배우 비쇼프 말입니까?」
「네, 이건 제게 아주 중요한 문제입니다. 대체…….」
「스스로 목숨을 끊었다고요? 말도 안 돼! 벌써 신문에 났나요?」
「아마도요.」
「궁정 배우 비쇼프가! 바로 말씀하시지 그랬습니까! 당연히 그는 이곳에 왔습니다. 그저께, 아니 잠시만요, 금요일에, 그래요, 12시쯤…….」
「소령님은 그를 보셨습니까?」
「나는 아닙니다, 아니에요. 제 딸이 보았죠. 이럴 수가! 궁정 배우 비쇼프가. 이봐요, 말해 봐요, 신문에 대체 뭐라고 났습니까? 돈 문제입니까? 빚입니까?」
나는 대답해 주지 않았다.
「신경이군요.」 그가 말을 이었다. 「아마도 신경 때문일 겁니다! 요즘 예술가란…… 신경과민에 과로에……. 제 딸도 보았지요……. 정신없고 산만하고, 처음엔 딸아이가 자기한테 뭘 원하는지 전혀 알지 못했죠. 그래요, 천재적인 사람들이란! 제 딸, 그러니까 우리 모두에게는 각자 장기가 있습니다. 저는 기념우표를 모읍니다. 컬렉션을 완성하면 그걸 팝니다. 찾는 애호가가 늘 있거든요. 딸아이 이야기로 돌아가면, 제 딸은 유명인의 친필 사인에 더 관심이 있습니다. 사인으로 꽉 찬 앨범 한 권을 이미 통째로 가지고 있지요. 화가, 거장, 각하, 배우, 가수, 그야말로 명사들 거요. 그런데 금요일 점심때 딸아이가 완전히 흥분해서 방으로 들어왔습니다. 〈아빠, 방금 층계에서 누굴 만났게요? 비쇼프예요!〉 그러고는 어느새 앨범을 가지고 다시 나가 버렸죠. 그리고 한 시간이 지나 딸아이가 몹시 기뻐하며 돌아왔습니다. 딸아이는 그토록 오래 층계에서 기다려야 했지요. 하지만 겨우 비쇼프를 붙들어서 앨범에다 사인을 받았답니다.」

「그런데 그는 내내 어디에 있었던 거죠?」 내가 물었다.

「알바하리 씨 집이죠, 또 어디겠어요?」

「단순한 추측입니까, 아니면……?」

「추측이 아닙니다. 그가 그곳에서 나오는 걸 딸아이가 봤답니다. 알바하리 씨가 문 앞까지 그를 배웅했지요.」

나는 자리에서 일어섰고, 정보를 준 데 대해 소령에게 감사를 표했다.

「벌써 가시려고요?」 그가 말했다. 「잠시 더 시간이 괜찮다면 제 컬렉션에 관심이 있으실지도. 누가 흥미를 가질 만한 특별한 건 없습니다. 굉장한 희귀품은 보실 수 없을 겁니다.」

그가 앨범의 펼쳐진 페이지를 설대로 가리키며 말했다.

「온두라스. 마지막 발행판이죠.」

몇 분 뒤 나는 알바하리 씨의 집 앞에서 초인종을 울렸다.

나무처럼 큰 키에 머리카락이 빨간 젊은이가 셔츠 바람으로 문을 열고 나를 들여보내 주었다.

알바하리 씨는 집에 없다고 했다. 언제 돌아오느냐고 묻자, 확실히 알 수 없다고 답했다. 아마 저녁때쯤 되어야 온다고 했다.

　나는 선 채로 망설이며 그를 기다릴지 말지를 생각했다. 그런데 문이 반쯤 열린 방에서 발걸음 소리와 함께 성마른 헛기침 소리가 들려왔다.

　「알바하리 씨를 만나려는 신사분이 한 분 더 계세요.」젊은 이가 말했다. 「벌써 30분 전부터 기다리고 계시죠.」

　나의 시선이 옷걸이대를 향했다. 그곳에 래글런 외투와 암청색 벨루어 모자가 걸려 있었고, 벽에는 상아 손잡이가 달린 검은색 유광 지팡이가 기대져 있었다. 망할! 하는 생각이 머릿속을 스쳐 갔다. 내가 아는 지팡이 같았다. 그리고 저기 모자와 외투도! 아는 사람이다! 이곳에서, 대금업자의 집에서 아는 사람과 만나는 일은 달갑지 않아! 저 사람이 누가 왔는지 볼 생각을 하기 전에 서둘러 떠나자.

　나는 다음번에, 아마도 내일 같은 시간에 오겠다고 말한 다음 서둘러 사라졌다.

　건물 입구에서 불현듯 그 모자와 래글런 외투와 상아 손잡이가 달린 지팡이를 어디서 봤는지 생각이 났다. 나는 걸음을 멈췄다. 그때 나는 그 정도로 몹시 당황했다. 어떻게 이럴 수가! 아니, 말도 안 돼. 내가 착각한 거야…… 그가 나보다 앞서다니, 그럴 리가 없다고! 도대체 어떻게 여기를 찾아온 걸까! 그러나 의심의 여지가 없었다. 저기 유대인 집 대기실에 걸려 있던 외투의 주인은 바로 엔지니어였다.

14

내가 현관을 나설 땐 비가 억수같이 퍼붓고 있었다. 거리
에는 인적이 거의 없었다. 기사는 고무를 입힌 비옷으로 몸
을 감싸고 운전석에 앉아 신문을 들여다보고 있었다. 젖은
신문에서 물이 뚝뚝 떨어지고 있었다. 슬그머니 불쾌감이 일
었다. 엔지니어가 어떤 추리를 통해서 오이겐 비쇼프의 보이
지 않는 자취를 이토록 빠르고 이토록 확실하게 찾아낼 수
있었는지 내게는 수수께끼였다. 그리고 사실을 말하자면 나
는 그 수수께끼를 따져 보는 일을 곧 단념했다. 나는 다만 내
가 한 조사가 완전히 불필요했다는 점을 알았다. 경찰서에
물어보고, 운전기사를 신문하고, 늙은 소령을 방문하고……
쓸데없이 수고를 들인 것이었다. 한나절을 날린 셈이었다.
나는 허기와 피로를 느꼈고, 몸이 으슬으슬했다. 비가 내 얼
굴을 때렸다. 젖지 않은 옷과 따뜻한 방! 나는 가능한 한 빨리
집에 가고 싶었다.

기사는 연료통을 가지고 씨름하다가 이제 몸을 일으켰다.
「뮈르텐 거리 18번지.」 내가 그에게 외쳤다. 우리 집 주소였

다. 하지만 자동차가 막 움직이는 순간, 나의 기분을 순식간에 바꿔 놓은 생각이 하나 떠올랐다. 나는 우연히 발견한 그 자취를 내가 끝까지 추적했다고 믿고 있었다. 그러나 아니었다. 자취는 계속 이어졌다! 부르크 거리에서 발생한 사고! 어쩌다 택시가 부르크 거리에 간 거지? 그 점이 이제야 내 주의를 끌다니 이상한 일이었다. 부르크 거리는 오이겐 비쇼프가 집에 가려면 지나야 하는 경로에서 완전히 벗어나 있었다. 뭐 때문에 기사가 이렇게 길을 돌아간 걸까? 그 이유를 나는 알아내야 했다.

차를 세우라고 지시했다. 길 한가운데에서 비가 퍼붓는 가운데 나는 기사를 떠보기 시작했다.

「시가 전차와 사고가 있었던 금요일 그때, 그 신사가 가려던 원래 목적지가 어디였소?」

「뮈르텐 거리요.」 기사가 대답했다.

「정신 좀 차리시오!」 내가 짜증스레 소리쳤다. 「무슨 말인지 못 알아들었소? 뮈르텐 거리는 내가 가달라고 한 곳이잖소. 뮈르텐 거리 18번지, 거기는 우리 집이고. 금요일 그때, 그 신사가 원래 가려던 목적지가 어디였냐고 물었잖소.」

「그러니까, 뮈르텐 거리라니까요.」 기사가 태연하게 말했다.

「뮈르텐 거리 18번지? 우리 집 말이오?」 내가 깜짝 놀라 소리쳤다.

「아뇨, 나리 댁이 아니에요. 약국이었어요.」

「무슨 약국이지? 대천사 미카엘 약국인가?」

「그 거리에는 약국이 하나뿐이니까 뭐 거기일지도요.」

이게 무슨 뜻인가? 나는 차를 타고 가는 동안 계속 스스로에게 물었다. 그가 대금업자의 집을 나와 택시를 타고 약국으로 간다. 이상해! 더군다나 그의 집 방향도 전혀 아닌데 하필 그 약국으로…… 뭔가 이유가 있는 게 분명해! 오이겐 비쇼프가 대금업자를 찾아간 일과 택시를 타고 약국에 간 일 사이에 필시 어떤 연관 관계가 존재한다는 점에는 전혀 의심의 여지가 없었다. 그 관계를 밝혀낸다면 얼마나 큰 성과인가! 그리고 그건 아마 전혀 어려운 일이 아닐 거야, 나는 자신에게 말했다. 그냥 약국에 가는 거야. 그렇지 않아도 브롬을 살 생각이었지 않은가. 쉽게 말을 붙여 볼 기회가 있다. 비밀 유지 의무? 바보 같은 소리! 약국에는 비밀 유지 의무가 없다…… 아님 있나? 아무래도 좋다. 다만 노련하게 행동해야 한다. 항상 내게 굽실대며 인사하는 — 삼가 인사 올립니다, 남작님. 다음에 또 찾아 주십시오 — 늙은 고용 약사한테 물어보는 거야. 아니면 약국 주인한테 직접, 아니면…….

이런 젠장! 온종일 골머리를 썩였는데도 보람이 없었는데, 이제 이런 우연이라니. 하지만 우연이 아니었다. 당연한 일이었다. 오이겐 비쇼프는 그 여자 때문에 대천사 미카엘 약국에 간 것이었다. 그는 그 여자가 어릴 적부터 그녀를 알았다. 그는 그녀에게 비밀을 털어놓았다. 그리고 나는…… 나는 우리 집 창문으로 매일 그녀를 보았다. 그녀가 강의를 들으러 가방을 들고 약국에서 대학으로 달려가는 모습. 작은 키, 붉은 기가 도는 금발, 늘 다급하고 늘 흥분한 모습. 그리고 얼마 전에는 극장 로비에서 보았다. 그런 까닭에 전화기에서 들린 그녀의 목소리가 그토록 귀에 익었던 것이다. 그리고 이제 나는 왜 그 목소리의 울림이 무슨 특이한 향수를 연상시켰는지도 깨달았다. 초산 에틸, 테레빈유. 그럴 수밖에! 약국에서 나는 냄새니까.

나는 흥분해서 제정신이 아니었다. 내가 알아낸 사실이 얼마나 큰 파급력을 가지는지 알았기 때문이다. 나는 저기 늙은 대금업자의 집에 앉아 시간을 흘려보내고 있을 엔지니어를 생각할 수밖에 없었다. 반면에 나는, 2분만 더 있으면 나는, 최후의 심판에 대해 이상한 말을 한 아가씨와 마주 서는 것이었다. 어둠에 싸인 그 말의 의미는 오이겐 비쇼프의 자살에 얽힌 비밀과 모종의 방식으로 연결되어 있었다. 비극적인 수수께끼의 해답을 가져다줄 게 분명한 저 순간이 내게는 아주 가까워 보였다. 나는 어렴풋한 불안감을 품은 채, 뭐라 설명할 수 없는 압박감을 느끼며, 그럼에도 초조함과 기대감으로 가득 차서 그 순간을 기다렸다.

그녀의 이름은 레오폴디네 타이히만이었다. 그녀의 어머니는 젊은 나이에 죽은 대배우였으며, 잊지 못할 만큼 아름다운 여인이었다. 내가 자라난 세계에서 사람들은 그녀의 어머니 이름을 입에 올릴 때면 항상 열렬한 찬탄을 금치 못했다. 그녀가 어머니로부터 물려받은 것이라곤 붉은 기가 도는 금발과, 뭐랄까 불안정한 생활 방식뿐이었다. 어쩌면 강렬한 공명심도. 왜냐하면 그녀는 온갖 예술 분야를 건드렸기 때문이다. 그녀는 그림을 그렸다. 나는 그녀가 한 예술가 협회에서 전시했던 유화 한 점이 기억났다. 꽃대가 긴 과꽃과 달리아를 그린 정물화였다. 그 외에는 아주 평범한 수준의 작품이었다. 그녀는 자선 공연에서 여러 번 무용수로 나와 사람들의 찬탄을 받기도 했다. 한번은 오이겐 비쇼프에게 연기 수업을 받고 싶다고 제안해서 그를 깜짝 놀라게 했다. 하지만 그 일은 논의와 사전 협의 단계에서 결코 더 나아가지 못했다. 그리고 얼마 후 그녀는 자신이 모종의 역할을 하던 사교계에서 사라져 버렸다. 그녀는 실용적인 직업을 얻어야 했기에 대학에서 약리학 공부에 전념했다. 완전히 내 시야에서 사라졌던 그녀가 어느 날 석사가 되어 대천사 미카엘 약국에서 일하는 모습을 발견했을 때 나는 굉장히 놀랐다.

내가 뮈르텐 거리에 도착했을 때에도 여전히 비가 내리고 있었다. 나는 약국 진열창 앞에 멈춰 섰다. 흐릿하게 김이 서린 유리창을 통해 도찰제 병, 치약 튜브, 분갑이 진열된 모습을 보는 동안 나는 어떻게 말머리를 꺼내야 할지 깊이 생각했다. 마침내 나는 그 아가씨에게 나를 오이겐 비쇼프의 친구라 소개하고, 단둘이 이야기를 하자고 청하기로 마음먹었다.

「존경하는 남작님!」 내가 문을 열자마자 고용 약사가 굽실거렸다. 「들어오십시오. 환영합니다. 뭐든 말씀만 하십시오.」

가게는 사람들로 가득했다. 지갑에서 처방전을 찾아 꺼내는 은행 사환, 하녀 둘, 그리고 흰색에 가까운 금발에 얼굴이 창백하고 선글라스 낀 젊은이는 기다리는 동안 화보 잡지를 들여다보고 있었다. 맨발의 작은 소년은 창질경이 사탕을 찾았고, 장바구니를 든 늙은 여자는 안약, 마시멜로 차, 가정용

프라하 연고와 〈피를 맑게 해주는 것〉을 달라고 했다. 약국 주인은 인접한 공간에서 책상 앞에 앉아 있었다. 타이히만 양은 어디에서도 보이지 않았다.

「고약한 날씨입니다!」고용 약사가 비누정[25]을 병에 채우며 말했다. 「남작님께서도 감기에 걸리셨나 보군요. 제가 늘 하는 소리입니다만, 따뜻하게 데운 포도주 4분의 1리터에다 계피 한 가닥을 넣으시면 가장 좋아요. 제 비법이지요. 육두구랑 정향, 그리고 설탕을 잘 쳐주면 아주 술술 넘어가죠. 그런 다음 밤에 찜질을…… 80헬러입니다, 스티베르니 씨. 감사합니다. 영광이었습니다. 이만 인사드리겠습니다, 스티베르니 씨. 살펴 가십시오!」

그는 가게를 나가는 뿔테 안경 쓴 창백한 젊은이를 가리켰고, 몇 초 동안 기다렸다가 내게로 몸을 돌리고 목소리를 죽여 말했다.

「방금 나가신 분 있잖습니까, 아주 흥미롭답니다. 혈우병 환자지요. 이른바 출혈병자죠. 이미 의사며 교수며 전문가를 죄다 찾아가 봤지만 아무 소용이 없었습니다. 출혈병자. 수천 명 중에 한 명이죠.」

「그 스티베르니 씨요? 그렇군요, 그래요, 그래…… 내가 또 들은 얘기가 있죠.」장바구니를 든 늙은 여자가 말했다. 나는 수면제를 달라고 했고, 작고 하얀 알약 몇 개가 든 종이 갑을 받았다.

「평소에 날 상대해 주던 아가씨는 오늘 없네요?」내가 물

25 소독용 비누의 일종.

었다.

「폴디 양 말씀이신가요?」

「그런 이름이었던 것 같군요. 붉은 기가 도는 금발의 아가 씨요.」

「폴디 양은 오늘 오전에 쉽니다. 어제 야간 근무를 했거든 요. 금방 올 겁니다. 지금이 5시군요. 원래대로라면 벌써 한 시간 전에 왔어야 하는데. 혹시 뭐 도와드릴 일이라도?」

「그럴 필요 없어요. 나중에 다시 오죠.」내가 말했다. 「별일 아니에요. 그냥 우리 둘이 함께 아는 지인의 안부를 전해 주려고요. 그라츠에서 그 사람을 만났거든요. 지나가던 중에 한번 들여다봤어요. 그건 그렇고, 어쨌거나 그녀의 집 주소를 알았으면 합니다만.」

고용 약사는 그라츠의 지인 이야기를 그다지 믿지 않는 눈치였다. 그는 탐색하는 눈빛을 내게 던진 다음, 작은 쪽지에 주소를 적어서 건네며 말했다.

「3층 21호, 궁정 고문관 카라제크 씨 댁입니다. 그녀의 할 아버지죠. 폴디 양은 아주 좋은 집안 출신입니다. 일급 가문이죠. 그리고 약혼자가 있다죠. 그런 소릴 얼핏 들었습니다.」

〈레오폴디네 타이히만, 브로이하우스 거리 11번지.〉 고용 약사에게 받은 쪽지에는 이렇게 적혀 있었다. 나는 곧장 그 곳으로 가지 않았다. 그녀와 엇갈릴까 봐 염려가 되었다. 그 녀가 이미 약국으로 오는 길일 수도 있었으니까. 그 점을 감 안해야 했다.

나는 얼마 동안 약국 앞을 서성이며 기다렸다. 6시쯤 거센

비가 다시 퍼붓는 바람에 나는 집으로 올라갔다. 침실 창가에서 약국 출입문을 감시할 수 있었다.

그녀는 오지 않고 시간은 흘러갔다. 날이 어두워지기 시작했고, 나는 오가는 사람들의 얼굴을 분간하느라 고생했다. 거리에서 처음으로 덧문 닫히는 소리가 들렸을 때, 나는 감시 초소를 떠났다. 이제 그녀가 올 확률은 낮아 보였다.

내가 그리로 찾아가야 했다. 차를 타고 20분, 나는 곰곰이 생각했다. 저녁 식사 중인데 만난다, 곤란한 일이야. 이 시간에 낯선 사람에게 기습을 받다니! 그리고 어쩌면 그녀는 아예 집에 없을 수도 있어. 극장에 있거나 친구 집에 있을지도. 어쩔 도리가 없지. 그러면 기다리는 수밖에. 오늘 중으로 꼭 그녀와 이야기를 나눠야 하니까.

나는 마차를 잡아타느라 많은 시간을 허비했다. 마침내 브로이하우스 거리에 도착했을 때는 8시에 가까웠다. 11번지 건물은 교외에 있는 외딴 4층짜리 공동 임대 주택이었다. 영화관, 헌 옷 가게, 미용실, 포도주 선술집이 거리 전면을 이루었다. 계단실은 불이 제대로 켜져 있지 않았다. 3층부터 벌써 완전히 어둠에 싸여 있었다. 내게는 성냥이 없었다. 나는 어떤 호실 번호를 해독하려고 안간힘을 썼지만 헛수고였다.

발걸음 소리가 들렸다. 두 남자가 어둠 속에서 계단을 올라오고 있었다. 나는 멈춰 서서 귀를 기울였다. 이제 그들은 3층에 있었다. 회중전등이 반짝 빛났다. 좁은 원뿔형의 빛줄기가 문들 중 하나를 비추고는 벽을 따라 미끄러져 갔고, 오른쪽으로 그리고 다시 원위치로 움직였다가 멈췄다. 그러자 어둠 속에서 황동 문패 하나가 나타났다.

「프리드리히 카라제크, 퇴직 궁정 고문관.」고르스키 박사의 목소리가 말했다.

「박사님!」내가 깜짝 놀라서 외쳤다. 「여기에 어떻게 오신 겁니까?」

회중전등의 빛줄기가 내 얼굴을 비췄다.

「당신이군요, 남작님.」엔지니어의 목소리가 들렸다.

「당신까지.」내가 당황해서 외쳤다. 「여기서 저를 만난 데 대해 전혀 놀라신 것 같지 않군요.」

「놀랐다고요? 농담도 잘하시는군요, 남작님. 저는 당신 역시 석간신문을 읽으리라는 걸 한 치도 의심하지 않았습니다.」엔지니어가 말하고는 초인종 줄을 당겼다.

15

나는 그가 무슨 소리를 하는 것인지 이해하지 못했다. 나는 예기치 못한 만남에 여전히 한량없이 놀란 상태였다. 늙은 여자가 문을 열었을 때에야, 우느라 부은 그녀의 얼굴과 당혹스러워하는 눈을 보았을 때에야 비로소 나는 이 집에 불행한 일이 일어났다는 것을 알게 되었다.

엔지니어가 자기 이름을 댔다.

「졸그루프입니다.」 그가 말했다. 「한 시간 전에 전화드린 사람이 접니다.」

「젊은 카라제크 나리가 들어와 계시라 하셨어요. 기다려주실 수 있다면요!」 늙은 여자가 속삭이는 어조로 말했다. 「25분 뒤에 돌아오실 거예요. 서둘러 병원에 가셨거든요. 들어오실 생각이라면…… 조용조용히, 부탁드려요. 궁정 고문관님이 듣지 못하게. 아직 아무것도 모르세요. 아무것도 말씀드리지 않았거든요.」

「아직 모르신다고요?」 고르스키 박사가 의아해하며 물었다.

「모르세요. 30분 전에 처음 아가씨를 찾으셨지요. 저녁이면 항상 아가씨가 신문을 읽어 드리니까요. 〈폴디 아가씨는 아직 약국에 계세요〉하고 말씀드렸죠. 이제 나리는 앉아서 주무시고 계세요. 신문을 손에 들고요. 자, 이리로 똑바로 오세요. 들어들 오세요. 젊은 카라제크 나리는 금방 오실 거예요.」

「비더마이어 양식 가구로군요.」 엔지니어가 말하고는 고르스키 박사와 동의의 눈빛을 교환했다. 그러고 나서 그는 다시 늙은 여자에게로 몸을 돌렸다.

「젊은 카라제크 씨라면…… 궁정 고문관님의 아드님을 말하는 건가요?」

「아뇨, 손자예요. 폴디 아가씨의 사촌이지요.」

「그리고 여기 이 방에서 사고가 일어난 거군요, 그렇죠?」

「아뇨, 이 방이 아니에요. 그럴 리가요. 저기 있는 작은 방이에요. 아가씨가 실험실로 쓰시는 곳이죠. 오늘 오전에 저는 부엌에서 마리와 이야기를 하고 있었죠. 저는 가정부이고 32년 전부터 여기 이 집에서 일하고 있죠. 그러니까 제가 부엌에 서 있는데, 젊은 나리가 오셨어요. 〈제들라크 부인.〉 나리가 말씀하셨죠. 〈빨리요. 뜨거운 우유 있나요?〉〈뜨거운 우유라니 누굴 드리려고요?〉 제가 여쭀죠. 〈궁정 고문관님인가요?〉〈아니요.〉 젊은 나리가 말씀하셨어요. 〈폴디요. 폴디가 바닥에 누워 경련을 일으키고 있어요.〉 그리고 저는 경련이라는 말을 듣고 화들짝 놀랐죠. 젊은 나리는 몹시 차분하셨어요. 무슨 일이 있어도 침착성을 잃지 않는 분이죠. 저는 당연히 화덕에서 우유를 가지고 방으로 달려 들어갔지요. 아가씨가 누워서 데굴데굴 구르고 계시더라고요. 아, 하느님. 게다가 얼굴은 백지장처럼 하얗고 입술은 새파랬지요. 저는 말했어요. 〈졸도예요.〉이어서 아가씨의 두 손을 부여잡고는 단번에 〈예수, 마리아, 요셉〉하고 소리쳤죠. 〈아가씨 손에 병이 있어요.〉〈무슨 일이죠? 왜 그렇게 소리를 질러 대는 겁니까?〉젊은 나리가 외쳤고, 병을 보고는 집어 들어 냄새를 맡아 보시더니 전화기로 달려가셨어요. 〈구급대를 보내 주세요.〉그리고 몇 분 뒤 어느새 구급대가 왔어요. 그렇게 후딱 오다니 그래도 운이 좋았지요. 구급대 의사가 이렇게 말하기도 했고요. 〈일분일초가 급합니다. 어쩌면 아직 가망이 있을지도.〉의사는 또 이런 말도 했죠. 〈스스로를 해치려 했을 리는 없습니다. 약학을 전공한 사람이니 틀림없이 냄새를 맡고 바로 알았을 테지요.〉……저는 이제 부엌에 가봐야 해서, 죄송합니다. 집에 저 혼자거든요. 궁정 고문관님은 깨어나시면 우유 쌀죽을 찾으시는지라.」

그녀가 창문을 닫고 노란색 비단으로 된 피아노 덮개를 밀어 바로잡은 다음, 검사하는 눈빛으로 방 안을 둘러보고는 모든 것이 제대로 된 걸 확인하고 밖으로 나갔다. 나는 일어서서 벽에 걸린 그림들을 살펴보았다. 수채화와 작은 파스텔화들, 딜레탕트의 작품이었다. 꽃이 핀 밤나무, 바이올린을 연주하는 젊은 남자의 초상화, 구도가 그저 그런 시골 장터…… 전시회에서 한 번 본 적 있는 그 그림도 있었다. 녹색 빛이 도는 일본 꽃병에 꽂힌 과꽃과 달리아, 즉 이 그림을 원하는 사람은 없었던 것이다. 그런데 이것보다도 더 나의 관심을 끄는 다른 그림이 있었다. 그 그림은 반쯤 그늘이 드리운 채로 피아노 옆 벽에 걸려 있었다. 데스데모나[26]의 의상을 입은 아름다운 아가테 타이히만을 그린 유화였다. 마지막으로 본 지거의 스무 해가 지났는데도 나는 그녀를 곧바로 알아보았다.

「스무 해가 지나 이렇게 묘하게 다시 만나는군요, 박사님!」 내가 말하면서 그 위대한 비극 배우의 그림을 가리켰다. 갑작스러운 비애가 나를 사로잡았다. 나는 내 젊은 시절이 얼마나 낯설어졌는지 느꼈다. 달아나는 세월, 무자비한 시간이 한순간 내게 아프리만큼 똑똑히 의식되었다.

「아가테 타이히만.」 박사가 말하고는 코안경을 바로잡았다. 「나는 그녀를 무대에서 딱 한 번 봤지요. 아가테 타이히만! 그때 몇 살이셨습니까, 남작님? 아직 새파랗게 젊었겠지요. 열아홉 살쯤, 아님 기껏해야 스무 살. 기억이 완전히 생생하지는 않겠죠, 안 그렇습니까? 아시다시피 나는 결코 여자복이 없었지요. 그래서 오늘 이렇게 아무렇지도 않게 옛날 그림과 마주할 수 있습니다. 나는 그녀가 메데이아를 연기하는 걸 한 번 봤습니다. 그게 다예요.」

나는 대답하지 않았다. 엔지니어는 영문을 몰라 우리 둘을 바라보다가 그림으로 슬쩍 시선을 던진 뒤, 그 작은 방으로 들어갔다.

우리는 단둘이 방 안에 남아 기다렸다. 박사는 초조해져서 자꾸만 자기 시계를 쳐다보았다. 내게도 시간이 천천히 흘렀

26 셰익스피어 희곡 「오셀로」의 여자 주인공.

다. 나는 책상 위에 놓인 책 한 권을 집어서 펼쳐 보았다. 하지만 그것은 사전이었다. 나는 곧장 책을 다시 제자리에 놓았다.

25분 후, 마침내 엔지니어가 방으로 돌아왔다. 그는 바닥에서 무언가를 찾았던 것인지 양손에 먼지가 잔뜩 묻어 있다. 고르스키 박사가 펄쩍 뛰었다.

「졸그루프 씨, 뭘 좀 발견했습니까?」 그가 물었다.

엔지니어가 고개를 가로저었다.

「아무것도요.」

「정말로요?」

「아주 작은 흔적도, 아주 사소한 단서도 찾지 못했습니다.」 엔지니어가 다시 말하고는 멍하니 두 손을 쳐다보았다.

「저기에 물이 있습니다, 졸그루프 씨.」 박사가 말했다. 「당신은 길을 잘못 든 거예요. 납득하고 싶지 않은 겁니까, 졸그루프 씨? 하루 온종일 허깨비를 뒤쫓은 거라고요. 당신의 괴물은 존재하지 않아요. 결코 존재한 적이 없었어요. 당신의 괴물은 터무니없는 추리가 낳은 우스꽝스러운 결과물입니다. 망상이라고요. 도대체 몇 번을 반복해서 말씀드려야 할까요? 당신은 허무맹랑한 생각에 빠져서 앞으로 나아가지 못하고 있어요.」

「그렇다면 당신의 계획은 뭔가요, 박사님?」 엔지니어가 세면대에서 물었다.

「펠릭스의 마음을 돌려야 합니다.」

「가망 없는 일입니다.」

「저한테 시간을 주십시오!」

「시간이라고요? 아뇨, 시간을 드릴 수 없습니다, 박사님. 뻔히 안 보이십니까? 남작님이 가만히 앉아서 잠자코 우리 이야기를 듣고만 있는 게 보이시지 않습니까? 남작님은 자신의 명예를 건 맹세를 두고 결말이 매우 불확실한 논쟁을 벌이는 일을 결코 허락하지 않을 겁니다. 남작님은 결단을 내렸어요. 펠릭스가 요구하는 일을 실행에 옮길 겁니다. 어쩌면 내일, 어쩌면 오늘 밤 내로요. 남작님은 방아쇠에 손가락을 대고 있다고요. 그런데 시간을 달라니요!」

나는 반박하고 항의하려 했으나, 엔지니어는 내게 발언할 기회를 주지 않았다.

「저는 길을 잘못 들었습니다. 물론입니다!」그가 소리쳤다. 「오늘 점심때에도 제게 똑같은 말씀을 하셨죠, 박사님. 극장 앞 정차소에서 제가 오이겐 비쇼프를 살인범에게로 데려간 운전기사를 찾을 때도 말이죠. 그리고 제가 그 집을 찾아내 층계를 오를 때도 당신은 뒤에서 외쳤습니다. 제가 길을 잘못 들었다고, 잘못된 생각에 빠졌다고…….」

「대금업자 집에 가셨습니까?」내가 그의 말을 끊었다.

「대금업자 집요?」엔지니어가 놀라서 소리쳤다. 「어느 대금업자를 말씀하시는지?」

「가브리엘 알바하리, 도미니카너바스타이 8번지요.」

「그 유대인이 대금업자였습니까? 그 이야기는 하시지 않았잖습니까, 박사님?」

「그 사람은 저당을 잡고 돈을 빌려주지요. 맞습니다.」고르스키 박사가 말했다. 「그를 아는 게 특별히 자랑스러워할 일

162

은 아니죠. 하지만 그는 우리가 아는 가장 중요한 예술 전문가이자 수집가들 중 한 사람이기도 합니다. 오이겐 비쇼프는 20년 가까이 그를 알고 지냈고, 이따금 그의 셰익스피어 장서와 의상 그림 컬렉션을 이용했지요.」

「그 남자와 이야기를 나눈 겁니까, 엔지니어님?」 내가 물었다.

「아뇨, 집에 없더군요. 그 기회를 틈타 집 안에서 살인범을 찾아보았지요.」

「결과가 어떠했는지는 말하지 않는 편이 좋겠습니다, 졸그루프 씨. 안 그래요?」 고르스키 박사가 꼬집어 말했다.

「조용히 좀 하십시오!」 엔지니어가 버럭 소리를 질렀다. 이와 동시에 그는 자신이 남의 집에 있다는 사실을 상기하고 목소리를 낮췄다. 「살인범은 찾지 못했습니다. 사실입니다. 하지만 그건 단지 제가 살인범의 모습을 잘못 그렸기 때문입니다…… 그래서 못 찾은 거죠. 저는 잘못된 상상을 살인범과 연결 지었습니다. 사고에 오류가 있었던 거죠. 제 추리 중 어딘가에 오류가 있어요. 하지만 그자는, 살인범은 그곳에 있습니다. 그는 집을 벗어나지 않았습니다. 집을 벗어났을 리가 없습니다. 그리고 저는 그자를 찾아낼 겁니다, 박사님. 믿으셔도 좋습니다.」

그리고 이 말을 들었을 때 내 안에서 무언가가 움직였다. 나의 안에서 어떤 오만함이 깨어나서는 내 앞에 선 저 남자의 확신을 빼앗으라고, 그를 속이라고, 그를 의혹에 빠뜨리라고 나를 다그쳤다. 그래서 나는 심사숙고하며 냉정하게 말했다.

　「그런데 만일 제가 지금 당신한테 펠릭스가 옳다고 한다면 어쩌실 겁니까? 사건의 경과가 어제 그가 당신에게 설명한 것과 정확히 일치한다면요? 만일 지금 제가 진짜로 오이겐 비쇼프의 살인범이라고 고백한다면요?」

　고르스키 박사가 내 팔을 붙잡고 말없이 나를 응시했다. 엔지니어가 고개를 가로저었다.

　「터무니없는 소리.」 그가 말했다. 「그런 터무니없는 소리는 하지 마십시오. 저를 속일 수 있다고 착각하지 마십시오. 들리십니까? 초인종 소리입니다. 젊은 카라제크 씨군요. 괜찮으시다면…… 그와 이야기를 나누게 해주십시오!」

16

「우리가 무슨 통신원이라고 생각하는군요.」 고르스키 박사가 내게 속삭였다. 「그냥 놔두세요, 졸그루프가 그걸 원하니. 당신이 사복 차림이라 다행입니다. 재무감 열쇠[27]를 가진 용기병 대위가 지역 통신사에서 파견된 사람이라, 그건……..」

그 순간 방으로 들어온 젊은 남자는 교외 카페의 단골손님 테이블에 앉아 취미의 심판자 역할을 하는 굉장히 별 볼일 없는 사람 같은 인상을 주었다. 그가 인사를 하고 — 〈만나 뵙게 되어 영광입니다!〉 — 자기소개를 했고 — 〈카라제크라 고 합니다〉 — 세심하게 탄 매끈한 가르마를 손으로 훑고는 양은 담배 케이스에서 멤피스 담배를 꺼내 권했다.

「오늘 그런 소동을 겪고 나서 저희를 위해 따로 시간을 내주셔서 정말 감사드립니다.」 엔지니어가 말했다. 「무엇보다도 젊은 아가씨의 상태가 어떤지 여쭤 봐도 되겠습니까?」

「물론입니다!」 젊은 카라제크가 답했다. 「저널리스트의 의무라는 게 뭔지 압니다. 일을 내려놓을 틈이 없지요. 돌아가

27 옛 궁정 관직인 재무감의 표징.

신 아버지께서는 언론계 분들을 많이 상대하셨지요. 헤르만 카라제크, 빈 시 제18행정부 부장 겸 시 건설위원, 어쩌면 여러분 중 한 분이 우연히…… 네, 그럴 수 있지요. 네, 제 사촌 일은 아쉽게 됐습니다! 그 애를 만나게 해주지 않더군요.」

그가 몸을 앞으로 숙였고, 마치 관청의 기밀을 몰래 알려주는 듯한 표정을 짓고는 낮은 목소리로 말했다.

「의사 선생님은 이제 염화 에틸을 써보고 계십니다.」

「흡입법인가 보군요.」 고르스키 박사가 말했다.

「염화 에틸.」 젊은 카라제크가 다시 말했다. 「쓸 수 있는 방법은 다 써봐야죠.」

「의사와 이야기해 보셨습니까?」 엔지니어가 물었다. 「아가씨가 내일 손님을 만날 수 있을 만큼 회복될 수 있다고 보십니까?」

「내일요? 어려워요, 어려워.」 젊은이가 말하며 고개를 저었다. 「의사 선생님 말로는…… 사실 조수한테 들었지요. 생각해 보시면 알겠지만, 선생님은 몹시 바빠서 당연히 시간이 별로 없지요. 조수 말로는 희망이야 늘 가질 수 있지만 기적이 일어나지 않는다면, 그리고 간호사 말로도 오늘 밤을 넘기지 못할 것 같다고 합니다.」

「상태가 그렇게 나쁜가요?」 엔지니어가 물었다. 카라제크 씨는 안타까워하며 두 손을 들었다가 다시 떨어뜨렸다. 고르스키 박사는 일어서서 모자를 집었다.

「벌써들 가시려고요?」 젊은이가 물었다. 「괜찮으시면 잠시만요. 생각을 좀 해봤는데, 간단히 다과라도. 벌써 식사를 하셨다는 건 압니다만, 혹시 블랙커피 한잔 어떠신지요, 2분도 안 걸립니다. 곧 말해 두겠습니다. 더 여쭤 보고 싶은 건, 제가 영광스럽게도 통화한 분이 누구인가 하는 겁니다. 궁금해서요.」

「제가 전화를 드렸습니다.」엔지니어가 말했다.

「왜냐하면 어떻게 그걸 아셨는지……. 저는, 흔히 하는 말로 아연실색했거든요. 그래요, 폴디는 심한 골초였습니다. 하루에 열두 개비, 열다섯 개비를 피웠죠. 아침 식전부터 담배를 입에 물고 ─ 요즘 젊은 아가씨들이란 ─ 나타나는 때가 많았어요. 할아버지께서 아시면 안 되는 일입니다. 부탁드립니다. 여든 가까이 되는 나이 든 분이라, 옛날 분이시죠. 그런데 어떻게 아신 겁니까? 제 사촌이 그 직전에…… 5분도 안 됐죠. 저는 깜짝 놀랐습니다. 어떻게 아는 거지, 이상한 사람이군, 하고 생각했지요.」

「그 일은 아주 쉽게 설명드릴 수 있습니다.」엔지니어가 답했다.「말씀드리건대 사촌분은 자발적으로 자살을 기도한 게 아니라 강요를 받은 겁니다. 최근에 아주 비슷한 자살 기도가 세 건 있었습니다. 세 경우 모두 동일인이 관여된 것으로 보이고, 세 경우 모두 그 수법이 똑같았습니다. 그러니까 아가씨가 실제로 그 행동을 하기 직전에 담배를 한 개비 달라고 한 거죠?」

「담배요? 아뇨, 그건 아니었습니다. 담배라면 한 갑 통째로 그 애 책상 위에 있었거든요. 그 애가 달라고 한 건 컬런지였습니다. 빈 컬런지요.」

「쿼런지!」엔지니어가 격앙되어 소리쳤다. 「그렇지, 그 생각을 못 하다니. 빈 쿼런지! 알아맞혀 보시죠, 박사님. 오이겐 비쇼프가 무슨 목적으로 담배 파이프를 챙겼을까요? 가기 전에 하나 더 여쭤 보겠습니다, 카라제크 씨. 아마 이상하다고 여기실 질문이겠지만요. 사촌분이 최근 언젠가 최후의 날에 관해 이야기한 적이 있습니까? 알아들으시겠습니까? 심판의 날 말입니다.」

「그렇습니다. 음…… 그런데 성함이 뭐라고 하셨죠?」

「졸그루프입니다, 발데마르 졸그루프.」엔지니어가 참을성을 잃으며 말했다. 「무엇과 관련해서 그 얘기를 했죠? 잘 생각해 보십시오. 아마 기억이 나실 겁니다.」

「무엇과 관련해서였느냐고요? 그림이었죠. 그때 폴디 생각은, 그러니까 그 애가 저와 라트슈태터하고……. 이 이야기를 먼저 해야겠군요. 폴디는 제 친구와 약혼했습니다. 제 사무실 동료인데, 아주 좋은 사람이고 매일 집에 찾아오죠. 두 사람은 봄에 결혼할 생각이었습니다. 둘이 가진 돈이 많지는 않아요. 하지만 라트슈태터는 좋은 직장에 다니고, 폴디도 직업을 가지고 돈을 벌고 있죠. 혼수며 가구며 전부 잘 준비되어 갔고, 할아버지께서도 결혼에 동의하셨습니다. 그러다 지난주 목요일에 저희는 〈히르셴〉에서 저녁 식사 자리를 가졌습니다. 아가씨 몇 명, 동료 몇 명이 모인 작은 모임이었죠. 동료 중 한 사람이 영명 축일을 맞이했고, 모두가 들떠서 재미있게 즐겼습니다. 그리고 귀갓길에…… 저희 셋, 그러니까 폴디와 라트슈태터와 저는 앞장서 가고 있었습니다. 라트슈태터가 기타를 들고 있었죠. 그런데 갑자기 폴디가 다시 그 이야기를 꺼내더군요. 약국 일이 즐겁지 않으며 예술로 돌아가고 싶다고요. 그러자 라트슈태터는 그 말을 그냥 넘어가지 않고 멈춰 서서 폴디와 싸우기 시작했습니다. 〈폴디!〉 그가 말했지요. 〈그 말이 진심이라면 당신은 자기가 무슨 소리를 하고 있는 건지 알아야 해. 우리가 3월에 결혼하는 게 당신한테 전혀 아무것도 아니라면 몰라도…… 당신도 알다시피 나는 가진 게 많지 않아. 그래서 당신이 추가로 버는 돈도 생각해야 한다고. 적어도 시작할 때는 말이야. 그런데 약국을 그만두면…….〉 〈내가 그림으로 훨씬 더 많은 돈을, 차원이 다른 액수를 벌지 못할 거라고 누가 그래?〉 하고 폴디가 대답했지요. 이에 라트슈태터가 말했습니다. 〈두 번 전시를 했지만 그림은 단 한 점도 못 팔았잖아. 억지 부리지 마. 그리고 연줄이 없으면…….〉 〈이번에는 성공할 거라고.〉 폴디가 말했습니다. 〈그렇단 말이지! 그런데 어떻게 이번만은 성공한다는 거지?〉 라트슈태터가 퍼부어 댔죠. 그러자 폴디가 아주 차분하게 말했습니다. 〈더 좋은 작품을 완성해 낼 거니까. 심판의 날의 거장만 믿으면 된다고.〉」

「심판의 날의 거장이라고요?」 엔지니어가 그의 말을 끊었다. 「그 사람이 도대체 누구입니까? 그자를 아십니까?」

「아니요. 모르는 사람입니다. 이어서 라트슈태터가 물었죠. 〈빌어먹을, 그게 웬 놈이야? 또 어떤 화가가 당신을 아틀리에로 초대한 거야?〉 이에 폴디가 웃고 나서 말했습니다. 〈질투하는 거야, 루트비히? 질투할 필요 없어. 정말로. 그 사람이 얼마나 나이가 많은지 당신이 안다면!〉 하지만 라트슈테터는 얼굴이 시뻘게져서 소리를 질렀습니다. 〈나이 든 놈이든 젊은 놈이든! 폴디, 누군지 알려 줘. 나한테는 권리가 있다고.〉 그러자 폴디가 그를 바라보며 말했지요. 〈맞아, 당신한테는 권리가 있지. 내가 유명해지면 그때 말해 줄게. 오직 당신한테만, 루트비히. 당신 말고는 아무한테도 말하지 않을 거야. 당신한테는 말할게. 하지만 일단 내가 유명해진 다음에. 그 전엔 안 돼!〉 그사이 다른 사람들이 우리를 따라잡았고, 그날 저녁 내내 폴디한테서 더 이상의 이야기는 끌어낼 수 없었습니다.」

「박사님!」 엔지니어가 말했다. 「이제 그놈이 어떤 수법을 쓰는지 분명히 알게 된 것 같군요, 그렇지 않습니까? 우리는 그놈이 쓰는 함정과 미끼를 알아요. 제게는 범행의 동기만이 수수께끼입니다. 무슨 목적으로 그런 악마 같은 짓을 하는지! 계속 말씀해 주십시오, 카라제크 씨! 그다음 날 무슨 일이 있었죠?」

「그다음 날 점심때 폴디가 낯선 신사와 함께 집에 왔습니다. 그때 제게 모든 일이 다시 떠올랐죠. 키가 크고 건장한 그 신사는 매끈하게 면도했고, 더 이상 아주 젊은 나이가 아니었습니다. 벌써 머리가 좀 세어 있었죠. 폴디는 저를 지나쳐 자기 방으로 들어갔고, 제게 그 사람을 소개해 주지도 않았습니다. 평소에는 그러지 않는데 말이에요. 그래서 생각했죠. 〈라트슈테터가 알면 분명 가만있지 않을 거야. 낯선 신사와 단둘이 있다니……〉 다른 한편으로 저는 괜히 성가시게 굴고 싶지도 않았죠. 〈떠날 때까지 기다리는 게 나아. 그때 저 사람을 멈춰 세우고 맞바로 물어보는 거야. 이게 뭐냐고, 폴디한테 원하는 게 대체 뭐냐고 말이야.〉 하지만 30분 뒤 방 안을 들여다보았을 때 신사는 벌써 가고 없었습니다. 그리고 책상 위에 책이 놓여 있었지요. 저는 폴디한테 말했습니다. 신사분이 깜빡하고 책을 두고 갔다고요. 두꺼운 사전인데 가치가 있는…….」

「그 신사가 여기 책을 두고 갔다고요?」 엔지니어가 중간에 끼어들었다. 「그 책이 어디 있나요? 보여 주실 수 있습니까?」

「물론입니다. 저기 있습니다.」 젊은이가 말했다. 엔지니어가 책상에서 책을 집어 들었다. 30분 전에 내가 아무 생각 없이 들척여 보았던 책이었다. 엔지니어는 책을 흘낏 들여다보고는 깜짝 놀라 소리를 내질렀다.

「이탈리아어!」 그가 외쳤다. 「이탈리아어 사전이에요! 박사님, 제 말대로이지 않습니까? 그 괴물은 이탈리아어를 하는 거예요. 여기 증거가 있습니다. 오이겐 비쇼프는 괴물과 의사소통을 하려고 이 책을 가지고 다닌 겁니다. 그런데…… 이게 뭐죠? 보십시오, 박사님. 이게 무슨 뜻일까요?」

고르스키 박사가 관심을 보이며 책 위로 몸을 숙였다.

「비톨로-망골트. 이탈리아어 백과사전.」 그가 표지에 쓰인 것을 읽었다. 「좀 너무 압축판이군요. 휴대하기는 어렵고요. 그야말로 참고 서적입니다.」

「그것 말고 눈에 띄는 점은 없습니까?」

고르스키 박사가 고개를 저었다.

「정말 아무것도 눈에 띄지 않습니까?」엔지니어가 물었다. 「책을 좀 더 자세히 보십시오! 카라제크 씨, 그 신사가 오는 걸 봤다고 하셨죠. 그 신사가 책을 또 한 권 가지고 있지 않았다고 확신하십니까?」

「이 책 한 권뿐이었습니다. 틀림없어요.」

「그것참 이상하군요. 보십시오, 박사님. 이건 이탈리아어-독일어 사전입니다. 독일어-이탈리아어 부분은 여기에 없지요. 오이겐 비쇼프에게는 아무래도 독일어-이탈리아어 부분은 필요하지 않았던 것 같습니다. 이걸 어떻게 설명할 수 있을까요? 오이겐 비쇼프는 살인범과 대화를 나누지 않았습니다. 살인범의 말을 잠자코 들은 겁니다. 잠깐! 저를 방해하지 마십시오! 한 사람은 말을 하고, 다른 한 사람은 묵묵히 경청하면서 말뜻을 해석한다……. 이게 무슨 의미일까요? 제가 생각 좀 하게 놔두십시오!」

「대체 무슨 일이 일어난 거야?」갑자기 문 쪽에서 높고 떨리는 노인의 목소리가 들려왔다. 「저기 부엌에서 제들라크 부인이 앉아 울고 있구먼. 레오폴디네한테 대체 무슨 일이 일어난 거지?」

궁정 고문관 카라제크, 아가테 타이히만의 아버지, 지난날의 그 고상한 괴테 머리는 내 기억에 생생히 남아 있었다. 그는 몹시 변해 있었다. 유령 같은 모습에 비쩍 말랐으며 쇠약함 그 자체인 이 고령의 남자는 지팡이에 몸을 의지한 채, 문 앞에 서서 완전히 무표정한 시선으로 바닥을 응시하고 있었다.

젊은 카라제크가 펄쩍 뛰었다.

「할아버지!」 그가 더듬거렸다. 「아무 일도 없어요. 도대체 무슨 일이 일어났다는 거죠? 폴디는 누워서 자고 있어요. 저기 소파에서요. 보이시잖아요. 야간 근무를 했다고요. 가엾은 폴디.」

「그 아이가 걱정이다.」 노인이 탄식했다. 「머리가 컸다고 내 말은 듣지도 않아. 아무것도 듣지를 않지. 제 엄마를 닮아서 그래. 하인리히, 너도 알다시피 아가테 말이다! 처음에는 이혼을 했지. 마음고생이 이만저만이 아니었어! 그리고 나중에는 그런 소위 놈 때문에. 집에 왔는데 가스 냄새가 나, 집안이 칠흑같이 깜깜해, 〈아가테!〉 하고 부르니까……」

「할아버지!」 젊은 카라제크가 사정했다. 평소 그토록 무표정하던 그의 얼굴이 이제 감동적일 만큼 자상하게 걱정하는 표정을 지었다. 「할아버지, 그만요. 이미 한참 전에 지나간 일이잖아요.」

「됐어.」 엔지니어가 마치 방 안에 혼자 있는 양 느닷없이 아주 큰 소리로 말했다. 「이제 가죠, 박사님. 여기에서 알아볼 건 다 알아봤습니다.」

늙은 궁정 고문관이 고개를 들었다.

「손님이 계시니, 하인리히?」 그가 물었다.

「동료들이에요, 할아버지.」

「괜찮다, 하인리히. 기분도 좀 풀고 오락도 좀 즐기는 거지. 무슨 카드놀이를 하는 거니? 손님분들, 인사를 못 드려 죄송합니다. 제 눈이 영 시원찮아서. 제게는 늘 근시가 있었습니

다. 시간이 지나면 나아질 거라고 들었지요. 그런데 반대더
군요. ……폴디한테 대체 무슨 일이 있는 거야? 그 아이는 어
디 박혀 있는 거지? 그 애가 신문을 읽어 주기를 앉아서 기다
리는데…….」

「할아버지!」 젊은 카라제크가 절망스럽고 어쩔 줄 몰라 하
는 눈빛을 우리에게 보내며 말했다. 「자게 놔두세요. 폴디는
피곤하다고요. 깨우지 마세요! 오늘은 제가 신문을 읽어 드
릴게요.」

17

고르스키 박사는 기분이 최악이었다. 그는 암흑 속에서 가파른 계단을 조심조심 더듬거리며 내려가는 동안 툴툴대고, 저주를 퍼붓고, 욕설을 내뱉었다.

「졸그루프 씨!」 그가 소리쳤다. 「그는 어디 있습니까? 어디 박혀 있습니까? 그 사람이 내 손전등을 가지고 있는데, 먼저 달려가 버리고는 나 몰라라 하는군요! 매너하고는! 남작님, 어디 있습니까? 앞서가세요. 방향을 못 잡겠습니다. 오른쪽? 왼쪽? 성냥이라도 있었으면…… 성냥이라곤 절대 가지고 다니지 않으니. 당신이 어둠 속에서 볼 수 있다는 걸 압니다. 당신한테는 무언가 고양이 같은 면이 있어요. 내가 늘 말하지 않습니까. 당신은 저 집에서 말없이 절을 했지요. 멋들어지게 말입니다. 대체 무슨 생각으로 그런 겁니까? 저 노인이 앞이 안 보인다는 걸 눈치 못 챈 겁니까? 완전히 앞이 안 보이는데. 내가 그렇게 늙지 않도록 하느님께서 보호해 주시길. 빛이에요. 드디어! 할렐루야, 하느님 감사합니다. 이제 다 내려왔어요.」

옅은 안개가 거리를 덮고 있었고, 하늘에는 구름이 가득했다. 가스등이 비에 젖은 포석으로 침침한 빛줄기를 던졌다. 영화관 앞에는 사람들이 입장을 기다리며 서 있었다. 포도주를 파는 선술집의 문이 열렸고, 노래 부르는 사람들의 쉰 목소리와 오케스트리온[28]의 울적한 음악 소리가 잠시 들려왔다.

엔지니어가 우리에게 다가왔다.

「이렇게 오랫동안 어디 계셨던 겁니까?」 그가 물었다. 「여기 서서 한참을 기다렸습니다. 9시 10분이군요. 오늘 그 유대인을 찾아가기에는 너무 늦었습니다.」

「가브리엘 알바하리 말입니까?」 박사가 외쳤다. 「대관절 그 사람한테 가서 또 뭘 하려는 겁니까?」

「뭘 하려는 거냐고요? 박사님, 이해가 느리시군요. 학교 다니는 어린애가 당신보다 이해력이 빠르겠어요. 저는 심판의 날의 거장을 한 번 더 보려는 겁니다. 오늘 오후에…… 왜 그리 빤히 쳐다보십니까? 그 괴물요! 무슨 말인지 모르시겠습니까? 오이겐 비쇼프의 살인범 말입니다.」

고르스키 박사가 고개를 가로저었다.

「그 늙은 남자를 살인범이라고 생각하는 겁니까?」 그가 물었다.

「무슨 늙은 남자 말씀인지?」

「그 유대인 말이에요.」

「맙소사! 박사님, 당신에게는 일을 혼란스럽게 만드는 끔찍스러운 재능이 있군요. 잘 들어 두십시오. 우선 쿨런지. 이

28 자동으로 음악을 연주하는 악기.

176

사건에서 궐련지가 무슨 역할을 했는지 알아내기는 어렵지 않았습니다. 그리고 그 책, 사전 말입니다. 저는 그걸 펼쳐서 들여다보았습니다. 거기에 열쇠가 있지요. 그러고 나서 제게는 깊이 생각할 시간이 필요했습니다. 정신을 집중해야 했습니다. 그런데 그때 노인이, 근심에 찬 궁정 고문관이 오는 바람에…… 저는 그의 말에 전혀 귀를 기울이지 않았습니다. 방법적 고찰이란, 박사님, 공허한 망상이 아닙니다. 그 살인범. 그놈은 말을 듣지 않으며, 그저 말을 할 뿐입니다……. 이게 무슨 의미일까요? 이제 저는 그것이 무슨 의미인지 압니다. 답은 나왔습니다. 하루 종일 오류 속에 빠져 있던 제가 우쭐해할 이유는 없지요. 정말로 괴물이고 거물입니다. 저는 한 시간 동안 그놈과 마주 앉아 있으면서도 그놈을 알아보지 못했습니다.」

우리는 천천히 거리를 걸어 내려갔다. 고르스키 박사가 나를 툭 쳤다.

「무슨 소리인지 알겠습니까?」 그가 물었다.

「한마디도 모르겠습니다.」 내가 답했다.

엔지니어가 나에게 성난 눈빛을 보냈다.

「제 말을 이해하든 말든 전혀 상관없습니다. 그럴 필요가 뭐 있습니까? 답은 나왔습니다. 당신에게는 그걸로 충분할 텐데요. 오늘 밤 편안히 주무셔도 됩니다. 당신은 여행을 떠나지 않을 겁니다. 사냥 중에 사고를 당하는 일도 없을 겁니다. 〈고타〉에서 당신 이름 뒤에 십자가가 표시될 일도 없고요. 적어도 당분간은요……. 여기까지는 알아들으셨겠지요,

안 그렇습니까?」

「대체 무엇을 발견한 건지 저희가 어느 정도 이해할 수 있게 말씀해 주시겠습니까?」 고르스키 박사가 부탁했다.

「오늘은 안 됩니다, 박사님. 무슨 일이 일어났는지 어렴풋하게만 그려질 뿐입니다. 아주 불명확한 그림이지요. 더군다나…… 논리적인 사건 경과에 아직 빈틈이 있고요. 오이겐 비쇼프의 첫 번째 총알이 누구를 향한 것이었는지 여전히 모르겠습니다. 그리고 그걸 모르는 한…….」

「언젠가 알 수 있을까요?」

「어쩌면요, 박사님. 오이겐 비쇼프가 한 실험을 다시 못 해볼 이유가 뭐가 있겠습니까? 내일이면 소식을 전해 드릴 수 있을지도요. 남작님, 당신한테도 중요한 의미를 가질 소식을 말입니다. 오늘은 이 이상 말씀드릴 수 없습니다. 인내심을 가지십시오!」

「졸그루프 씨!」 고르스키 박사가 외쳤다. 「만일 그게 진심으로 하는 소리라면 ─ 그리고 당신은 자신이 무슨 소리를 하는지 아는 것 같군요 ─ 만일 실험을 하려는 거라면 말입니다, 제발 주의하십시오. 조심 또 조심해야 합니다!」

「물론입니다, 박사님.」 엔지니어가 차분하게 말했다. 「제가 앞뒤 안 가리고 위험에 뛰어들 거라고 생각하시는 겁니까? 저는 경고를 받았고, 무엇을 경계해야 하는지 잘 압니다. 자…….」

그가 걸음을 멈추고 주머니에서 특이한 구조의 작은 리볼버를 꺼냈다.

「저와 옛 시절을 함께 보낸 좋은 친구입니다. 지린과 원산 사이 구릉지에서 수차례 야간 정찰을 함께했지요……. 그러나 지금 저는 이 친구를 쓸 수 없고, 우리는 헤어져야 합니다. 이걸 가지고 계십시오, 박사님. 나중에 돌려달라고 하겠습니다. 저기 유대인의 집에 있는 괴물…… 아시다시피 그놈은 사람을 죽이는 게 아니라 자살하게끔 만들죠. 저한테 무기가 없는 한 그놈은 제게 힘을 행사할 수 없습니다.」

「그놈을 어쩌려는 겁니까, 졸그루프 씨?」

「그놈을 없애야 합니다.」 엔지니어가 분노가 담긴 목소리로 조용히 말했다. 「불 속으로! 오늘 밤 의사들이 생명을 구하기 위해 분투하고 있는 저 불쌍한 아가씨, 그녀가 마지막 희생자여야 합니다.」

「불 속으로요? 제가 제대로 이해한 거라면 그 괴물은…….」

「하!」 엔지니어가 외쳤다. 「이제 감이 오는가 보군요. 찬찬히 생각해 보셨으니 말입니다. 아니, 그놈은 피와 살을 가진 인간이 아닙니다. 오래전에 죽은 자인데, 여전히 살아 있으면서 사람들의 머릿속으로 기어들지요……. 하지만 저는 그 유령과 끝장을 보려 합니다! 이제 그만합시다. 직접 보시게 될 겁니다.」

마침내 우리는 번화한 구역에 다다랐다. 나는 이곳 길을 알았다. 아크등이 환하게 비추는 넓은 대로, 차도 양쪽에 늘어선 아카시아 나무들. 근처 어딘가에 분명 제73연대의 병영이 있었다.

「우리를 어디로 데려오신 겁니까?」 고르스키 박사가 투덜거렸다. 「쓸데없이 길을 빙 돌아왔잖습니까. 아니면 한참 전에 집에 도착했을 텐데.」

「벌써 집에 보내 드릴 생각은 없습니다.」엔지니어가 말했다. 「저기 저쪽에 카페 걸리버가 있습니다. 같이 알라슈[29] 한 잔하시지 않겠습니까?」

고르스키 박사는 내 의견을 묻지도 않고 제안을 거절했다. 둘 다 그럴 생각이 없다며.

「전차를 타고 집으로 갈 겁니다.」그가 말했다. 「그럼요, 전차를 타고.」그는 나를 흘깃 보고 말을 이었다. 「저는 장교가 아니라서 신분상의 의무가 없습니다. 두 분은 여기 서서 어쩌다 마차가 올 때까지 기다리셔도 좋습니다.」

「에이, 무슨 말씀을. 함께 들어갑시다.」엔지니어가 그를 설득했다. 「운이 좋으면 흥미로운 사람을 만나시게 될 겁니다. 제 친구인 피스터러가 카페 걸리버에 자주 옵니다. 만물박사에다 바넘[30]의 기억력을 가진 남자죠. 진짜 해박한 사람이고 그 밖에 무용수, 화가, 동판화가, 곡예사, 바텐더, 메조판티……[31] 못 하는 게 없습니다. 갚는다 갚는다 하면서 빚쟁이들을 기다리게 만드는 데 아주 선수입니다. 빚쟁이가 적어도 5백 명은 되지요.」

「됐습니다.」고르스키 박사가 투덜댔다. 「저는 그런 장발

---

29 화주의 일종.

30 Phineas Taylor Barnum(1810~1891). 미국의 서커스 흥행사.

31 Giuseppe Gasparo Mezzofanti(1774~1849). 19세기 이탈리아의 추기경으로, 많은 언어를 구사하는 것으로 유명했다. 여기에서는 피스터러가 여러 언어에 정통하다는 것을 나타내는 표현이다.

의 천재들을 좋아하지 않습니다.」

「제 친구 피스터러는 머리카락이 강모(剛毛)입니다. 게다가 오늘 저한테 꼭 필요한 사람이지요. 앞쪽으로 함께 갑시다. 혼자서 집에 가고 싶지는 않습니다.」

우리는 카페에 들어섰다. 정말이지 수상쩍은 곳이었다. 우리의 등장은 얼마 안 되는 손님에게 상당한 인상을 주었다. 여기 사람들은 엔지니어를 잘 아는 듯했다. 왜냐하면 바에 있는 여급이 친근하면서도 거만한 어조로 〈안녕하세요, 박사님!〉 하고 말하며 그를 맞이했기 때문이다.

짜증 섞인 얼굴의 급사가 와서 원하는 걸 물었다.

「피스터러 박사가 아직 있나요?」 엔지니어가 물어보았다.

「아직 안 가셨습니다.」 급사는 손짓으로 경멸과 근거 있는 불신을 표현하며 말했다.

「그 사람이 여기에 얼마나 달아 놨지요?」

「팁을 제외하고 27크로네입니다.」

「여기 27크로네요. 그리고 이건 팁.」 엔지니어가 말했다. 「피스터러 박사는 어디 있나요?」

「언제나 그렇듯 저기 당구실에 앉아서 글을 쓰고 계시죠.」

키가 크고 비쩍 마른 빨간 머리 남자가 대리석 탁자 중 한 곳에 앉아 있었다. 그의 앞에는 반쯤 빈 맥주병과, 그가 잉크통으로 쓰고 있는 달걀 컵, 그리고 글이 적힌 종이 한 무더기가 있었다. 밝은 노란색으로 머리를 물들인 새파랗게 젊은 아가씨가 그의 옆에서 말없이 담배를 넣어 궐련을 말고 있었다. 그의 맞은편 벽에는 연필로 빽빽이 글씨를 적은 지저분한 종이 한 장이 압정으로 고정되어 있었다. 자세히 보니 중요한 효력을 가진 문서였다. 〈선언서! 본인들은 화보 잡지 두 권과 그림 부록 한 권을 절도한 혐의로 피스터러 박사를 비난한 일을 유감스럽게도 철회합니다. 피스터러 박사가 소송을 걸겠다며 본인들을 위협했기 때문입니다. 존경을 담아, 4인 테이블.〉

「저기 있군요.」엔지니어가 말했다.「안녕하신가, 피스터러.」

「안녕. 나를 방해하지 말게.」빨간 머리가 눈을 들지 않고 대답했다.

「무슨 작업을 하고 있는지 물어봐도 되겠나?」

「박사 칭호를 얻으려고 요란을 떠는 어떤 젊은 천치 놈의 박사 논문이네. 급사, 여기 설탕에 절인 배. 토할 정도로 시럽을 많이 넣어서. 그리고 〈피스터러식〉 터키 커피도. ……11시까지 끝내야 해.」

「한번 보여 주게…… 괜찮을까?」

엔지니어가 탁자에서 글이 적힌 종이 중 한 장을 집었다.

「〈우리의 정원 재배 채소에서 맛을 내는 성분으로서 펙틴 물질과 오일 배당체.〉 맙소사, 언제부터 화학도 다루는 건가?」

「교수 나리들만큼은 화학을 알지.」박식한 남자가 투덜거리고는 계속 글을 썼다.

「피스터러, 잠깐 시간 좀 낼 수 있나? 물어볼 게 있는데.」

「꼭 필요한 일이라면…… 대신 빨리! 그 녀석이 자기의 필생의 작업을 가지러 11시에 오니까. 말해 봐!」

「예술사에서 〈심판의 날의 거장〉이라고 부르는 화가가

있나?」

「조반시모네 키기, 유명한 거장, 피에로 디 코시모의 제자.
계속해 봐.」

「살았던 때가……?」

「1520년경, 피렌체. 이 무식한 사람아.」

「자살로 생을 마감했나?」

「아니. 성모 칠고(七苦) 세라핌 수도회의 수도원에서 죽었
어. 정신 착란에 빠진 채로.」

만물박사가 펜을 놓고 눈을 들었다. 한쪽 눈이 의안이었
고, 오른쪽 뺨에는 붉은 습진이 하나 있었다.

「알고 싶은 건 그게 전부인가?」

「고마워. 그렇다네.」

「〈고맙다〉는 자네의 말은 내게 도움이 안 되네. 자네는 나
한테 세 가지 질문을 했네. 미메가 만물의 아버지 보탄에게
한 것처럼 말이야. 〈내기의 의무에 따라 이제 내가 당신을 구
속하겠소.〉[32] 세 가지 질문. 첫째, 자네 돈 있나, 졸그루프?」

「자네 음식값은 이미 계산했네.」

「훌륭해. 그것 말고 또 무슨 질문을 자네한테 해야 할지 모
르겠군. 갈 길을 가게! 나는 자네가 치욕스럽게도 부유한 자
들의 편으로 넘어갔다는 걸 오래전부터 알고 있다네. 빌어먹
을! 내 눈앞에서 사라지게!」

우리는 서서 알라슈를 마셨다.

32 리하르트 바그너의 악극 「니벨룽겐의 반지」중 한 구절.

「정신 착란이라.」엔지니어가 웅얼거렸다. 「그놈은 예상한 것보다 강한 무기를 가졌군요. 정신 착란이라! — 어림없는 소리! 저는 동양에서 전쟁에 함께했습니다. 최후의 심판은 두렵지 않습니다.」

18

다음 날 아침 식탁에 앉았을 때, 내게 기이한 생각이 떠올랐다. 그 생각은 좀처럼 사라지지 않았다. 나는 더 진지하고 중요한 일에 몰두하려고 애썼다. 그러나 헛수고였다. 그 생각은 자꾸만 떠올랐고, 나를 가만히 내버려 두지 않았다. 결국 나는 항복하고 말았다. 나는 자리에서 일어났고, 약국에서 구입한 하얀 알약 중 다섯 알을 집은 다음 물컵에 넣어 녹였다. 짐을 싼 트렁크에 나의 시선이 가닿았다. 트렁크는 여전히 방 안에 있었다. 나는 여행을 떠날 작정이었으니까. 이제는 여행 계획을 포기해야 했다. 그 우스꽝스럽고 터무니없는 생각이 계획을 무너뜨리고 말았다.

곧이어 책상에 앉았을 때, 그 생각은 더 이상 내게 그렇게 아주 우스꽝스럽고 당찮게 보이지 않았다. 하룻밤부터 다음 날 밤까지 잠을 잔다, 꿈 없이 잠을 잔다, 악마를 속여 잿빛 가을날 하루를 가로챈다, 가볍게 손을 움직여 시간의 폭정을 깨부순다 — 지금 당장! 하고 내 안에서 속삭이는 소리. 더 기다릴 게 뭐 있어? 이미 나는 손에 컵을 들고 있었다. 안 돼!

나는 저항했다. 아직은 안 돼! 나는 나가 봐야 했다. 중요한 문제들을 정리해야 했다. 더는 기다리게 돼서는 안 될 일들이 있었다. 「나중에.」 나는 나지막이 말했다. 「어쩌면 오늘 저녁에.」 그러고는 컵을 도로 책상 위에 내려놓았다.

정오에 집에 돌아왔을 때, 나는 엔지니어가 적어 보낸 메시지 몇 줄을 책상 위에서 발견했다. 〈당신한테 전해 줄 중요한 소식이 있습니다. 간절히 청하건대 여행을 떠나지 마십시오. 저와 이야기하기 전에는 아무것도 하지 마십시오. 오후에 찾아가겠습니다.〉

나는 집에 머물렀다. 어차피 애초부터 외출할 생각은 없었다. 나는 책장에서 책 한 권을 집어 들고 책상 앞에 앉았다.

오후 4시쯤 뇌우가 쏟아졌다. 폭풍이 몰아치더니, 그야말로 하늘이 찢어진 듯 비가 퍼부었다. 나는 부리나케 창문을 닫아야 했다. 그러지 않았더라면 방 안에 홍수가 났을 것이다. 그리고 창가에 서서 대문 아래로 서둘러 달아나는 사람들을 관찰했다. 거리는 순식간에 텅 비었다. 그 광경을 보니 즐거웠다. 재미있었다. 그런데 갑자기 초인종이 울렸다. 「그가 온 거야.」 내가 말했다. 「하필 이런 악천후를 뚫고 왔군.」 중요한 소식인가. 좋아, 이제 알게 되겠지. 나는 서두르지 않았다. 들여다보던 책을 다시 본래 자리에 꽂고 나서 바닥에서 종이 한 장을 집어 들었고, 책상 앞에 있는 팔걸이의자를 바로잡았다. 그러고는 밖으로 나갔다. 「빈첸츠, 나를 찾는 신사분은 어디에 계시지?」 나를 찾는 사람은 아무도 없었다. 우편물이 온 것이었다. 오래도록 고대하던 편지가 노르웨이에서 왔다. 욜란테, 스타방에르 피오르의 그 젊은 숙녀가 편지를 보내온 것이었다. 봉인도 없고, 무슨 향수도 뿌리지 않은 커다란 흰 봉투. 그녀는 그런 여자였다. 나는 제목을 잊어버린 어떤 프랑스 소설의 여자 주인공 이름을 따서 장난삼아 그녀를 욜란테라고 불렀다. 하지만 그녀는 이 이름을 반기지 않았다. 그녀의 취향에 맞지 않는 이름이었다. 그녀의 실제 이름은 아우구스테였다. 그러니까 마침내 그녀가 나를 떠올린 것이었다. 약속한 편지가 여기 와 있었다. 좋아, 나는 생각했다. 이제는 내 차례군. 기다리라지 뭐. 나는 충분히 오래 기다렸다고. 그러고는 편지를 뜯지 않은 채로 책상 서랍 한 곳에 던져 넣었다.

저녁 7시에 나는 기다리기를 포기했다. 날은 어두워졌고, 밖에서는 여전히 비가 유리창을 때리고 있었다. 새카만 구름이 지붕들 위에 걸려 있었다. 그는 이제 오지 않아. 너무 늦었어. 오늘 중으로 비가 그치지 않을 셈인가? 하얀 알약을 던져 넣었던 컵이 내 앞에 놓여 있었다. 아직은 안 돼! 아직은 때가 아니었다. 내 앞에는 한 가지 일이 있었다. 성가신 일이. 자꾸만 미뤄 왔던 일이었다. 하지만 이제 마침내 개인 서류를 정리해야 했다. 메모, 문서, 서류철, 그림, 구겨졌거나 서둘러 접은 편지, 오랜 세월에 걸쳐 모인 쓸모없는 짐들. 나는 책상에서 거의 갈피를 잡을 수가 없었다. 빈첸츠가 벽난로에 불을 피운 게 분명했다. 방 안이 따뜻하고 아늑해졌다. 나는 맨아래 칸에서 먼지가 쌓인 종이 더미를 꺼냈다. 이런 기이한 우연이. 처음으로 나타난 것은 사관 학교 시절의 노트들이었다. 나는 그중 하나를 펼쳐서 넘겨 보았다. 열여섯 살짜리의 서툰 글씨란! — 예비군, 향토방위군은 공동 국방군을 지원하는 임무를 수행한다. 병역 의무, 보편적·개인적으로 이행. 크라카우, 빈, 그라츠, 부다페스트, 포조니. 아홉 곳의 예비군 구역과 여섯 곳의 혼베드[33] 구역. 가장자리에 급하게 적어 넣은 내용: 수요일 어머니 생일. 산악 포병대: 방호판을 떼어 낼 수 있고 분해가 가능한 반동식 속사포. 보급품 수송차, 장비 수송차, 여덟 마리의 군량 운송용 짐승. 16일 화요일, 경계 행군, 4시 집합 — 내 젊음이 동트던 그 시절! 나의 인생은 그렇게 시작되었다. 잡동사니여 사라져라, 불 속으로.

내 후견인의 편지, 그는 반생애 전에 죽었다. 누군지 생각나지 않는 아주 젊은 아가씨의 사진. 뒷면에는 〈1902년 2월 24일, 진정한 우정이 우리를 가깝게 만들어 주기를〉이라고 적혀 있었다. 편지, 카드, 이제는 낯설어진 네 사람의 이름으로 서명된 기록. 이른 나이에 죽은 한 여자의 일기, 1901년 1월 1일부터 시작, 메란의 데메터 박사 요양원. 색연필로 그린 커다란 크로키. 1천2백 세제곱미터의 너도밤나무와 떡갈나무 목재 매각에 관한 관리인의 정산서. 자바와 안남 지방의 직물화(織物畵) 컬렉션을 내가 손수 정리하여 작성한 카탈로그. 여기에는 이 컬렉션을 기증한 데 대한 자연사 박물관 민족지 부서의 감사장이 함께 있었다. 적군 휘장. 로텐마너 타우에른의 특수 지도. 동판에 새긴 궁정 무도회 초대장. 편지, 또 편지들. 그리고 최근 사진 한 장. 내가 이별을 고할

33 헝가리 국방군을 뜻한다.

때 네덜란드 영사의 딸이 선물한 것이었다. 그녀는 아래쪽 가장자리에 실론 글자로 뭔가 끼적여 놓았다 — 〈애쓰지 마세요〉 하고 그녀는 말했었다. 〈제가 당신을 위해 여기에 무엇을 적었는지 절대 모르실 거예요〉 — 나는 사진을 손에 들고 구불구불한 글자를 바라보았다. 하지만 그것이 증오를 뜻하는지, 사랑을 뜻하는지 여전히 알 수가 없었다. 모든 게 벽난로 속으로 들어갔다. 랑군 시절의 사진은 불꽃에 좀체 굴복하지 않으면서 버텼다. 하지만 불길이 너무도 강했기에 도도한 눈, 살짝 주름진 이마, 몹시 날씬한 몸매와 결코 해독되지 않은 단어들을 삼켜 버렸다.

「죄송합니다.」 갑자기 문 쪽에서 목소리가 들려왔다. 「제가 늦었습니다. 혼자 계십니까, 남작님? 졸그루프 씨가 여기 아직 안 왔나요?」

나는 화들짝 놀랐다. 초인종이 울리는 소리를 흘려들은 것이 틀림없었다. 나는 벽난로의 불길에 눈이 부신 나머지 어두운 방 안에서 나와 마주 선 형체를 알아보지 못했다.

「문을 두드렸는데 답이 없더군요.」 늦게 온 방문객이 말하곤 등 뒤로 문을 닫았다. 「졸그루프 씨가 오지 않았습니까?」

그가 조금 더 다가오자 탁상 등의 빛이 그의 얼굴을 비췄다. 이제 나는 그를 알아보았다. 디나의 동생 펠릭스였다. 뭐 하러 여기에 온 거지? 나는 당황하여 스스로에게 물었다. 대체 무슨 일로 여기에 온 거지?

「졸그루프 씨? 아니, 오지 않았네.」 내가 어리둥절해서 말했다. 「어제 이후로 보지 못했지.」

「그렇다면 곧 이리로 오겠군요.」펠릭스가 말했고, 내가 권한 의자에 앉았다. 「졸그루프 씨, 제 오랜 친구 졸그루프 씨는 고정 관념에 사로잡혀 있습니다. 오이겐 비쇼프를 자살로 이끈 사건에 당신이 전혀 관련이 없다고 믿지요. 그리고 그 사람 표현을 따르자면, 당신이 있는 자리에서 조사 결과를 발표하겠다며 저를 이리로 오라고 했습니다.」

나는 묵묵히 그의 말에 귀를 기울였다. 아무 대꾸도 하지 않았다.

「우리 둘은 말입니다, 남작님.」펠릭스가 계속 말했다. 「우리는 압니다. 그 일이 실제로 어떻게 진행되었는지 말입니다. 졸그루프 씨, 그 사람은 공상가입니다. 자기를 웃음거리로 만드는 경향이 살짝 있지요. 그는 제가 전혀 모르는 젊은 숙녀의 자살 사건을 매형의 자살과 연결 짓습니다. 실험 얘기를 하면서 그것이 자신에게 중요한 설명을 제공해 줄 거라고요. 그리고 무슨 불가사의한 미지의 인물이 행사하는 영향력에 대해 말합니다. 정말이지 그의 말을 차분히 듣고 있는 건 썩 쉬운 일이 아니었습니다. 제가 제대로 알아들은 거라면, 그의 그릇된 추리 체계는 오이겐 비쇼프가 총을 두 발 쐈다는 사실에 근거합니다. 한 발은 자기 자신에게, 다른 한 발은 알 수 없는 표적에게 쏘았죠. 졸그루프 씨가 오면, 틀림없이 올 테지만, 저는 그에게 첫 번째 격발의 수수께끼를 설명해 줄 겁니다. 오이겐 비쇼프는 본인의 리볼버를 이전에 결코 사용한 적이 없습니다. 그래서 자기 자신을 겨누기 전에 시험 삼아 발사해 본 거죠. 이게 간단한 설명입니다. …… 졸그루프 씨가 아직 오지 않다니 이상하군요!」

「그를 기다릴 생각인가?」내가 퉁명스럽게 물었다. 왜냐하면 나는 이 논의를 끝내고 싶었기 때문이다.

「방해가 되지 않는다면…….」

「그렇다면 실례지만, 하던 일을 계속하겠네.」

나는 그의 대답을 기다리지 않고, 책상에서 작은 편지 뭉치를 집어 들어 살펴보기 시작했다.

「녹색의 보스니아산 기도용 양탄자군요!」펠릭스가 말했다. 그리고 그의 눈이 어둑한 방 안을 두리번거렸다. 「여기에서 우리가 마지막으로 마주 앉은 게 얼마나 되었지요? 저는 당신 연대의 지원병이었고, 마음을 무겁게 하는 어떤 일 때문에 조언을 구하러 당신을 찾아왔지요. 〈*Eheu fugaces, Postume, Postume*(포스투무스여, 포스투무스여, 세월은 유수처럼!)〉[34] 그때 당신은 마치 친구처럼 제게 이야기했지요……. 전부 불 속으로, 그렇죠?」

「전부 불 속으로. 덧없는 과거여. ……엔지니어는 오늘 오지 않을 모양이군. 이제 9시네.」

「분명 옵니다.」

「그렇다면 그동안에…… 셰리라도? 아니면 차 한잔?」

「괜찮습니다. 책상에 놓인 물이나 한잔…….」

「그건 마시지 않는 편이 좋네.」내가 말하고는 종을 울려 하인을 불렀다. 「오늘 밤을 위해 준비해 둔 수면제니까.」

「오늘 밤을 위해.」펠릭스가 나지막이 말했고, 탐색하는

34 호라티우스의 시구.

시선으로 오래도록 나를 바라보았다.

　몇 분이 흘렀다. 빈첸츠가 와서 지시를 받고 소리 없이 사라졌다. 나는 오래된 서류들을 대강 훑었다.

　「오늘 아침에 들어오시라고 청하지 않은 건 제 불찰입니다.」 펠릭스가 불쑥 말했다. 「30분 뒤에 창가에서 보니 이미 가셨더군요. 당신은 아마도 전적으로 납득할 만한 소망을 가지고…….」

　내가 그의 말을 끊었다. 말이 아니라 몸짓으로, 깜짝 놀란 눈빛만으로.

　「빗속에서 저택 앞 공원을 서성이시는 모습을 봤습니다. 아니면 제가 착각한 걸까요?」 그가 약간 당혹해하며 말했다.

　「그게 몇 시였나?」 내가 물었다.

　「10시입니다.」

　「그럴 리가 없네.」 내가 침착하게 말했다. 「10시에 나는 내 변호사의 사무실에 있었네. 상담은 9시부터 11시쯤까지 이어졌고.」

　「그렇다면…… 이상하게 꼭 닮은 사람을 보고 착각했나 보군요.」

　「아마도 그렇겠지.」 내가 말했다. 나는 속에서 분노가 치솟는 것을 느꼈다. 그는 내가 디나의 시선을 낚아채려고 저택 앞에 서 있었으리라 여전히 확신하고 있었다. 나는 더 이상 스스로를 다스릴 수 없었다. 그에게 상처를 주고, 그의 자존심을 건드리고, 그의 마음을 상하게 하려는 거친 욕망이 나를 사로잡았다. 나는 그 사진을 꺼냈다. 단번에 그것을 집어 냈다. 누구에게도 보여 준 적 없는 그 사진을 나는 몇 초 동안 손에 들고 있었다. 그가 알아챌 수밖에 없게끔. 그의 얼굴이 창백해지는 것이 보였다. 물컵을 든 그의 손이 덜덜 떨렸다. 그리고 나는 디나의 사진을 아무렇게나 불 속에 던져 넣었다.

　몸에 경련이 일었다. 나는 심장 부분에 찌르는 듯한 아픔을 느꼈다. 어느 밤, 어느 겨울밤이 절로 생각났다. 그리고 다음 순간 나는 그 사진을 맨손으로 화염에서 끄집어내고 싶었다. 그러나 꾹 참아 냈다. 나는 자리에서 꼼짝도 하지 않았고, 사진이 타서 재가 되어 버리도록 놔두었다. 눈앞이 깜깜해졌다. 나는 벽난로 속 불길과 흰 붕대를 감은 손을 보았다. 그 밖에는 아무것도 보이지 않았다.

　「이제 무엇 때문에 제가 여기에 왔는지 말씀드리죠.」펠릭스의 목소리가 들렸다.「사실을 말하자면…… 제가 보기에 당신의 계획은 분명하지가 않았습니다. 그래서 그날 밤에 당신과 나에 관한 문제를 서류로 기록해 두었지요. 만일의 경우를 대비해서요. 이제는 물론…… 당신의 뜻을 이해했습니다, 남작님. 당신은 결단을 내렸습니다. 최종적인 결단을요. 그게 아니고서는 그 사진과 헤어지지 않았겠지요.」

　그가 가슴 주머니에서 커다란 흰 봉투를 꺼냈고, 내가 봉투에 적힌 글씨를 읽을 수 있게 그것을 들고 있었다.

　「여기 편지입니다.」그가 말했다.「이젠 필요 없게 되었군요. 마침 좋은 기회가 있으니 그걸 이용하겠습니다.」

　그리고 그는 내 소속 연대의 사령부로 보낼 편지를 벽난로 속으로 던졌다.

그 순간 나는 깨달았다. 때가 되었고, 나의 운명이 결정되었다는 것을. 그리고 내가 그것을 확신하는 순간, 이제 끝을 향하려 하는 이날의 모습이 돌연 기이하게 바뀌어 내게 나타났다. 이른 아침부터 이미 오직 한 가지 생각만이 나를 지배한 것 같았다. 내가 명예를 걸고 약속했기 때문에 죽을 수밖에 없다는 생각. 그리고 내가 하루 종일 한 모든 일은 이제 나에게 그 은밀한 의미를 드러냈다. 마치 내가 단순히 일시적인 기분 때문이 아니라 죽을 생각이기 때문에 서류를 없애 버린 양. 호기심 많은 사람들이 이것저것을 헤집는 이 세상에 아무것도 남겨 두어서는 안 되었다. 오래도록 고대한 편지, 노르웨이에서 온 욜란테의 편지를 나는 뜯지 않고 두었다. 무슨 내용이 들어 있든 간에 그 편지를 읽는 것은 더 이상 아무런 의미가 없었다. 그리고 저기에는 컵이 놓여 나를 기다리고 있었다. 그것은 잠을 의미했다. 깨어나지 않는 잠.

「초인종이 울렸습니다.」 펠릭스가 말했다. 「졸그루프 씨예요. 이제 들어와서 허무맹랑한 이야기를 늘어놓겠죠. 당신의 결심을 바꾸는 건 아무것도 없을 겁니다.」

나는 발걸음 소리를 들었다. 졸그루프, 그 엔지니어다. 나는 그가 방으로 들어올 순간이 두려웠다. 그가 보고할 이야기는 분명 한심하고, 우스꽝스럽고, 허무맹랑하게 들릴 터였다. 나는 펠릭스의 입술에 조소가 어린 것을 보았다⋯⋯.

「졸그루프 씨! 들어와요, 졸그루프 씨!」 펠릭스가 소리쳤다. 「무슨 소식을 가져온 거죠? 어디 들어 봅시다!」

그 사람은 엔지니어가 아니었다. 고르스키 박사가 문 앞에서 있었다.

「박사님, 당신이었습니까? 졸그루프 씨를 찾으시는 겁니까?」 펠릭스가 물었다.

「아닙니다. 당신을 찾고 있었습니다.」 고르스키 박사가 느릿느릿 말했다. 「당신 집에 찾아갔는데, 이리로 가보라더군요.」

「누가 그러던가요?」

「디나요. 그녀한테는 비밀로 했습니다. 그녀한테는 아무것도 말하지 않았어요. 졸그루프 씨가…….」

「졸그루프 씨가 어쨌는데요?」

고르스키 박사가 앞으로 한 발짝 다가와 멈춰 서서 나를 응시했다.

「졸그루프 씨가…… 7시에 제가 아직 진료를 보고 있는데, 갑자기 전화벨이 울렸습니다. 〈여보세요?〉〈박사님! 제발, 박사님!〉〈누구십니까?〉 제가 소리쳤죠. 저는 그의 목소리를 알아듣지 못했습니다. 〈박사님, 빨리, 제발 펠릭스한테 이야기를…….〉〈졸그루프 씨!〉 제가 소리쳤죠. 〈당신인가요? 무슨 일입니까?〉〈물러가!〉 더는 사람 같지 않은 목소리로 그가 소리를 질렀습니다. 〈물러가라고!〉 그리고 더는 아무 소리도 들리지 않았습니다. 의자가 넘어지는 듯한 소리만 들렸죠. 저는 두 번 더 큰 소리로 그를 불렀습니다. 대답이 없더군요. 저는 헐레벌떡 내려가 마차를 잡아탔습니다. 층계를 올라 초인종을 울렸습니다. 아무도 문을 열지 않았습니다. 저는…… 미친 사람처럼 다시 아래로 내려가 철물공을 데려왔고 — 걸쇠가 걸려 있었죠! — 졸그루프 씨는 바닥에 몸을 쭉 뻗고 누위 있었습니다. 수화기를 쥔 채 쓰러져 있었습니다…….」

「자살이었나요?」 펠릭스가 멍한 눈빛으로 물어보았다.

「아뇨, 심장 마비였습니다.」

「실험입니다.」 고르스키 박사가 말했다. 「그가 스스로 한 실험의 희생자가 되었다는 데에는 의심의 여지가 없습니다.」

「그런데 그가 마지막 순간에 저한테 무슨 이야기를 하려고 한 걸까요?」

「살인범의 이름을 말하려고 한 겁니다. 자신을 죽인 살인범, 오이겐 비쇼프를 죽인 살인범 말입니다.」

「살인범이라고요? 심장 마비라고 하시지 않았습니까?」

「그 살인범에게는 온갖 무기가 있습니다. 심장 마비도 그중 하나죠. 어디에서 그놈을 찾을 수 있는지 저는 압니다. 우리는 그놈을 위험하지 않게 만들어야 해요. 졸그루프 씨가 죽었고, 이제 우리 차례입니다. 듣고 있나요, 펠릭스? 그리고 남작님…….」

「나는 빼주시기 바랍니다.」 내가 말했다. 「내일은 이미 일정이 있어서요.」

펠릭스가 고개를 돌렸다. 우리의 시선이 마주쳤다.

「아니.」 그가 말했다. 「지금은 아닙니다.」

그는 책상에 놓인 컵을 집었다.

「용서하시길.」 그가 말하고는 내용물을 바닥에 쏟았다.

19

졸그루프의 장례식이 끝난 다음 날, 우리는 큰 통행로에서 떨어져 시립 공원 근처에 있는 어느 작은 카페의 앞뜰에서 만났다. 밝고 약간 쌀쌀한 아침이었다. 노점상들이 우리 탁자로 와서 배, 포도, 가시자두 가지, 꽈리를 사라고 권했다. 한 무슬림계 보스니아인은 칼과 산책용 지팡이를 가지고 왔다. 카페 주인이 키우는 길든 갈까마귀가 탁자 사이에서 이리저리 폴짝폴짝 뛰어다니며 빵 부스러기를 찾았다. 손님은 우리뿐이었다. 펠릭스는 잡지를 달라고 해서 받았지만, 그것을 보지는 않았다. 우리는 그렇게 앉아서 저 너머 시립 공원을 바라보았고, 계절과 여행 계획, 그리고 고르스키 박사가 시간 약속을 지키지 않는 데 대해 간단히 한두 마디 주고받았다.

4시쯤 되자 마침내 고르스키 박사가 나타났다. 그는 검사 업무에, 야간 회진에, 7시에는 수술이 있었다며 사과했다. 병원에서 바로 온 것이었다. 그는 선 채로 뜨거운 블랙커피를 마셨다.

「이게 아침입니다.」 그가 말했다. 「이걸 마신 다음에 시가 한 대. 신경에는 독이나 다름없죠. 조언하건대 나를 본보기로 삼으면 안 됩니다.」

이어서 우리는 길을 나섰다.

「콜라비, 양배추, 식초에 절인 청어, 저급한 담배.」 유대인의 집 층계를 오르는 동안 고르스키 박사가 말했다. 「우리의 계획에 딱 맞는 분위기로군요. 우리는 소시민입니다, 남작님. 당신이 돈을 빌리는 건 흔히 있을 수 있는 일이지요. 많이는 아니고 2천, 3천 크로네 정도. 보증인들도 바로 데려왔고요. 난데없이 용건을 꺼내서는 안 됩니다. 그 사람은 분명 의심이 많은 자입니다. 가장 좋은 건 모든 걸 우연에 맡기는 거예요. ……한 층 더 올라가야 합니다. 그가 집에 있으면 좋겠는데, 그렇지 않다면 기다려야겠지요.」

가브리엘 알바하리 씨는 집에 있었다. 예의 빨간 머리 하인이 모든 시대와 양식의 예술품으로 가득 찬 살롱으로 우리를 들여보내 주었다. 곧이어 알바하리 씨가 방으로 들어왔다. 키가 작고 기품 있는 이 신사는 지나칠 만큼, 거의 멋쟁이처럼 우아했다. 짙은 검은색으로 염색한 콧수염에 단안경을 쓴 그는 열 발짝 떨어진 거리에서 헬리오트로프 향을 풍겼다. 「발칸.」[35] 고르스키 박사가 내게 속삭였다.

알바하리 씨가 자리에 앉으라는 몸짓을 했고, 잠시 동안 우리를 탐색하듯 쳐다보았다. 그러고 나서 내게로 몸을 돌렸다.

「제가 착각하는 게 아니라면, 남작님께서는 제 아들의 상

35 향수 이름을 가리키거나 향수 산지가 발칸 반도라는 뜻으로 추측된다.

관이셨죠. 1년 차 지원병 에드문트 알바하리. 경마장에서 뵌 적이 있습니다.」

「에드문트 알바하리.」 나는 기억을 더듬어 보았으나 허사였다. 「1년 차 지원병 에드문트 알바하리. 물론입니다. 분명 꽤 오래전 일이지요. 그 친구는 어떻게 지냅니까?」

「어떻게 지내냐고요? 그래요, 누가 그걸 알겠습니까! 아마 잘 지낼 겁니다. 유감스럽게도 저하고 같이 살지 않습니다. 벌써 몇 년 되었지요.」

「여행을 떠난 겁니까? 외국으로?」

「여행을 떠났다, 그렇습니다. 외국으로. 외국보다 더 먼 곳으로요, 친애하는 남작님. 밤낮으로 10년을 가도 그 애를 만날 수가 없습니다. ……신성하신 하느님 아버지를 저도 압니다. 그분을 알게 된 지 이제 아마 서른 해가 되었지요. 무엇을 도와드리면 될까요, 남작님?」

나는 당혹감에 빠져 있었다. 원래 내 이름을 밝힐 생각은 없었다. 그럼에도 불구하고 나는 내게 주어진 역할을 받아들이기로 마음먹었고, 원하는 바를 말했다.

알바하리 씨는 표정 변화 없이 정중하게 관심을 보이며 내 이야기를 경청했다. 내가 말하는 동안 그는 동의하듯 한두 차례 고개를 끄덕였다. 그리고 그가 말했다.

「잘못 듣고 오셨군요, 남작님. 저는 예술품상입니다. 이제는 사실 그냥 수집가일 뿐이죠. 금전 거래는 절대 한 적이 없습니다. 물론 좋은 지인들이 도움을 청하면 호의로 돈을 꾸어 주는 경우는 있습니다만. 물론 남작님께도 기꺼이 도움을 드리겠습니다. 얼마가 필요하신지 여쭤도 괜찮겠습니까?」

「2천 크로네가 필요합니다.」내가 말했다. 고르스키 박사가 좌불안석하는 모습이 보였다.

늙은 남자는 깜짝 놀라 내 얼굴을 들여다보았다. 그러고는 웃었다.

「남작님께서는 농담을 지어내기를 좋아하시는군요. 이해합니다. 남작님께서 2천 크로네가 급히 필요하다, 그리고 2분 뒤에 저의 게인즈버러[36]에 50만을 제안한다.」

나는 뭐라고 대답해야 할지 알 수가 없었다. 고르스키 박사는 입술을 깨물고 내게 성난 눈길을 던졌다. 펠릭스가 상황을 구제하려고 끼어들었다.

「말씀하신 그대로입니다, 알바하리 씨. 농담이었습니다.」그가 말했다. 「우리는 당신이 귀중한 예술품을 누구에게나 흔쾌히 보여 주지 않는다는 걸 알고 있었습니다. 그래서 당신에게 접근하려고 다소 어설픈 방법을 택했지요. ……이게 그 게인즈버러입니까?」

펠릭스가 맞은편 벽에 걸린 그림을 가리켰다. 그때까지 나는 그 그림에 전혀 신경을 쓰지 않고 있었다.

「아뇨, 그건 롬니[37] 작품입니다.」알바하리 씨가 너그러이 말했다. 「조지 롬니, 랭커셔 돌턴 태생. 미스 에블린 록우드의 초상. 원본이 제게 있었는데, 바로 며칠 전에 영국에 팔았

---

36 18세기 영국의 풍경화가 토머스 게인즈버러Thomas Gainsborough (1727~1788)를 가리킨다.

37 George Romney(1734~1802). 영국의 초상화가.

습니다.」

「그러니까 복제본이군요.」

「네. 훌륭하게 그렸죠. 완벽하게 완성된 그림은 아닙니다. 몇몇 부분은 보시다시피 대강 스케치해 놓았죠. 천재적인 젊은 화가가 그린 겁니다. 아카데미 교수가 제게 추천해 준 사람이죠. 유감스럽게도 너무 천재적이었어요! 그 젊은이는 스스로 목숨을 끊었습니다.」

「스스로 목숨을 끊었다고요? 여기 이 집에서요?」

「아뇨, 자기 집에서요.」

「하지만 그 사람은 이 집에서 작업을 했습니다.」 고르스키 박사가 말을 가로챘다. 「어느 방이었죠? 말해 주실 수 있습니까?」

「제 장서실이었습니다.」 그림 거래상이 놀라워하며 말했다. 「위치가 최고지요. 오전에 해가 듭니다.」

「알바하리 씨, 그리고 또 한 가지. 아드님이 언제부터 정신병원에 있는 겁니까?」

「11개월 됐습니다.」 늙은 남자가 더듬거리며 말하고는 경악에 찬 눈으로 박사를 쳐다보았다. 「그건 왜 물어보시는지?」

「그 이유를 저는 압니다, 알바하리 씨. 곧 아시게 될 겁니다. 장서실을 볼 수 있을까요?」

가브리엘 알바하리는 말없이 우리를 앞장섰다. 장서실 문앞에서 고르스키 박사가 걸음을 멈추었다.

「그 괴물입니다!」 출창이 난 공간에서 고딕 양식의 높은 조각 책상 위에 놓인 거대한 2절판 책을 가리키며 고르스키 박사가 말했다. 나는 그러한 판형의 책을 예전에는 본 적이 없었다. 「괴물! 아드님에게 닥친 불행은 이 책 탓입니다. 이 책이 오이겐 비쇼프의 자살을 불러왔습니다. 이 책이…….」

「그게 무슨 소리입니까!」 그림 거래상이 외쳤다. 「비쇼프가 마지막으로 이곳에 찾아왔을 때 이 책을 읽은 건 사실입니다. 그는 옛날 의상 그림을 훑어보려고 왔지요. 그리고 제가 외출할 때 그는 책상 앞에 서 있었습니다. 〈신경 쓰지 말게, 오이겐. 식사하러 다녀오겠네〉 하고 제가 말했습니다. 우리는 오래된 친구였지요. 저는 25년 전부터 그를 알아 왔습니다. 〈필요한 게 있으면 초인종을 울려 하인을 부르게.〉 〈알겠네〉 하고 그가 말했지요. 그 이후로 그를 다시 보지 못했습니다. 제가 돌아왔을 때 그는 이미 가버렸으니까요. 그리고 그 신사분이 사흘 전에 찾아와 대뜸 이 책을 보게 해달라고 청했고, 뭔가 메모를 했지요. 그러고는 다시 오겠다고 말했습니다.」

「그는 오지 않았지요. 올 수가 없었습니다. 이곳을 찾아온 그날 저녁에 죽었으니까요. ……이 책, 어디서 나신 겁니까?」

「제 아들이 암스테르담에서 가져왔습니다. 맙소사, 이게 다 무슨 뜻입니까? 이 책에 뭐가 쓰여 있는 겁니까?」

「그걸 이제 확인할 겁니다.」 고르스키 박사가 말했다. 그는 구리를 박아 넣은 무거운 표지를 펼쳤다. 펠릭스는 그의 뒤에 서서 어깨너머로 그 모습을 바라보았다.

「지도입니다!」 고르스키 박사가 깜짝 놀라며 외쳤다. 「『Theatrum orbis terrarum(지구의 무대)』. 오래된 지도책입니다.」

「동판화이고 손으로 채색했군요.」펠릭스가 말했다. 「*Domi--nio Florentino. Ducato di Ferrara. Romagna olim Flaminia* (피렌체령. 페라라 공국. 과거에 플라미니아로 불렸던 로마냐). 그냥 지도일 뿐입니다. 우리가 잘못 생각한 겁니다, 박사님.」

「더 넘겨 봐요, 펠릭스! *Patrimonio di San Pietro et Sabina. Regno di Napoli. Legionis Regnum et Asturiarum princi--patus* (베드로 세습령과 사비나. 나폴리 왕국. 레온 왕국과 아스투리아스 공국). 이제 스페인 지방이 나오는군요. ……잠 깐! 안 보여요? 뒷면에 글이 적혀 있습니다.」

「정말이군요, 박사님. 이탈리아어네요.」

「그래요, 옛 이탈리아어예요. *Nel nome di Domineddio vivo, giusto e sempiterno ed al di Lui honore! Relazione di Pompeo di Bene, organista e cittadino della città di Firenze* (살아 계시며 영원하고 정의로우신 하느님의 이름으로, 그리고 그분을 찬양하며: 오르간 연주자이자 피렌체 시민 폼페오 디 베네)……. 펠릭스, 이거예요! 찾았습니다! ……알바하리 씨, 이 책을 넘겨주시겠습니까?」

「가져가십시오! 여기에서 치워 버리십시오. 그 책을 더는 보고 싶지 않습니다.」

「알겠습니다. 그런데 맙소사, 이걸 어떻게 가져가죠?」고 르스키 박사가 소리쳤다. 「이걸 어떻게 나르죠? 거의 들 수조 차 없군요!」

「저희 실험실에서 힘센 사람을 둘 보내겠습니다.」펠릭스 가 말했다. 「오후 3시면 저희 집에 책이 와 있을 겁니다.」

20

……살아 계시며 영원하고 정의로우신 하느님의 이름으로, 그리고 그분을 찬양하며: 오르간 연주자이자 피렌체 시민인 폼페오 디 베네, 그리스도의 육화 이후 MDXXXII[38] 성 시몬과 성 유다 사도 축일 밤에 그의 눈앞에서 벌어진 일에 대한 기록. ……손수 작성함.

나는 내일 만 쉰 살이 되고, 이 도시에 사는 사람은 아무래도 자신이 생각하는 것보다 쉽게 이른 나이에 목숨을 잃을 수 있다. 따라서 나는 오랜 세월 동안 글쓰기를 피한 끝에 오늘 진실을 고백하고, 그날 밤 조반시모네 키기, 일명 카테반차에게 닥친 일을 회고록으로 남기려 한다. 대단히 유명한 건축가이자 화가인 그를 오늘날 사람들은 〈심판의 날의 거장〉이라고 부른다. 내가 나 자신과 모든 피조물이 용서받기를 바라듯 하느님께서 그의 죄를 용서해 주시길.

열여섯 살 소년 시절 나는 회화를 전공 분야로 택하고, 회화로 먹고살 작정이었다. 그리하여 피사 시의 견직공이던 아

38 1532년을 가리킨다.

버지는 나를 토마소 감바렐리의 공방으로 보냈다. 그리고 나는 그와 함께 위대하고 아름다운 작품을 여럿 작업했다. 하지만 신성한 성령 강림절 전야인 5월 24일, 적들이 몬테 산소비노를 점령한 바로 그날, 앞서 언급한 토마소 감바렐리가 델라 스칼라 병원에서 페스트로 죽었다. 그래서 나는 별수없이 다른 스승을 구했고, 조반시모네 키기 밑으로 들어갔다. 그는 오래된 광장의 고물상 옆에 공방을 가지고 있었다.

조반시모네 키기는 키가 작고 퉁명스러운 사내였다. 그는 여름이나 겨울이나 귀덮개가 있는 푸른색 두건을 쓰고 다녔다. 그를 처음 본 사람은 그가 기독교도이자 피렌체 시민이라기보다는 무어 해적선의 선장이라 여겼을 것이다. 그리고 그는 너무도 인색해서 나에게 일주일에 빵 반쪽도 주지 않았다. 나는 그의 밑에 들어간 지 채 7주도 되지 않아 벌써 내가 가진 돈에서 금화 다섯 닢을 썼다.

어느 날 저녁 산술 학교에서 집으로 돌아왔을 때, 나는 나의 스승이 시에나에서 온 메세르 도나토 살림베니와 공방에서 대화를 나누는 모습을 발견했다. 메세르 살림베니는 추기경 특사 판돌포 데네를리를 모시는 의사였다. 그는 숭고한 정신과 존경심을 불러일으키는 외모를 가진 남자로, 먼 곳을 여행했고 실험술에 매우 통달한 사람이었다. 나는 이전 스승을 통해 그를 알았다. 그리고 내가 말을 타고 피사에 가던 길에 습한 공기 탓에 열병을 앓았을 때, 그의 탁월한 약제는 증상을 굉장히 완화해 준 바 있었다.

내가 들어갔을 때 메세르 살림베니는 천사들로 둘러싸인

성모 마리아를 표현한 한 그림을 바라보고 있었고, 그동안 스승은 추위를 이기려 불 앞에서 왔다 갔다 했다. 메세르 살림베니는 나를 보자, 오라고 손짓하며 이렇게 물었다.

「여기 이 친구인가?」

「제 밑에는 이 친구 한 명뿐입니다.」스승이 말하면서 입술을 비죽거렸다.「꽃과 작은 동물을 그리는데, 솜씨가 칭찬할 만하죠. 그런 작업이 장기입니다. 제가 그림에 올빼미, 고양이, 명금(鳴禽)이나 전갈을 넣을 일이 있으면 이 친구가 아마 도움이 되겠지요.」

한숨을 쉰 그가 바닥으로 몸을 숙여 떡갈나무 장작 둘을 불 속에 던져 넣었다. 그러고는 말을 이었다.

「소싯적에 저는 훌륭한 작품을 많이 만들 수 있었고, 저의 기예로 이 도시의 명성을 드높였지요. 청동으로 된 저 아름다운 성 베드로를 만든 게 바로 접니다. 지금도 산타 마리아 델 피오레 교회의 제단 앞에서 그 작품을 보실 수 있을 겁니다. 그 당시 저의 집 문에 스무 편이 넘는 소네트가 붙었지요. 모두가 제 작품과 제 이름을 칭송하는 내용이었습니다. 그리고 사람들은 저에게 그 밖에도 여러 가지 경의를, 더 큰 경의를 표했지요. 하지만 이제 저는 늙은이가 되었고, 제대로 된 작품이 좀체 나오지 않습니다.」

그러고는 신전에서 설교하는 그리스도와 천사들에게 떠받쳐져 승천하는 마리아 막달레나를 가리키며 말했다.

「지금 보시는 건 아무것도 아닙니다. 저도 잘 압니다. 제게 말씀하실 필요는 없습니다. 비난보다 더 괴로운 건 없으니까요. 젊은 시절 제게는 환영(幻影)의 힘이 있었습니다. 그래서 하느님 아버지와 족장들을 보았고, 구세주와 성자들과 성모와 천사들을 보았습니다. 기이하게도 저는 어디를 보더라도, 저기 위 구름 속에서도 여기 아래 공방에서도, 이성으로는 결코 상상할 수 없을 만큼 똑똑하고 생생하게 그것들을 보았습니다. 그리고 제가 본 것들을 그림으로 그렸습니다. 저의 기예에 필적할 수 있는 자는 몇 명 되지 않았지요. 하지만 이제 제 눈은 흐려졌고, 환영의 불꽃은 제 안에서 사그라져 버렸습니다.」

메세르 살림베니는 어둠 속에서 벽에 몸을 기댄 채 서 있었다. 내게는 그의 모습이 보이지 않고 목소리만 들렸다.

「조반시모네!」 그가 말했다. 「인간의 모든 지혜는 주님의 얼굴 앞에서 조잡한 잡동사니에 불과하네. 잡동사니보다도 못한 연기요 그림자일 뿐이네. 그럼에도 불구하고 운명은 나로 하여금 이 덧없는 세상을 가득 채우고 있는 비밀 중 몇 가지를 캐낼 수 있게 해주었지. 하느님을 향하여 생각을 고양하는 동안에 말이야. 그리고 나는 자네가 환영의 힘이라 부른 그것을 자네에게 되돌려 줄 수 있네. 심지어 전에 그런 힘을 가져 본 적 없는 자들에게서 그 힘을 불러일으킬 수도 있지. 나에게는 손쉬운 일이네.」

스승은 귀가 쫑긋 섰다. 그는 잠시 동안 서서 생각에 잠겼다가 고개를 흔들고 웃음을 터뜨렸다.

「메세르 살림베니!」 그가 말했다. 「당신이 온갖 비밀스러운 술법과 재주를 자랑하지만, 그것을 써야 할 때가 오면 늘

핑계를 댄다는 걸 온 도시 사람들이 압니다. 방금 하신 이야기 역시 분명 당신이 떨곤 하는 여러 허풍 중 하나에 지나지 않겠지요. 아니면 마침내 무굴이나 터키 궁정에서 그 술법을 터득하신 겁니까?」

「그건 이교의 술법이 아니네. 오로지 자비로우신 하느님의 덕이지. 그분께서 내게 깨달음의 길을 가르쳐 주셨다네.」박식한 의사가 말했다.

「그렇다면…….」스승이 말했다. 「제가 바라는 건 단 한 가지, 그 술법을 빨리 좀 보는 것뿐입니다. 다만 한 가지 말씀드리죠. 만약 저를 우롱하려 든다면 가만있지 않겠습니다.」

「오늘은 거행할 날을 정해 두는 정도로 하지.」메세르 살림베니가 말했다. 「그런데 그 전에 한번 잘 생각해 보게, 조반 시모네! 미리 말해 두건대 자네는 사나운 바다로 뛰어들려는 걸세. 어쩌면 항구에 남는 편이 자네에게 나을지도 몰라.」

「옳으신 말씀입니다, 메세르 살림베니!」스승이 외쳤다. 「당연히 조심해야지요. 제가 당신을 몹시 적대시한다는 걸 모두가 압니다. 비록 당신은 제가 누려 마땅한 영예를 말로서 선사하지만요. 제게 당신은 신용할 수 없는 사람입니다.」

「그건 사실이네, 조반시모네. 말 못 할 게 뭐 있나!」추기경 특사의 의사가 말했다. 「우리 두 사람 사이에는 한 가지 일이 있지. 자네는 내 조카인 키노 살림베니와 싸웠어. 그가 자네한테 심한 말을 했고, 자네는 그 자리에 있던 모두가 들을 수 있게 큰 소리로 말했지. 〈조금만 참아. 돌려받을 날이 올 테니.〉 그러고 나서 며칠 후 그는 길 위에서 죽은 채로 발견되었네. 풀밭을 지나 마리아의 종 수도회의 수도원으로 이어지는 길에 쓰러져 있었지. 그리고 목덜미에는 단검이 꽂혀 있었고.」

「적이 많은 사람이었습니다. 저는 그의 불행을 예언한 거고요.」 스승이 중얼거렸다.

「스페인제 미세리코르디아 단검이었지. 날에는 스페인 무기 제조공의 이름이 찍혀 있었고.」 메세르 살림베니가 계속 말했다. 「그 단검은 톨레도에서 이곳으로 도망 온 어느 남자의 것이었네. 사람들이 그를 붙잡아 8인회 앞으로 끌고 갔지. 하지만 그는 소리를 질러 대며 맹세하길, 자기는 전날 밤에 오래된 시장의 고물상에서 그 칼을 잃어버렸다고 했네. 사람들은 그의 말을 믿지 않았고, 그는 형장으로 가는 수레에 올랐어.」

「8인회의 판결은 경의를 받아 마땅합니다.」 스승이 말했다. 「모든 일은 끝을 맺기 마련이죠.」

「알아 두게.」 메세르 살림베니가 외쳤다. 「모든 일은 결코 끝을 맺지 않는다는 걸 말일세. 그 짓을 저지른 자는 하느님의 정의로운 판결을 각오하기를.」

「한 가지 말씀드리죠.」 스승이 답했다. 「저는 집에 있었고, 의뢰받은 대로 성 아그네스와 책과 양을 그리고 있었습니다. 그때 메세르 키노가 와서 화해를 청했지요. 그러고 나서 우리는 함께 술을 마시고 사이좋게 헤어졌습니다. 그리고 다음 날 범행이 일어났을 때, 저는 침대에 앓아누워 있었고요. 이 사실을 증언해 줄 사람이 여럿 있습니다. 심판의 날에 하느님께서 내게 자비를 베푸시길. 맹세코 그렇습니다. 말씀드린 그대로입니다.」

「조반시모네!」의사가 말했다. 「사람들이 자네를 이유 없이 〈악한〉이라고 부르는 게 아니네.」

사람들이 붙여 준 이 별명을 듣자, 스승은 노발대발했다. 도무지 견딜 수가 없었기 때문이다. 그는 화가 나서 이성을 잃었다. 그는 언제든 쏠 수 있게 공방에 준비해 둔 치륜총을 집어 들고는 미친 사람처럼 그것을 흔들면서 소리를 질러댔다.

「꺼져 버려, 이 날강도 같으니. 이 망할 놈의 후레자식아! 썩 사라져서 내 앞에 다시는 나타나지 마!」

메세르 살림베니가 몸을 돌려 층계를 내려갔다. 그리고 스승은 총을 들고 뒤따라 달려갔다. 그가 집 앞에서 욕설을 퍼부으며 길길이 날뛰는 소리가 한참 더 들렸다.

그 일이 있고 나서 얼마 후, 성 시몬과 성 유다 축일 전야에 메세르 도나토 살림베니가 다시 한번 우리를 찾아왔다. 그는 자신과 스승 사이에 아무 일도 없었던 양 굴면서 이렇게 이야기했다.

「자네가 기다리던 그날이 왔네, 조반시모네. 나는 준비가 됐네.」

스승이 작업에서 눈을 뗐다. 메세르 살림베니를 알아보자, 그는 다시금 노발대발하며 소리쳤다.

「또 뭘 어쩌자는 겁니까? 저희 집에서 나가라고 하지 않았습니까?」

「오늘 자네는 내가 온 것을 반길 걸세.」의사가 말했다. 「일전에 이야기한 일을 실행에 옮기려고 왔네. 그리고 마침 딱 좋은 시간이고.」

「가십시오, 가!」스승이 짜증을 내며 말했다. 「당신은 나한테 모욕적인 말을 했습니다. 잊지 않을 겁니다.」

「아무 짓도 저지르지 않은 사람에겐 관계없는 말이었네.」 메세르 살림베니가 대꾸하고는 내게로 몸을 돌리며 외쳤다.

「일어나게, 폼페오! 지금은 피리나 불고 있을 때가 아니야. 가서 이거랑 이걸 가져오게!」

그러면서 그는 자신의 향을 만드는 데 필요한 풀과 향료의 이름, 그리고 각각의 수량을 나에게 불러 주었다. 풀 중에는 내가 성질을 알 수 없는 것이 몇 가지 있었다. 그리고 어떤 풀은 아무 데서나 자라는 것이었다. 여기에 더해 브랜디 2뇌셸[39]도 필요했다.

내가 약방에서 돌아왔을 때, 두 사람은 모든 사항에 대해 의견의 일치를 본 상태였다. 메세르 살림베니는 내게서 향료와 풀을 받은 다음 스승에게 말했다. 「이게 이거고 이게 저거네.」그러고는 향을 조제하기 시작했다.

향이 완성되자 우리는 공방을 나섰다. 층계를 내려가는 동안 스승은 자신이 외투 속 허리춤에 단검과 장검을 차고 있음을 메세르 살림베니에게 보여 주었다.

「메세르 살림베니!」스승이 말했다. 「만일 당신이 악마 자신이라도 말입니다, 내가 당신을 두려워할 거라고는 생각하

39 옛날 단위.

지 마시길.」

우리는 키아라 거리를 거쳐 리프레디 다리를 건넜고, 강 건너편에 있는 세탁소와 작은 예배당을 지났다. 예배당 안에는 오래된 대리석관이 있었다. 환한 밤이었고, 달이 하늘에 떠 있었다. 그리고 한 시간 동안 걸어서, 마침내 우리는 채석장 쪽으로 가파르게 경사진 어느 언덕 위에 다다랐다. 오늘날 그곳에는 〈올리브나무〉라고 불리는 별장이 한 채 있다. 그러나 당시에 그곳은 온종일 염소들이 풀을 뜯는 방목장이었다.

그곳에 멈춰 선 메세르 살림베니가 내게 잔가지와 엉겅퀴를 모아 불을 피우라고 지시했다. 그러고는 스승에게 몸을 돌리며 말했다.

「조반시모네, 여기가 그곳이네. 그리고 시간이 됐어. 다시 한번 말하지. 잘 생각해 보게! 그런 일을 감행하려면 마음이 강하고 확고해야 하니까.」

「알겠어요, 알겠습니다.」 스승이 말했다. 「잔말 말고 이제 시작합시다!」

메세르 살림베니가 온갖 의식을 벌이며 불 주위로 원을 하나 그렸다. 그리고 이 원 안으로 스승을 데려갔다. 이어서 그는 약간의 향을 불길 속으로 던졌다. 그러고 나서 바로 원을 벗어났다.

불 속에서 두꺼운 한 줄기 연기 구름이 일어 공중으로 솟아올랐고 스승을 감쌌다. 스승은 한동안 나의 눈에서 사라졌다. 그리고 연기가 없어지자마자 메세르 살림베니가 다시금 향을 불길 속으로 던졌다. 그러고는 물었다.

「이제 무엇이 보이는가, 조반시모네?」

「들판과 강과 도시의 탑들과 밤하늘이 보입니다. 그게 다예요.」스승이 말했다. 「이제 토끼 한 마리가 풀밭을 뛰는 모습이 보이는군요. 오, 놀라워라. 토끼에 안장이 얹히고 재갈이 물려 있군요.」

「정말이지 이상한 환영이로군.」메세르 살림베니가 말했다. 「그런데 내 생각에 자네는 오늘 그런 걸 많이 보게 될걸세.」

「토끼가 아닙니다. 숫염소예요!」스승이 소리쳤다. 「숫염소가 아닙니다. 동방의 짐승이에요. 이름 모를 짐승입니다. 그리고 이놈이 미친 듯이 펄쩍펄쩍 뛰네요. 이제 사라졌습니다.」

갑자기 스승이 인사를 하고 절을 하기 시작했다.

「저것 봐!」그가 외쳤다. 「이웃 사람이야, 작년에 죽은 금세공사잖아. 그에게는 내가 보이지 않아. 가엾어라, 장인 카스톨도여. 당신 얼굴에는 고름과 부스럼이 가득하구나.」

「조반시모네, 이제 무엇이 보이는가?」의사가 물었다.

「이제는 뾰족뾰족한 바위와 협곡과 골짜기와 석굴이 보입니다. 그리고 바위가 하나 보이는데, 색은 검고 공중에 둥둥 떠 있습니다. 아래로 떨어지지 않는군요. 엄청나게 놀라운 광경입니다. 거의 믿기지가 않습니다.」

「그곳은 여호사밧 골짜기[40]야.」메세르 살림베니가 외쳤다. 「그리고 공중에 뜬 검은 바위는 하느님의 영원한 옥좌고.

40 기독교에서 최후의 심판이 열린다는 장소.

알아 두게, 조반시모네. 바위가 나타났다는 건 내게 하나의 징표네. 오늘 밤 자네가 앞서 어떤 인간도 보지 않은 엄청난 걸 보도록 정해졌다는 징표 말일세.」

「우리만 있는 게 아닙니다.」 스승이 말했다. 그의 목소리가 낮아지면서 불안에 찬 속삭임으로 바뀌었다. 「노래하고 환호하는 사람들이 보입니다. 수가 아주 많아요.」

「많지 않네. 그렇지 않지. 하느님의 천사들과 함께 최후의 날의 영광을 노래하도록 허락받은 이들은 소수에 지나지 않네.」 메세르 살림베니가 나지막한 목소리로 말했다.

「그리고 이제는 수천 명의 사람들이 보입니다. 끝없는 무리가, 기사들과 의원들과 호화롭게 치장한 여자들이 팔을 위로 뻗으면서 울고 있습니다. 그들 속에서 커다란 비탄이 들립니다.」

「그들이 비탄하는 까닭은 지나간 것, 이제 돌아오지 않는 것 때문이라네. 그들은 지옥의 암흑 속으로 떨어지는 벌을 받았고, 하느님의 얼굴을 영원히 볼 수 없지.」 메세르 살림베니가 외쳤다.

「어마어마한 불의 표지가 하늘에 떠 있습니다!」 스승이 소리를 질렀다. 「지금껏 본 적 없는 색깔로 빛나고 있어요. 에구에구! 저건 이 세상의 색이 아닙니다. 내 눈은 견딜 수가 없어요.」

「그건 나팔 빨강이야.」 메세르 살림베니가 우레와 같은 목소리로 외쳤다. 「심판의 날에 빛나는 태양의 나팔 빨강이야.」

「폭풍 속에서 내 이름을 외치는 목소리가 누구지?」 스승이 소리쳤다. 그리고 온몸을 덜덜 떨기 시작했다. 갑자기 그가 통곡을 터뜨렸다. 그것은 마치 짐승이 울부짖는 소리처럼 들렸고, 밤의 정적을 꿰뚫으며 그칠 줄 몰랐다.

「에구에구!」 그가 소리쳤다. 「저기 그놈들이 있어요. 그놈들이, 지옥의 악마들이 나를 향해 손을 뻗고 있어요. 온 사방에서 오고 있어요. 공중에 악마들이 가득해요.」

스승은 경악에 빠져 달아나려 했지만, 보이지 않는 악마들이 그를 덮쳤다. 그러자 그는 바닥에 쓰러져 허공에다 몸부림을 쳤다. 그는 공포로 가득한 일그러진 얼굴로 비명을 내지르며 일어나 한 번 더 달렸지만, 또다시 풀썩 쓰러지고 말았다. 그 광경을 바라보자니 참담하기 그지없었다. 너무도 무서워 죽을 지경이었다.

「도와주십시오, 메세르 살림베니!」 내가 절망에 빠져 외쳤다. 그러나 추기경 특사의 의사는 고개를 가로저었다.

「너무 늦었네.」 그가 말했다. 「밤의 환영에 장악당해서 가망이 없어.」

「자비를 베풀어 주십시오, 메세르 살림베니!」 내가 절규했다. 「자비를!」

이때 지옥의 악마들이 스승을 붙잡아 질질 끌고 갔고, 스승은 저항하면서 비명을 질렀다. 그러자 메세르 살림베니가 그리로 걸어갔다. 그리고 언덕이 채석장 쪽으로 기우는 곳에서 스승의 앞을 막아섰다.

「전능하신 하느님을 두려워하지 않는 살인자여!」 그가 소리쳤다. 「일어서서 너의 죄를 고백하라!」

「자비를 베푸소서!」 스승이 외치고는 털썩 무릎을 꿇고 두 손으로 얼굴을 덮었다.

메세르 살림베니가 주먹을 들어 올려 그의 이마 한가운데를 때렸다. 그러자 스승은 죽은 것처럼 바닥에 쓰러졌다.

오늘날 나는 안다. 그것이 잔인한 짓이 아니라 연민의 행위였음을. 그리고 메세르 살림베니가 그 타격을 통해 환영의 힘으로부터 스승을 구원했음을.

우리는 의식을 잃은 스승을 공방으로 옮겼다. 그곳에서 그는 저녁 종이 칠 때까지 생명의 징후 없이 누워 있었다. 깨어났을 때 그는 지금이 낮인지 밤인지 몰랐고, 횡설수설했으며, 자꾸만 지옥의 악마들과 끔찍스러운 나팔 빨강 이야기를 했다.

나중에 광란이 물러가기 시작하자 스승은 자신 속에 침잠했고, 공방 한구석에 앉아 허공을 응시했다. 그 누구와도 한마디 말도 하지 않았다. 하지만 밤이면 그가 자기 방에서 비탄하며 기도를 외는 소리가 들렸다. 그러다 성 스테파노 축일에 스승은 도시에서 종적을 감췄고, 그가 어디로 갔는지 아는 이는 아무도 없었다.

3년 뒤 내가 로마로 가는 길에 성모의 머리띠와 허리띠, 그리고 성모께서 손수 자으신 실 한 뭉치가 보관된 성모 칠고 세라핌 수도회의 수도원을 찾았을 때였다. 나는 성유물을 보려고 수도원장의 안내를 받아 예배당에 들어갔다. 그때 비계 위에 서 있는 한 수도사가 보였다. 얼마 후 나는 옛 스승인 조반시모네를 알아보았다.

「정신이 혼란한 사람입니다.」수도원장이 말했다. 「하지만 정말 엄청난 구상들을 하죠. 우리는 저 사람을 심판의 날의 거장이라고 부른답니다. 왜냐하면 그는 단 한 가지만, 늘 똑같은 것만 그리거든요. 그리고 제가 〈여기에는 성모 방문을 그리고, 저 벽에는 절름발이의 치유나 오병이어를 그려 주십시오〉 하고 부탁하면 몹시 노발대발하지요. 그러면 그의 뜻대로 하도록 내버려 둘 수밖에 없습니다.」

이제 막 해가 지려는 순간이었고, 장밋빛 햇살이 창문을 통과해 석재 타일을 비췄다. 나는 벽에서 하느님의 공중에 뜬 바위와, 여호사밧 골짜기와, 구원받은 자들의 합창과, 온갖 모습을 한 지옥의 악마들과 불 못을 보았다. 그리고 저주받은 자들 사이에 스승 자신이 그려져 있었다. 이 모든 것은 너무도 실제와 같았기에 나는 공포에 빠져 몸서리쳤다.

〈조반시모네 스승님!〉 하고 내가 비계를 향해 외쳤다. 그러나 그는 나를 알아보지 못했다. 그는 끊임없이 기도를 외면서 덜덜 떨리는 손으로 성난 케루빔의 모습을 서둘러 그리고 있었다. 마치 지옥의 악마들이 여전히 그를 뒤쫓는 듯.

심판의 날의 거장에 대해 내가 보고할 내용은 이게 전부이다. 이 이상 많이 알지는 못한다. 왜냐하면 내가 몇 주 뒤 다시 그 수도원을 찾아갔을 때 예배당은 비어 있었고, 수도승들이 그가 묻힌 곳을 보여 주었으니까. 환한 동방의 별이자 우리의 희망이신 그리스도께서 심판의 날에 그와 우리 모두를 구원받은 자들의 무리로 인도하시길.

그리고 다른 한 사람, 내가 진정한 심판의 날의 거장이라고 부르는 메세르 살림베니는 그날 밤 이후로 두 번 다시 보지 못했다. 그는 인생의 많은 세월을 보냈던 동방의 먼 왕국으로 돌아갔을지도 모른다. 그러나 나는 그가 펼친 술법의 비밀을 기억 속에 보관해 두었고, 자신이 강하고 확고한 마음을 가졌다고 생각하는 이들을 위해 그 비법을 여기에 기록했다. 호기심 강한 자여, 브랜디 속에서 추출한 양지꽃 성분 3분량을 준비한다. 그런 다음······.

21

「그다음요! 그다음!」 고르스키 박사가 재촉했다.

「이게 전부입니다.」 펠릭스가 말했다. 「여기에서 원고가 중단되거든요. 완전히 갑작스럽게요.」

「말도 안 돼!」 고르스키 박사가 외쳤다. 「아직 끝일 리가 없습니다. 기록의 가장 중요한 부분이…… 어디 보여 주십시오!」

「직접 확인해 보시죠, 박사님! 더 이상은 없습니다. 그냥 스페인 지방의 지도들뿐이에요. *Granata et Murica. Utriusque Castilae nova descriptio. Insulae Balearides et Pytiusae.* 뒷면에 글이 없어요. *Andalusia continens Sevillam et Cordubam*(그라나다와 무르시아. 두 카스티야의 최신 지도. 발레아레스와 피타우사스 제도). 수기의 흔적은 조금도 보이지 않습니다. 기록은 미완성 상태예요.」

「하지만 그 마약의 조제법! 오이겐 비쇼프가 조제법을 어디서 알아낸 거죠? 마지막 부분이 분명 있을 겁니다. 한 페이지를 그냥 넘긴 거예요, 펠릭스. 다시 한번 살펴봐요!」

우리 셋은 모두 2절판 책 위로 몸을 숙이고 서 있었다. 펠릭스가 천천히 페이지를 뒤로 넘겼다.

「여기 한 장이 없습니다!」 고르스키 박사가 돌연 말했다. 「여기 아스투리아와 두 카스티야 사이요. 한 장이 잘려 나갔습니다.」

「맞습니다.」 펠릭스가 말했다. 「무딘 칼로 잘라 냈군요.」

고르스키 박사가 손으로 이마를 쳤다.

「졸그루프 씨인가?」 그가 소리쳤다. 「졸그루프 씨예요. 아시겠습니까? 그는 막으려 했던 겁니다…… 자기 이후로 아무도 더는 실험을 하지 못하도록요! 수기의 마지막 페이지를 없애 버린 겁니다. 그 마약의 조제법이 적힌 페이지를요. ……이제 어쩌죠, 펠릭스?」

「이제 어쩔까요, 박사님?」

두 사람은 어찌할 바를 모르고 서로를 바라보았다.

「하나 고백하지요.」 고르스키 박사가 말했다. 「저는 그 마약의 효과를 몸소 시험해 볼 작정이었습니다. 물론 모든 예방 조치를 취한 상태에서요.」

「저도 똑같은 생각이었습니다.」 펠릭스가 이야기했다.

「아뇨, 펠릭스. 저는 결코 그 일을 허락하지 않았을 겁니다. 당신처럼 의학을 모르는 일반인이……. 그렇지만 논쟁할 이유가 뭐 있습니까! 졸그루프 씨와 오이겐 비쇼프, 그리고 또 얼마나 더 많은 이들을 수수께끼 같은 죽음으로 몰아갔을지 모를 그 불가해한 힘이 어떠한 것인지, 우리 세 사람 중 누구도 경험하는 일은 없을 겁니다.」

그가 구리를 박아 넣은 무거운 표지를 닫았다.

「이제 아무도 유혹당하지 않을 겁니다.」그는 말했다. 「졸
그루프 씨, 우리의 가련한 졸그루프 씨가 마지막 희생자였습
니다. 이 일을 곱씹어 볼수록 말입니다…… 펠릭스, 뇌 생리
학은 우리에게 몇 가지 단서를 제공합니다. 저는 나름의 이
론을 세워 봤지요. 아니, 제 생각에 그것은 최후의 날의 환영
이 아니었습니다. 오히려 타당하다고 여겨지는 쪽은 그 마약
의 효과가 각각의 개별 사례에서……」

나는 펄쩍 뛰었다. 한 가지 생각이 불현듯 떠올랐다. 그 생
각은 느닷없이 내게 닥쳐왔고, 평정심을 완전히 앗아 갔다.
나는 흥분을 감출 수가 없었다. 나는 펠릭스와 고르스키 박
사를 슬쩍 보았다. 그들은 내게 신경을 쓰고 있지 않았다. 나
는 방에서 나왔다.

내가 사라진 걸 눈치채기 전에 서둘러 정원을 지나야 해!
아니, 그 비법은 사라지지 않았어. 그곳에서 나를 기다리고
있어. 나, 오직 나만이 진실을 알아야 해. 몇 발짝만 더……

별채 문은 열려 있었다. 모든 것이 그날 저녁 이후로 내 기
억 속에 저장된 모습 그대로였다. 책상 위에 리볼버, 소파 위
에 펼쳐진 스코틀랜드식 격자무늬 천 — 넘어진 잉크병, 깨
진 이플란트 흉상 — 사람들은 모든 것을 그대로 놔두었다.
그리고 저기 탁자 위에 내 파이프가 놓여 있었다.

나는 파이프를 집었다. 얇게 쌓인 재를 치우자 그것이 나
타났다. 거무스름한 갈색 혼합물이, 시에나 의사의 마약이,
사라졌다고 믿었던 향이, 살인범 조반시모네 키기에게서 범
행의 자백을 이끌어 낸 마술이.

성냥에 불을 붙였을 때, 나를 기다리는 미지의 것에 대한 공포가 살짝 일었다. 공포라고? 아니, 공포가 아니었다. 그것은 헤엄을 치려는 사람이 단단한 육지에서 깊은 물속으로 뛰어들 때 느끼는 감정이었다. 물결이 머리 위를 덮친다. 하지만 자신이 몇 초 뒤 다시 떠오르리라는 걸 안다. 내 기분이 바로 그랬다. 나는 내 신경을 굳게 믿었다. 나는 최후의 날의 환영을 고대했다. 나는 태연하게, 거의 호기심을 가지고 그것을 고대했다. 현대인의 모든 사상으로 무장한 채 나는 지난 시대의 유령을 기다렸다. 네가 보는 건 연기와 그림자가 전부다, 하고 자신에게 말했다. 그러고 나서 파이프에서 첫 모금을 빨았다.

하지만 아무 일도 일어나지 않았다. 나는 푸른 연기 구름을 통해 벽에 걸린 베토벤의 데스마스크를 보았고, 열린 창에서 녹색 밤나무 가지 몇 개를 보았다. 나뭇가지는 바람에 움직이고 있었고, 그 위로 회색 구름이 낀 하늘이 한 조각 보였다. 푸르스름하게 빛나는 커다란 딱정벌레 한 마리가 바닥을 기어갔다. 모르는 종류였다. 하지만 나는 아까부터 그 녀석을 인지하고 있었다.

두 번째, 그리고 세 번째 모금. 혼합물의 낯설고 시큼한 향내가 이제 처음으로 의식되었다. 나는 향내를 아주 잠시 동안만 느꼈을 뿐이며, 그것은 순식간에 날아가 버렸다. 나는 펠릭스 혹은 고르스키 박사가 이곳에 들이닥칠지도 모른다는 불쾌한 상상을 하면서 창밖을 바라보았다. 그러나 정원은 텅 비어 있었다. 그들은 방 안에 앉아 논쟁을 벌이고 있었고,

아마도 나의 부재를 눈치채지 못했을 터였다.

내 기억에 나는 파이프를 총 다섯 모금 빨았다. 그러자 방 한가운데에 히비스커스 덤불이 나타났다.

나는 내가 환각에 빠졌다는 것을 완전히 의식하고 있었다. 그것은 어떤 기억의 상이었다. 하지만 엄청나게 생생하고 구체적인 모습에 나는 자신도 모르게 한 걸음 다가갔다. 나는 덤불에 있는 자홍색 꽃의 개수를 헤아렸다. 보이는 것만 따지면 여덟 송이였다. 그리고 내가 진홍색으로 물든 아홉 번째 꽃을 관찰하는 동안 그 꽃봉오리가 열렸다.

돌연 히비스커스 덤불이 사라지고, 그 자리에 아레카야자의 진녹색이 보였다. 은회색 비단옷을 입은 한 중국 남자의 형체가 줄기에 몸을 기대고 있었다. 말도 안 되게 못생긴 외모가 바로 눈에 띄었다. 남자는 신생아의 얼굴을 가지고 있었다. 하지만 나는 놀라지 않았다. 마약으로 인해 극도로 커진 상상력이 낯선 지역 어딘가에서 내 기억에 새겨진 상을 재현했다는 점을 정확히 알았던 까닭이다. 그러나 이 기억의 상은 뭐라 설명할 길 없는 방식으로 징그럽게 일그러져 나타났다. 실험의 이 단계에서 나는 여전히 차분하고 냉정한 관찰자로서 극도로 기이한 시각 현상을 바라보고 있었다. 탁자와 소파와 방의 윤곽이 아직도 보였다. 하지만 그것들은 오래전에 있던 무언가에 대한 어렴풋하고 혼란스러운 기억처럼 그림자 같고 비현실적으로 보였다.

이어서 이 환영은 벽돌담과 열린 헛간의 모습에 의해 밀려났다. 그 광경은 내 눈앞에서 몇 분 동안 움직임 없이 펼쳐지면서 내게 설명할 수 없는 절망감을 불러일으켰다. 헛간 내부는 대장간의 불 때문에 밝았다. 나는 웃통을 벗고 머리통을 박박 민 두 남자를 발견했다. 그들의 모습은 곧바로 내게 막연한 공포심을 불러왔다. 공포심은 고조되어 엄청난 경악으로 바뀌었다.

돌연 두 남자 중 하나가 몸을 돌리더니 헛간에서 나왔고, 다리를 기묘하게 건들거리며 내게로 다가왔다. 머리와 어깨는 앞으로 숙인 채였고, 두 팔은 생기 없이 몸통에서 축 늘어져 있었다. 이제 그는 내 앞에 서 있었다. 그리고 오른손으로 왼팔을 들어 올렸다. 왼손의 손가락이 나를 향해 더듬거렸다. 나는 손목에 그 손가락을 느끼고 화들짝 놀라 뒤로 물러나며 소리를 질렀다. 나는 자신의 비명 소리를 들었다. 죽음에 대한 공포가 나를 뒤흔들었다. 그 눈, 그 입술 — 뜯겨 나간 그 얼굴 — 문둥병이다! 나는 속으로 울부짖었다. 문둥병이다! 문둥병이야! 나는 풀썩 주저앉았다. 두 손을 숨겼다. 문둥병이야! 내가 흐느꼈다. 이어서 나는 아주 짧은 순간 동안 한 가지 생각에 처절하게 매달렸다. 망상이야! 환상이야! 모든 게 꿈일 뿐이야! 그러나 그 생각은 날아가 버렸다. 나는 끔찍한 환영과 더불어 홀로 남았고, 불안과 경악의 바다가 나를 휩쓸어 갔다.

그러고 나서 무슨 일이 있었는지 모르겠다. 나는 정신을 잃었다가 다시 깨어났다. 내가 처음으로 본 것은 창살이 달린 창이었다. 창은 벽에서 내가 닿을 수 없는 높은 곳에 있었다. 이어서 나는 나를 둘러싼 어스름 속에서 탁자 하나와 바닥에 나사로 고정된 의자 두 개를 알아보았다. 방 안 좁은 쪽에는 무거운 철제 격자 침대가 놓여 있었다.

나는 바닥에 웅크리고 있었다. 이 공간에서 오랜 시간 내내 무서운 일을 겪은 느낌이었다. 그러나 무슨 일이었는지는 기억나지 않았다. 둥그스름한 턱과 이마에는 작은 땀방울이 맺혔으며, 넓적하고 몹시 상기된 얼굴이 눈앞에 어렴풋이 떠 있었다. 나는 그 얼굴에 격한 혐오를 느꼈다.

갈증이 느껴졌다. 나는 벽에 사슬로 고정된 철제 물 사발이 침대 옆에 있다는 것을 보지 않고도 알았다. 나는 바닥을 기어가 물을 마셨다. 이어서 그 철제 사발을 산산조각 내버리려는 억제할 수 없는 충동이 나를 덮쳤다. 하지만 아무리 노력해도 사발은 끄떡없었다.

갑자기 문이 열리고, 방 안으로 빛이 밀려들었다. 두 남자가 들어왔다. 한 사람은 큰 키에 어깨가 넓고 얼굴을 매끈하게 면도했으며, 뿔테 안경을 쓰고 있었다. 나는 그의 얼굴을 알고 있었다. 자주 본 얼굴이었다. 다른 사람은 키가 작고 여위었으며, 뾰족한 모양의 짧은 회색 턱수염과 생기 있는 눈을 하고 있었다. 그는 자신의 인버네스 주머니에 두 손을 집어넣은 채였다. 나는 그를 바라보았으나 어떤 기억도 그와 연결 지을 수 없었다.

「간헐성 치매, 연쇄적인 발작 현상.」 어깨가 넓은 남자가 낯선 언어로 말했다. 그럼에도 나는 그의 말을 한마디 한마디 모두 알아들었다. 「4년 전부터 치료 중. 전직 참모 장교이자 기병 장교, 부모 양쪽으로부터 유전.」

나는 바닥에 누워 날카로운 눈으로 그를 주시했다.

「반사성 동공 경직, 근육 긴장 증가, 수액(髓液) 압력 상승. 아뇨, 문은 열어 두십시오. 감시인이…… 조심!」

이때 내가 어느새 그를 바닥으로 끌어 내렸다. 나는 그의 가슴에 올라타고 목을 졸랐다. 그러고는 펄떡 일어났다. 복도로 나가자, 누군가가 내게로 몸을 던졌다. 나는 그를 뿌리쳤고, 둥그스름한 턱을 지닌 넓적하고 상기된 얼굴을 주먹으로 두 번 쳤다. 계속해서 달렸다. 부르는 소리, 외치는 소리, 호각 소리가 들렸다. 그리고 어느 순간 나는 건물 밖에 있었다.

나무들, 덤불숲, 끝없는 평지. 나는 홀로 서 있었고, 뭐라 묘사할 수 없는 침묵이 내 주위에 감돌았다. 풍경은 굳은 듯 펼쳐져 있었고, 아무것도 움직이지 않았다. 풀줄기도, 우듬지도. 오로지 작고 하얀 새털구름들만이 푸르른 하늘 위를 떠갔다.

불현듯 나는 내가 그 방에서 짐승처럼 살았다는 것을 깨달았다. 몇 년 동안 탁자와 격자 침대 사이에서, 바닥을 기면서, 짐승처럼 울부짖으면서, 계속해서 문으로 몸을 던지면서. 그리고 이제 그들이 나를 다시 데리러 온 것이었다. 그들이 왔다. 나는 그들을 보았다. 그들은 나를 에워쌌다. 그리고 넓적하고 붉은 얼굴의 남자 앞에서 이루 말할 수 없는 두려움이 나를 사로잡았다.

「이 사람입니다.」 그 남자의 목소리가 들렸다. 그가 내 앞에 서서 나를 응시했다. 큰 입이 일그러지며 비죽 웃었다. 반짝이는 작은 땀방울들이 이마에 맺혀 있었다. 등 뒤의 두 손. 나는 그가 등 뒤에 무엇을 숨기고 있는지 알았다. 나는 소리를 질렀다. 나는 달아나려 했다. 그들이 사방에서 왔다. 도와주는 이는 없었다……

그때 갑자기 리볼버가 내 손에 있었다. 어디에서 났는지는 알 수 없었다. 리볼버가 있었고, 나는 그것을 쥐고 있었다. 나는 총신의 치명적이고 차가운 금속을 느꼈다.

그리고 내가 총을 내 관자놀이를 향해 들어 올리는 그 순간, 하늘에 어마어마한 불바다가 나타났다. 불길은 지금껏 본 적 없는 색으로 활활 타올랐다. 그리고 나는 그 색의 이름을 알고 있었다. 그것은 나팔 빨강이었다. 격심하게 소용돌이치는 그 끔찍한 색은 나의 눈을 멀게 했다. 나팔 빨강이 그 이름이었다. 나팔 빨강이 만물의 종말을 비추었다.

「빨리! 그의 손을!」 내 옆에서 어떤 목소리가 외쳤다. 그리고 내 팔이 납처럼 무거워지는 것이 느껴졌다. 하지만 나는 몸을 뿌리쳤고, 더 이상 살고 싶지 않았다.

「그럼 안 됩니다. 나를 놓으십시오!」 목소리가 소리쳤다. 이어서 나는 요란하게 울리는 소리와 노랫소리를 들었다. 하늘에서 끔찍한 빛이 꺼졌다. 어둠이 내려앉았다. 잠시 동안 마치 꿈속에서처럼 오래전에 지나가고 오래전에 잊힌 일들이 보였다. 탁자와 소파와 푸른색 벽지와 바람에 움직이는 하얀 커튼이 보였다. 그리고 더는 아무것도 보이지 않았다.

22

나는 마치 깊은 잠에서 깨어나듯 실신 상태에서 깨어났다. 이곳이 어디고 지금이 언제인지 아무것도 모르는 상태로 한 동안 눈을 감은 채 누워 있었다. 마지막에 내가 어디에 있었고, 내게 무슨 일이 일어난 것인지 생각나지 않았다. 명확하게 생각을 정돈하려 했지만 허사였다. 곧이어 나는 눈을 떴다. 그러기까지 어느 정도 힘이 들었다. 자꾸만 졸음이 몰려왔고, 나른함과 불쾌감을 극복해야 했다.

이제 나는 정신을 차렸다. 나는 비쇼프 저택의 음악실에서 안락의자에 몸을 쭉 뻗은 채 누워 있었다. 고르스키 박사가 옆에 앉아서 나의 맥을 짚고 있었다. 그 뒤에 펠릭스가 서 있었다. 약한 스탠드 불빛이 탁자 위에 펼쳐진 2절판 책의 책장을 비췄다.

「기분이 어떻습니까?」 고르스키 박사가 물었다. 「두통? 현기증? 메스꺼움? 이명? 빛이 고통스러운가요?」

내가 고개를 가로저었다.

「부러워할 만한 체질을 가지셨습니다, 남작님. 다른 사람이라면…… 심장은 정상입니다. 혼자서 집에 가실 수도 있을 것 같군요.」

「터무니없이 경솔한 짓을 하셨습니다, 남작님.」펠릭스가 말했다. 「대체 어떻게…… 무슨 일이 일어날지 모르셨습니까? 우연히 디나가 정원에 있었기에 망정이지, 그녀가 당신의 비명 소리를 들었습니다…….」

「그래요. 그리고 아슬아슬한 순간에 우리가 도착했지요.」고르스키 박사가 끼어들며 말했다. 「당신은 이미 관자놀이에 리볼버를 대고 있었습니다. 전부 말씀드리죠. 당신은 정말이지 우악스럽게 나를 다루었지요. 나는 고무공처럼 벽으로 날아갔습니다. 만약 펠릭스한테 좋은 생각이 떠오르지 않았더라면…….」

「그건 제 생각이 아니었습니다. 잘 아시잖아요.」펠릭스가 그의 말을 끊으며 말했다.

「그럼요, 살림베니 박사의 충격 요법이지요. 이마 한가운데를 주먹으로 때리기. 그러자 당신은 자살 기도를 전부 포기하더군요. 당신은 두려움을 불러일으키는 나쁜 환영을 본 게 분명합니다. 당신이 저세상과 얼마나 가까이 있었는지 아십니까, 남작님?」

일어난 모든 일에 대한 완전한 기억이 이제야 비로소 떠올랐다. 나는 펄쩍 뛰었고, 이야기를 하려고 시도했다. 문둥병 환자, 정신 병원, 하늘의 끔찍한 빛…….

「말하지 마세요! 그 이야기는 하지 마십시오!」고르스키 박사가 만류했다. 「나중에 안정을 찾은 다음에 모든 걸 이야기하십시오. 문둥병, 정신 병원…… 그런 비슷한 걸 예상했지요. 볼 것도 없습니다. 그리고 당신의 경험들은 그렇지 않아도 내가 추측했던 점을 확인해 줄 뿐입니다. 당신이 실신 상태에서 깨어났을 때, 나는 펠릭스에게 내 견해를 펼치려던 참이었습니다. 힘들지 않다면 내 이야기에 귀를 기울여 보십시오. 많은 걸 이해하실 수 있게 될 겁니다.」

그가 스탠드를 본인에게 더 가까이 끌어왔다. 그리고 나서 1분가량 묵묵히 자신의 팔걸이의자에 앉아 있었다.

「아니, 나는 시에나 의사가 그 약제를 처음으로 만들었다고 생각하지 않습니다.」 그가 이야기를 시작했다. 「그건 대단히 오래된 약제이고, 우리는 의심할 바 없이 동방에서 그 기원을 찾아야 합니다. 두려움과 황홀함! 아사신파[41]의 역사에 대해 알아보신 적이 있습니까? 어쩌면 당신은 오늘 그 약제를 손에 쥐었을지도…… 아니면 산상 노인[42]이 사람들의 영혼을 지배할 때 쓰던 약제 중 하나를요.」

「이제 그것은 영원히 사라져 버렸습니다.」 펠릭스가 말했다.

「과학의 입장에서 보자면 유감스러운 일일지도요.」 고르스키 박사가 말했다. 「나는 일이 그렇게 된 데 만족합니다. 졸그루프 씨는 마지막 장을 없애 버릴 때 자신이 무슨 일을 하는지 잘 알았습니다. 남작님, 당신이 들이마신 연기는 상

41 이슬람교 일파 중 하나로 〈암살 교단〉이라는 뜻이다. 마약이나 환각제를 복용한 상태에서 암살 임무를 수행했다고 전해진다. 영어 단어 *assassin* 이 여기에서 유래했다.

42 아사신파의 지도자인 라시드 앗 딘 시난을 가리킨다.

상력이 자리한 뇌 부분을 자극하는 효과를 가지고 있습니다. 그 연기는 상상력을 엄청나게 키워 주죠. 뇌리를 스쳐 간 생각들이 즉시 형체를 얻고 마치 현실인 양 눈앞에 서 있었습니다. 살림베니 박사의 실험이 왜 특히 배우에게, 조각가와 화가에게 매력을 발휘했는지 이제 이해가 가십니까? 모두가 환각에서, 〈환영의 불꽃〉에서 예술적 창조를 위한 새로운 자극을 바랐던 겁니다. 그들은 그저 미끼만 보았을 뿐 자신들이 어떤 위험에 다가가고 있는지 예감하지 못했습니다.」

고르스키 박사가 일어서더니, 갑자기 격정을 분출하며 펼쳐진 2절판 책을 주먹으로 쳤다.

「이런 극악무도한 일이! 아시겠습니까? 상상력이 자리한 곳은 공포가 자리한 곳이기도 합니다. 바로 그겁니다! 공포와 상상력은 분리할 수 없게 서로 결합되어 있습니다. 모든 위대한 공상가들은 불안과 두려움에 사로잡힌 자들이기도 했죠. 유령 호프만[43]을 생각해 보세요. 미켈란젤로와 지옥의 브뤼헐[44]을, 포[45]를 생각해 보세요!」

「그건 공포가 아니었습니다.」내가 말했다. 그 일을 떠올리자 몸서리가 쳐졌다. 「나는 공포를 압니다. 여러 차례 공포를 경험했지요. 공포란 극복할 수 있습니다. 내가 겪은 건 공포나 불안이나 두려움이 아니었습니다. 수천 배 더한 것이었습니다. 뭐라고 형언할 수 없는 감정이었습니다!」

43 E. T. A. Hoffmann(1776~1822). 독일 낭만주의 작가로, 괴기스럽고 환상적인 작품을 주로 썼다.

44 Pieter Bruegel(1525~1569). 16세기 네덜란드 화가이다.

45 에드거 앨런 포를 가리킨다.

「당신이 공포를 안다고요?」고르스키 박사가 큰 소리로 물었다. 「공포가 뭔지 안다고 주장하려는 겁니까, 남작님? 오늘 이후로는 그럴지도요. 하지만 당신이 그 전까지 경험해 온 공포는 수천 년 전 우리 안에서 사라져 버린 감정의 미약한 반영에 지나지 않습니다. 진정한 공포, 진짜 공포, 그러니까 모닥불 빛을 벗어나 어둠 속으로 들어갈 때, 구름 속에서 맹렬하게 번개가 내리칠 때, 늪에서 태곳적 공룡들이 울부짖는 소리가 울릴 때 원시인을 사로잡았던 공포, 고독한 피조물의 원시적 불안…… 살아 있는 인간인 우리 중 누구도 그 공포를 알지 못합니다. 누구도 그 공포를 견뎌 내지 못할 겁니다. 그러나 우리 안에서 공포를 불러일으킬 수 있는 신경은 죽지 않았습니다. 그 신경은 살아 있습니다. 어쩌면 수천 년 동안 마비된 상태로요. 그 신경은 움직임 없이 가만히 있습니다. 우리는 잠자고 있는 이 무서운 녀석을 뇌 속에 가지고 있는 겁니다!」

「그럼 그 끔찍한 빛은요? 상상을 초월하는 그 색은요?」

「그 이상한 현상 역시 생리학적으로 설명할 수 있을지도요. 물론 일단 사람 눈의 구조에 대해 몇 마디 드려야겠군요. 색의 지각을 관장하는 곳은 망막, 아니 정확히는 신경 섬유 계통입니다. 망막에서 끝나는 신경 섬유는 원색, 즉 아주 특정한 파장을 가지는 광선에 의해 자극을 받습니다. 당신이 들이마신 유독한 증기가 망막에서 일시적으로 변화를 일으킨 결과 망막이 다른 광선들, 그러니까 파장이 더 길거나 짧은 광선들도 받아들였다고 생각할 수 있지 않을까요? 어쩌면 그 수수께끼 같은 나팔 빨강은 태양 스펙트럼 밖에 있어 우리에게 보이지 않는, 물리학자들이 〈적외선〉이라 부르는 색일지도 모릅니다.」

「그게 무슨 소리입니까!」 펠릭스가 소리쳤다. 「선생님이 말씀하신 건 어두운 열선입니다! 남작님이 그걸 봤다고, 눈을 통해 색으로 인지했다고 주장하시려는 겁니까?」

「그럴지도 모르죠.」 고르스키 박사가 말했다. 「그 현상은 여러 가지로 해석할 수 있습니다. 하지만 우리가 결코 검증할 수 없는 가설을 세우는 게 무슨 의미가 있겠습니까?」

그가 일어서서 창문을 열었다. 바람이 축축한 흙냄새와 시든 잎 냄새를 우리에게로 실어 왔다. 작은 나방들이 어둠 속에서 나타나 전등 주위로 팔랑거렸다.

「그렇다면 당신 생각은……」 내가 말했다. 「그때, 그러니까 당신이 그날 저녁에 여기 이 방에 앉아 있는 동안…… 그때 오이겐 비쇼프가 별채에서 똑같은 환영을 봤다는 건가요?」

고르스키 박사가 몸을 돌리고 창가에서 다가왔다.

「무슨 말씀을…… 똑같은 환영이라고요? 아뇨.」 그가 말했다. 「당신이 본 소름 끼치는 광경은 당신의 잠재의식에서 생겨난 겁니다. 문둥병을 보세요! 당신은 몇 차례 동양에 간 적이 있습니다. 동아시아를 여행했지요. 언젠가 한번은, 자신도 거의 의식하지 못하는 사이에, 당신의 마음속에서 동양의 그 무서운 병에 대한 가벼운 두려움이 일지 않았겠습니까? 잘 생각해 보세요, 남작님! ……오이겐 비쇼프요? 그가 수 년 전부터 굉장히 두려워한 건 오직 한 가지, 바로 디나를 잃는 것, 당신한테 디나를 잃을 수 있다는 것이었어요. 그런데 그 비운의 순간에 디나가 당신 품에 안긴 잔인한 환영이 그에게 나타난 겁니다. 그래서 어떻게 됐죠? 총알, 벽에 맞은 첫 번째 총알이 우리에게 설명해 줍니다. 그 총알은 당신에게 쏜 것이었어요, 남작님. 곧이어 자신의 행동에 대한 두려움이 그를 사로잡았겠죠. 그래서 그는 스스로에게 총을 겨누었습니다. 당신이 방에 들어갔을 때…… 그의 얼굴이 어떤 표정을 지었는지 생각나나요? 그는 당신을 보았고…… 당신은 살아 있었습니다. 심장을 맞혔는데 자기 앞에 서 있었던 거죠. 오이겐 비쇼프는 한없이 경악하며 저세상으로 간 겁니다.」

「그럼 졸그루프 씨는요?」펠릭스가 창가에서 물었다.

「졸그루프 씨요? 그는 러시아군 장교였습니다. 만주 원정에 참가했죠. 우리가 타인에 대해 뭘 알겠습니까? 우리 각자는 나름의 최후의 심판을 안에 지니고 있습니다. 어쩌면 —누가 알겠어요? — 그 전쟁에서 죽은 자들이 최후의 순간에 졸그루프 씨에게 달려들었을지도요.」

고르스키 박사는 탁자로 다가갔고, 고서의 표지에서 가볍게 먼지를 털어 냈다.

「괴물은 여기 있습니다.」그가 말했다. 「더 이상 어떤 화도 불러오지 않을 겁니다. 이 괴물의 시대는 끝났습니다. 수백 년에 걸친 여정에서 얼마나 많은 손을 거쳤을지! 이 책을 간직할 생각입니까, 펠릭스? 그렇지 않다면…… 우리 집에는 학문과 관련된 온갖 곰팡내 나는 잡동사니가 쌓여 있습니다. 나는 누레진 양피지 냄새 속에서 아늑함을 느끼지요. ……글이 적힌 페이지들은 당신 겁니다, 남작님. 개인 문서와 함께 보관하십시오. 내가 두 번 다시 보고 싶지 않은 모습의 당신을 본 순간에 대한 추억으로 그것을 간직하십시오.」

　내가 그 집을 나올 때 디나가 정원 문가에 서 있었다. 나는 그녀 옆을 지나갈 수밖에 없었다. 밖으로 나가는 다른 길은 없었으니까. 내 안에서 타는 듯한 깊은 아픔이 일었다. 나는 지나가 버린, 더 이상 돌아올 수 없는 일을 생각했다. 우리 사이에 그림자가 있었다. 잠시 동안 그녀의 손이 내 손 안에 있었다. 그리고 그녀가 어둠 속에서 사라졌다. 내가 인사했다. 우리는 말없이 서로 멀어져 갔다.

편자 후기

고트프리트 아달베르트 폰 요슈 운트 클레텐펠트 남작은 세계 대전 초기에 의용병으로 전방에 나갔고, 몇 달 뒤 리마노바에서 벌어진 전투 중 코스텔니체의 수풀에서 말을 타고 정찰 임무를 수행하다가 전사했다. 그의 말에 있는 안장주머니 속에는 다른 문서들 외에 그가 1909년 가을의 사건을 나름의 방식으로 기록한 서류가 있었다.

1914년 12월 러시아의 긴 저녁 시간에 이 소설 ─ 요슈 남작이 남긴 글에 이보다 잘 맞는 표현은 아마 없으리라 ─ 은 오스트리아-헝가리 제국 제16 용기병 연대 장교들 사이에서 이 손에서 저 손으로 돌아다녔다. 나는 12월 말에 이 소설을 ─ 아무런 주석 없이 ─ 우리 기병 소대의 지휘관에게서 받았다. 어째서 요슈 남작이 전쟁이 발발하기 5년 전에 자신의 기병 대위 계급을 포기할 수밖에 없었는지, 그 이유를 우리 중 대부분은 모르고 있었다. 궁정 배우 비쇼프의 자살은 당시에 제국 수도 밖에서도 상당히 주목을 끈 바 있었다. 그리고 나는 요슈 남작이 그 사건에서 어떤 역할을 했는지 정확히 기억했다.

따라서 이 서류를 훑어보기 시작했을 때 나는 글에서 요슈 남작이 자기변호를 시도했을 것이라고, 윤색을 가했을지는 모르나 기본적으로는 사실에 부합하도록 상황을 묘사했을 것이라고 예상했다. 기록의 첫 부분은 순수하게 외적인 사건과 관련해서는 정말로 실제 사건 경위와 일치했다. 그렇기에 그의 이야기가 특정 시점부터 현실과의 모든 연관성을 잃어버리는 것을 확인할 수밖에 없었을 때 내가 느낀 놀라움은 그만큼 더 컸다. 기록의 한 대목 — 이 책의 9장에 나오는 특징적인 구절, 즉 〈내 안과 내 주위의 모든 것이 달라졌다. 나는 다시 현실에 속했다〉라는 대목 — 에서 묘사는 급변하여 환상의 영역으로 빠져든다. 우울증 경향이 있고 우울한 상태에서 쉽게 외부의 영향을 받는 사람인 궁정 배우 비쇼프를 요슈 남작이 자살로 몰아갔으며, 고인의 가족으로부터 해명을 요구받고 궁지에 몰린 그가 궁여지책으로 명예를 걸고 거짓 맹세를 했다는 사실을 구태여 이야기할 필요가 있을까? 그것이 사건의 실상이다. 다른 모든 것, 이를테면 엔지니어의 개입, 〈괴물〉 추적, 신비한 약제, 환영…… 이 모든 것은 기상천외한 허구이다. 내각 사무처에서 폐하께 보고드린 그 사건은, 실제로 요슈 남작이 명예 재판소에서 유죄 판결을 받는 것으로 종결되었다.

요슈 남작은 어떤 목적으로 이 글을 쓴 것일까? 결국 그것을 세상에 공개할 생각이었던 것일까? 명예 재판소에서 재심

받기를 바랐던 것일까? 그랬을 가능성은 낮아 보인다. 요슈 남작의 정신적 능력이 전부 고르게 발달한 것은 아니지만, 그는 무엇이 실현 가능한지 판단할 줄 모르는 사람이 결코 아니다. 하지만 그의 기록이 세상에 공개하기 위한 것이 아니었다면, 그가 몇 년이 걸렸을지 모를 대작업을 한 이유는 무엇일까?

노련한 형법학자들은 이 물음에 대한 답을 제공한다. 형법학자들은 그것이 〈정황 증거로 장난치기〉라고 지적한다. 유죄 판결을 선고받은 많은 이들에게서 관찰되는 이 자학적 충동에 따르면, 범죄자들은 자신이 저지른 범행의 정황 증거를 억지로 다르게 해석하고, 운명이 상황을 달리 이끌었더라면 자신에게 죄가 없었을 수도 있다는 증거를 스스로에게 자꾸만 제시하려 한다.

이미 일어난 일, 더는 바꿀 수 없는 일에 대한 거부! 그런데 이것은 — 보다 높은 견지에서 보면 — 예로부터 모든 예술의 원천이 아니던가? 모든 영원한 행위는 수치와 굴욕과 짓밟힌 자존심으로부터, 나락으로부터 나오지 않았던가? 생각 없는 대중들은 어떤 예술 작품 앞에서 우레와 같은 갈채를 보내며 열광할지 모른다. 하지만 나에게 예술 작품은 그 창조자의 파괴된 영혼을 드러낸다. 소리와 색채와 사상의 위대한 교향곡들…… 이것들 모두에서 나는 기이한 나팔 빨강의 희미한 빛을 본다. 혼란스러운 죄와 고통을 넘어 잠시 그 거장을 고양시킨 저 위대한 환영에 대한 아득한 예감을 본다.

마지막으로 언급해 두자면, 요슈 남작의 가까운 친척들은 이 회고록의 간행에 우려를 표하며 반대했지만, 나는 그들의 우려를 불식하는 데 성공했다. 출간은 그들의 동의를 얻어 이루어졌다.

현실과 환상의 교차 속에서 창조되는 예술

레오 페루츠: 독일어권 환상 문학의 거장

프라하 태생의 유대계 오스트리아 작가 레오 페루츠Leo Perutz(1882~1957)는 독일어권 작가들 중 독특한 위치를 차지하고 있다. 〈독일 문학〉이라 하면 클리셰처럼 떠오르는 진지함과 엄숙함, 철학적 사변과 난해함 등은 페루츠의 작품에서 찾아볼 수 없다. 현실과 환상이 뒤얽힌 기묘한 분위기, 스릴 넘치는 흥미진진한 전개, 치밀한 구성과 예상치 못한 반전, 쉬이 읽히는 간결한 문장은 독자를 매료시켜 책을 손에서 놓지 못하게 한다. 그래서일까, 페루츠의 소설은 당대 독자들에게 굉장한 인기를 끌었다.

페루츠가 문학적 전성기를 누린 1910~1920년대에 『9시에서 9시 사이Zwischen neun und neun』(1918), 『볼리바르 후작Der Marques de Bolibar』(1920), 『심판의 날의 거장Der Meister des Jüngsten Tages』(1923), 『사과야, 너는 어디로 굴러가니……Wohin rollst du, Äpfelchen...』(1928) 등 그의 작품들은 베스트셀러가 되고, 영화로 제작되고, 여러 나라의 언

어로 번역되었다. 하지만 1933년 나치가 독일에서 권력을 잡으면서 유대인을 박해하기 시작하고, 1938년에 급기야 오스트리아가 독일에 합병되기에 이르자 페루츠는 팔레스타인으로 망명을 떠난다. 이후 사람들의 기억 속에서 점점 잊히게 된 페루츠가 재조명을 받고 그의 작품들이 새로 출간된 것은 1980년대 말에 이르러서이다. 페루츠는 총 10여 편의 장편 소설을 남겼는데, 앞서 언급한 작품들 외에 『스웨덴 기사 *Der schwedische Reiter*』(1936), 『밤에 돌다리 아래서 *Nachts unter der steinernen Brücke*』(1953), 『레오나르도의 유다 *Der Judas des Leonardo*』(1959) 등이 대표적인 작품이다.

레오 페루츠와 그의 작품 세계를 설명할 때 가장 많이 쓰이는 표현 중 하나가 〈환상 문학〉이다. 여기서 〈환상 문학〉이란 오늘날 흔히 말하는 〈판타지 문학〉과는 다르다. 문학 연구가 츠베탄 토도로프Tzvetan Todorov는 『환상 문학 서설 *Introduction à la littérature fantastique*』에서 〈환상적인 것〉의 개념을 탐구하며 그것을 불확실성과 망설임으로 정의한다. 환상 문학에서는 확고한 현실과 초자연적인 현상이 서로 뒤섞이며 그 경계가 흐려지고, 작품 속 인물 혹은 독자에게 혼란과 망설임을 불러일으킨다는 것이다. 이 점에서 환상 문학은 초자연적인 세계에서 온갖 비현실적인 일이 당연하게 일어나는 판타지와 확실히 구별된다. 페루츠의 소설에는 토도로프가 말하는 이러한 환상 문학의 특성이 잘 나타난다. 훌륭한 작가이자 탁월한 보험 수학자였던 페루츠는 현실과 비현실이 복잡하게 얽힌 정교하게 계산된 미로를 설계하고, 주인공과 독자로 하여금 그 속을 헤매게 만든다. 그리고 마지막에는 생각지도 못한 결말로 놀라움을 안긴다. 이러한 환상성 때문에 페루츠의 소설은 라틴아메리카의 마술적 리얼리즘과 연결되기도 한다. 페루츠의 열렬한 독자인 독일 현대 작가 다니엘 켈만Daniel Kehlmann은 〈페루츠의 형이상학적 지성과 비현실적 리얼리즘은 독일 현대 문학보다는 보르헤스Borges, 가르시아 마르케스García Márquez, 코르타사르Cortázar의 대륙에 더 잘 어울린다〉라고 평했으며, 실제로 페루츠의 작품들은 일찍이 라틴아메리카에 소개되어 좋은 반응을 얻었다.

『심판의 날의 거장』: 어느 자살 혹은 살인 사건에 대한 기록

『심판의 날의 거장』은 페루츠가 1923년에 출간한 장편소설로, 당시 대중적으로나 비평적으로나 큰 성공을 거두었다. 서스펜스, 추리, 공포, 환상이 절묘하게 조합된 이 작품은 페루츠의 전성기 대표작들 중 하나이다. 페루츠의 작품들에 매료된 보르헤스는 후일 아돌포 비오이 카사레스Adolfo Bioy Casares와 함께 선정하여 출간한 범죄 소설 시리즈 〈제7지옥 El Séptimo Círculo〉에 이 소설을 포함시키기도 했다.

『심판의 날의 거장』의 줄거리를 간단히 요약하면 이렇다. 1909년 가을 오스트리아 빈의 한 저택에서 유명 궁정 배우 오이겐 비쇼프가 권총으로 스스로 목숨을 끊는다. 여러 불가사의한 정황 속에서, 퇴역 장교 요슈 남작이 비쇼프를 죽음으로 몰아간 장본인으로 지목된다. 그는 비쇼프의 아내인 디나와 과거 연인 사이로 그녀에게 아직 연정을 품고 있고, 비쇼프의 자살을 유도할 수 있는 정보를 가졌기 때문이다. 하지만 엔지니어 졸그루프는 과거에 연달아 일어난 기이한 사건들을 비쇼프의 죽음과 연결 지으며 요슈 남작의 무죄를 주장한다. 졸그루프는 의사 고르스키 박사와 함께 사건의 진상을 파헤치기 시작하고, 요슈 남작 역시 나름대로 비쇼프의 죽음에 얽힌 수수께끼를 풀려 노력한다. 그리고 이들의 추적은 어느 고서에 적힌 묘약 제조법과 먼 옛날 한 화가의 이야기로 이어진다.

이처럼 『심판의 날의 거장』은 전형적인 추리 소설, 범죄 소설, 스릴러의 외피를 쓰고 있다. 수수께끼 같은 사건이 발생하고 그와 얽힌 복잡한 비밀을 풀어 나가는 과정이 주를 이루며, 범인을 추적하는 졸그루프와 그를 따라다니는 고르스키 박사는 셜록 홈스와 왓슨을 연상시킨다(Hans-Harald Müller, *Leo Perutz*, Zsolnay, p. 180 참조). 유혈이 낭자하는 등 잔인하거나 끔찍한 장면이 직접 나오지는 않지만, 페루츠는 뛰어난 이야기꾼답게 미스터리한 사건과 그 범인을 추적하면서 시종일관 긴장감을 유지한다. 도대체 범인인지 아닌지 알 수 없는 요슈 남작의 알쏭달쏭한 심리 묘사는 긴장의 끈을 놓을 수 없게 한다.

흥미로운 것은 『심판의 날의 거장』이 요슈 남작이 쓴 수기의 형식을 빌렸다는 점이다. 이 소설의 1장에는 특이하게도 〈맺음말을 대신하는 머리말〉이라는 부제가 붙어 있다. 여기에서 서술자인 요슈 남작은 〈내가 기록한 것은 완전한 진실〉

(7쪽)이라면서 사건이 일어난 당시의 배경을 설명하고 사건의 대략적인 결말을 밝히며, 자신이 여전히 겪고 있는 심적 고통을 토로한다. 처음에 이 부분을 읽으면 아무것도 모르는 독자는 맥락을 알 수 없는 다소 혼란스러운 서술에 어리둥절할 수밖에 없다. 그리고 한편으로는 이러한 의문이 생긴다. 〈과연 이 기록은 믿을 수 있는 것일까?〉 사건의 전모를 적은 뒤의 장들에서도 요슈 남작의 서술은 때로 뭔가 이상하고, 군데군데 비어 있고, 오락가락하고, 갈피를 잡을 수 없다. 하지만 그런 미심쩍은 점은 일단 덮어 두고, 사건의 비밀을 밝히기 위해 인물들이 벌이는 추적을 정신없이 좇다 보면 어느새 22개의 장이 끝나 있다.

사실과 허구를 넘나드는 액자 구조

요슈 남작의 수기에서 결말에 해당하는 22장이 끝나면 남은 쪽수는 단 네 페이지에 불과하다. 그러나 이 마지막 네 페이지가 『심판의 날의 거장』의 하이라이트이며, 이 소설을 평범한 추리 소설이 아니게 만든다. 〈편자 후기〉라는 제목을 단 이 짤막한 글은 전사한 요슈 남작의 기록을 책으로 펴낸 사람이 쓴 것이다. 편자는 요슈 남작의 기록을 〈소설〉(237쪽)이라고 부르며 그 진실성을 부정한다. 실제로 오이겐을 죽게 만든 사람은 요슈 남작이 맞고, 그가 재판소에서 유죄 판결을 받았다는 것이다. 앞선 서술을 송두리째 부정하는 편자의 단언은 독자를 혼란에 빠뜨린다.

전체적으로 보아 『심판의 날의 거장』은 이중의 액자 구조를 가진 소설이다. 가장 바깥에서 액자를 이루는 편자의 글은 (소설 속의) 현실에 바탕을 두고 있다. 반면 그 안에 든 요슈 남작의 기록에는 사실과 허구가 혼재되어 있으며, 다시 그 안에 든 〈심판의 날의 거장〉에 관한 이야기는 순전한 허구이다. 이렇듯 페루츠는 현실과 환상, 논리와 비논리, 사실과 허구를 어지럽게 섞어 놓았다가 뒤집었다가 다시 짜 맞춰 정교한 구조의 이야기를 만든다. 그 결과, 마지막에 독자는 전체 소설을 다른 관점에서 다시 보게 된다. 앞서 읽은 요슈 남작의 글에 있던 미심쩍은 부분들을 곱씹으며 그를 재평가할 수밖에 없다.

예술: 현실을 뛰어넘으려는 의지

페루츠는 대부분의 소설에서 돈이나 여자나 복수 등에 집착하는 충동적이고 호감 가지 않는 남성을 주인공으로 설정한다. 그리고 마지막에 이 인물들은 예외 없이 비참하게 죽거나 파멸의 구렁텅이에 빠진다. 이런 면에서 요슈 남작은 전형적인 페루츠식 주인공이다. 〈편자 후기〉를 읽고 나면, 요슈 남작은 무고하게 죄를 뒤집어쓴 사람이 아니라 제 잘못을 뉘우치기는커녕 글로써 교묘하게 자기변명과 자기변호를 시도한 파렴치한이 된다. 옛 연인인 디나를 포기하지 못하고 집착을 일삼다가 그녀의 남편을 죽음으로 몰아가는 범죄자이자 그야말로 악당이다.

그런데 이런 요슈 남작의 모습은 16세기 피렌체의 이야기에 등장하는 화가 조반시모네 키기와 많은 부분이 겹친다.

조반시모네 키기는 살인을 저지르고 자기 죄를 인정하지 않지만, 묘약의 작용으로 〈최후의 심판〉의 환영을 본 뒤에 결국 정신이 나가 버린다. 그런데 주목할 점은 그의 파멸이 예술적 성취와 한 몸을 이룬다는 것이다. 과거의 예술적 상상력을 잃은 쇠퇴한 화가였던 조반시모네 키기는 몸소 체험한 최후의 심판 장면을 줄기차게 그림으로써 〈심판의 날의 거장〉이라는 별명을 얻게 되며, 그의 그림은 마치 실제인 양 생생하다. 요슈 남작 역시 죄를 지은 뒤 묘약을 통해 환상 속에서 최후의 심판을 경험한 후에 과거의 사건에 대한 수기를 남기는데, 사실과 허구가 뒤범벅된 이 글은 편자의 지적대로 한 편의 〈소설〉(이때는 나쁜 뜻이 아니라 좋은 뜻에서), 다시 말해 예술 작품이다. 편자는 요슈 남작의 수기에서 사실에 대한 부정, 현실을 뛰어넘으려는 의지를 본다. 그리고 그것이 곧 예술의 원천이다.

이미 일어난 일, 더는 바꿀 수 없는 일에 대한 거부! 그런데 이것은 — 보다 높은 견지에서 보면 — 예로부터 모든 예술의 원천이 아니던가? 모든 영원한 행위는 수치와 굴욕과 짓밟힌 자존심으로부터, 나락으로부터 나오지 않았던가? 생각 없는 대중들은 어떤 예술 작품 앞에서 우레와 같은 갈채를 보내며 열광할지 모른다. 하지만 나에게 예술 작품은 그 창조자의 파괴된 영혼을 드러낸다.(239쪽)

편자의 관점은 이 소설, 즉 『심판의 날의 거장』의 작가인 페루츠의 관점과 크게 다르지 않을 것이다. 페루츠의 작품들은 역사 소설, 추리 소설, 범죄 소설, 스릴러, 미스터리 등 여러 가지 외피를 쓰고 있지만, 그 중심에는 늘 환상이 자리한다. 페루츠가 그리는 현실 세계는 불가사의하고 예측할 수 없는 법칙에 지배된다. 이 세계에서 헛되이 발버둥 치는 인간을 잠시나마 구원해 줄 수 있는 것은 오직 환상의 힘뿐이다. 이것이 예술의 동력이자 페루츠 소설의 동력이다. 페루츠의 환상적인 소설들이 우리에게 모종의 쾌감과 위안을 준다면 바로 그 때문일 것이다.

마지막으로, 이 작품의 번역 원본으로는 Leo Perutz, *Der Meister des Jüngsten Tages*(München: dtv, 2003)를 사용했음을 밝힌다.

2021년 4월
신동화

레오 페루츠 연보

1882년 출생 11월 2일 프라하에서 방직업을 하는 부유한 유대인 사업가인 아버지 베네딕트 페루츠Benedikt Perutz와 어머니 에밀리에Emilie 사이에서 4남매 중 맏이로 출생. 당시 프라하는 오스트리아-헝가리 제국의 영토였던 까닭에 오스트리아 국적 취득.

1888년 6세 9월 프라하의 유명한 사립 초등학교인 피아리스텐-슐레에 입학, 1893년 7월 졸업.

1893년 11세 프라하의 독일 국립 김나지움에 입학해 1899년까지 다님. 불성실한 학교생활로 인해 퇴학당한 것인지, 자발적으로 전학한 것인지 확실치 않음.

1899년 17세 크루마우 김나지움으로 옮겨 1901년까지 다님. 하지만 여기서도 학업 성적이 나빠 1901년도 졸업 시험에 응시하지 못함.

1901년 19세 가족과 함께 빈으로 이주. 에르츠헤어초크-라이너-김나지움에 편입.

1902년 20세 9월 졸업장을 못 받고 에르츠헤어초크-라이너-김나지움 수료.

1903년 21세 4월 징병 검사를 받고 12월에 자원입대.

1904년 22세 12월에 건강상의 이유로 하사로 제대.

1905년 23세　겨울 학기에 빈 대학 인문학부에 〈특별 청강생〉으로 등록. 미적분학, 보험 수학, 경제학 등 수강.

1906년 24세　겨울 학기에 빈 공과 대학으로 옮김. 확률론, 통계학, 보험 수학, 경제학, 무역법과 사법(私法) 등 강의 수강. 2월 문학과 정치를 주로 다루는 주간지 『데어 베크 *Der Weg*』에 첫 산문 스케치 게재. 본격적인 글쓰기와 함께 당대 빈의 젊은 문학인들과 교류 시작.

1907년 25세　3월 일간지 『차이트 *Zeit*』 주말 판에 단편소설 「측량사 로렌초 바르디의 죽음 Der Tod des Messer Lorenzo Bardi」 게재. 이탈리아 르네상스 시대를 배경으로 한 페루츠 최초의 역사 소설. 7월 이탈리아 트리스트 소재 보험사 아시쿠라치오니 게네랄리 Assicurazioni Generali에 취직. 직장 생활과 병행해 일간지 『테플리처 차이퉁 *Teplitzer Zeitung*』에 평론과 서평, 단편소설 등을 발표하기 시작. 이 시기에 발표한 「슈라메크 하사 Der Feldwebel Schramek」는 최초로 대중들의 인기를 끈 단편소설.

1908년 26세　10월 다시 빈으로 돌아와 앙커 보험사 Versicherungs gesellschaft Anker에 취직해 1923년까지 일함. 1908년부터 1913년까지는 문학보다 보험 계리사로서의 활동에 더 치중함. 이 시기에 정확한 사망률 예측에 기반한 다수의 보험 관련 논문 발표. 1911년에 발표한 소위 〈페루츠의 보상 공식〉은 1920년대까지 보험업계에서 중요한 공식으로 널리 사용됨.

1909년 27세　이때부터 매년 휴가 때마다 한 달 이상의 긴 해외여행을 하기 시작. 1909년 이탈리아, 1910년 프랑스, 1911년 스칸디나비아, 1912년 스페인과 알제리, 1913년 부쿠레슈티, 콘스탄티노플, 베이루트, 로도스, 텔아비브, 카이로, 알렉산드리아 등을 여행.

1914년 32세　제1차 세계 대전이 발발하자 자원입대하나 근시로 인해 복무 부적합 판정을 받음.

1915년 33세　다시 징집 명령을 받고 신검에서 복무 적합 판정을 받아 10월에 부다페스트 전선에 배치됨. 군 복무 중이던 11월 첫 장편소설

『세 번째 총알*Der dritte Kugel*』출간. 코르테스의 멕시코 정복을 소재로 한 이 역사 소설에 감명받아 베르톨트 브레히트가 『코르테스의 병사들*Von des Cortez Leuten*』을 썼다고 함.

1916년 [34세] 소설가이자 희곡 작가인 파울 프랑크Paul Frank와 공동 집필한 두 번째 장편소설 『망고 나무의 비밀*Mangobaumwunder*』출간. 이 작품으로 대중들의 주목을 받기 시작. 『망고 나무의 비밀』은 1921년 「키르히아이젠 박사의 모험Das Abenteuer des Dr. Kircheisen」이라는 제목의 영화로 제작됨. 7월 러시아 전선에서 가슴에 총상을 입고 후방에서 수술받음. 9월에 빈으로 후송되었으나 11월 패혈증에 걸려 한때 목숨이 위태로움.

1917년 [35세] 7월 13세 연하의 이다 바일Ida Weil과 약혼. 8월 소위로 진급해 전시 보도 본부에서 일함. 거기서 에곤 에르빈 키슈Egon Erwin Kisch를 만나 교류 시작.

1918년 [36세] 세 번째 장편소설 『9시에서 9시 사이*Zwischen neun und neun*』출간. 1923년까지 13쇄가 발행될 정도로 대성공을 거둠. 영어, 핀란드어, 노르웨이어, 러시아어, 폴란드어, 스웨덴어, 헝가리어 등 다수의 언어로 번역되어 독일어권 이외의 독자들에게도 널리 알려짐. 3월 이다 바일과 결혼. 4월 전시 보도 본부의 명령에 따라 우크라이나 시찰.

1920년 [38세] 역사 장편소설 『볼리바르 후작*Der Marques de Bolibar*』출간. 이 작품은 1922년과 1929년 두 차례 영화로 제작됨. 3월 첫째 딸 미하엘라Michaela 출생.

1921년 [39세] 9월 단편소설 「적그리스도의 탄생Die Geburt des Antichrist」출간. 이 작품은 1922년 동명의 영화로 제작됨.

1922년 [40세] 6월 21일 둘째 딸 레오노레Leonore 출생.

1923년 [41세] 4월 모친 사망. 장편소설 『심판의 날의 거장*Der Meister des Jüngsten Tages*』출간. 이 작품의 대성공을 비롯해 LA에서는 『9시에서 9시 사이』가 영화로 제작되고, 런던에서는 『볼리바르 후작』이 무대에서 공연되는 등 작가로서 탄탄한 입지를 구축하게 된 페루츠는 7월 앙커 보험사를 그만두고 전업 작가로서의 삶을 시작.

1924년 ⁴²세　장편소설 『튀를뤼팽 *Turlupin*』 출간. 3월부터 4월까지 약한 달간 프랑스를 거쳐 이집트의 카이로까지 북아프리카 일대 여행.

1925년 ⁴³세　프랑스 대혁명을 배경으로 한 빅토르 위고의 역사 소설 『93년 *Quatrevingt-treize*』을 〈단두대의 해 *Das Jahr der Guillotine*〉라는 제목으로 번안.

1927년 ⁴⁵세　작품이 잘 팔리지 않아 경제적인 위기가 찾아오자 파울 프랑크와 공동으로 통속 소설 『카자크와 나이팅게일 *Der Kosak und die Nachtigall*』 집필을 시작해 1928년 출간. 이 작품은 1934년 영화로 제작됨.

1928년 ⁴⁶세　3월 장편소설 『사과야, 너는 어디로 굴러가니……*Wohin rollst du, Äpfelchen...*』 출간. 먼저 일간지 『베를리너 일루스트리어텐 차이퉁 *Berliner Illustrierten Zeitung*』에서 연재를 시작했을 때 구독자 수가 엄청나게 증가했으며, 이후 장편소설로 정식 출간되어 대성공을 거둠. 셋째의 출산을 앞두고 있던 아내 이다가 폐렴으로 병원에 입원했다가 3월 13일 아들 펠릭스Felix를 건강하게 출산한 직후 사망. 아내의 사망 이후 한동안 슬픔과 우울증에 빠져 칩거 생활.

1929년 ⁴⁷세　8월 단편소설 「주여, 저를 불쌍히 여기소서Herr, erbarme Dich meiner」 탈고. 1930년 초기 작품들과 묶어 동명의 단편집으로 출간.

1930년 ⁴⁸세　9월 한스 아들러Hans Adler와 공동 집필한 희곡 「프레스부르크 여행Die Reise nach Preßburg」 완성. 그해 빈에서 초연.

1933년 ⁵¹세　9월 장편소설 『성 베드로의 눈St. Petri-Schnee』 출간. 이 작품은 1991년 영화로 제작됨. 1933년 히틀러의 집권 이후 오스트리아도 정치적으로 영향을 받기 시작. 뮌헨의 출판사로부터 『망고 나무의 비밀』 증쇄가 취소되었다는 연락을 받음. 또한 그의 작품들이 금서 목록에 오르지는 않았지만, 빈에서 그의 책을 출간하는 곳이 유대인 출판사인

닷에 독일로의 서적 수출이 금지됨. 이로 인해 페루츠의 가장 큰 출판 시장이 사라지게 됨.

1934년 52세   10월 한스 아들러 및 파울 프랑크와 공동 집필한 희곡 「내일은 휴일Morgen ist Feiertag」 탈고. 4월 독일 국민 극장에서 초연.

1935년 53세   6월 1년의 만남 끝에 22세 연하인 그레틀 홈부르거Gretl Humburger와 재혼.

1936년 54세   5월 구상부터 탈고까지 무려 8년이 걸린 『스웨덴 기사 Der schwedische Reiter』 출간. 원래는 오스트리아, 독일, 스위스 세 나라에서 동시에 출간할 계획이었으나 정치적 상황으로 인해 독일과 스위스 출판사로부터는 출간이 거절됨. 오스트리아에서 출간된 서적은 독일로 수출이 금지되는 바람에 독일 독자들에게 작품을 선보일 기회가 박탈됨.

1938년 56세   오스트리아가 독일에 합병되자 팔레스타인으로 망명. 가족들과 함께 이탈리아의 베네치아를 거쳐 하이파에 갔다가 최종적으로 텔아비브에 정착. 원래는 유럽의 다른 나라나 미국으로 망명하고 싶었으나 경제적으로 의지하고 있던 열렬한 시온주의자인 동생 한스의 강력한 권유에 따름.

1940년 58세   팔레스타인 국적 취득.

1941~1945년 59~63세   페루츠의 작품에 반한 아르헨티나의 대문호 호르헤 보르헤스의 지원으로 『튀를뤼팽』, 『9시에서 9시 사이』, 『볼리바르 후작』 등이 스페인어로 번역 출간되어 남미에서 인기를 얻음. 이는 망명 기간 동안 페루츠가 거둔 유일한 문학적 성과라고 할 수 있음.

1945년 63세   제2차 세계 대전이 끝나자 오스트리아로 돌아가는 것과 팔레스타인에 그대로 머무는 것 사이에서 갈등. 이미 예루살렘을 제2의 고향으로 느끼고 있었고, 고령에 다시 생활 터전을 옮기는 것에 대한 불안감이 더해져 쉽게 결정을 내리지 못함. 하지만 1948년 이스라엘이 정식으로 건국된 이후 유럽과 오스트리아와 빈에 대한 그리움이 더욱

커짐.

1950년 68세   제2차 세계 대전이 끝난 후 처음으로 오스트리아와 영국 방문에 성공.

1952년 70세   오스트리아 국적을 다시 취득했지만 최종적으로 이스라엘에 남기로 결정. 하지만 오스트리아에 대한 그리움으로 매년 여름 몇 달간을 빈과 잘츠카머구트에서 보냄. 생계를 위해 다시 보험사 메노라 Menorah에 취직.

1953년 71세   장편소설 『밤에 돌다리 아래서 *Nachts unter der steinernen Brücke*』 출간. 작품성에 대한 호평이 있었지만 출간 직후 출판사가 파산해 책을 제대로 팔지 못함.

1957년 75세   8월 25일 휴가차 방문한 오스트리아 바트 이슐에서 갑자기 쓰러져 그곳 병원에서 별세, 바트 이슐 공동묘지에 안치됨.

1959년   별세하기 6주 전에 완성한 유고 장편소설 『레오나르도의 유다 *Der Judas des Leonardo*』 출간.

1962년   『볼리바르 후작』이 프랑스에서 환상 소설을 대상으로 수여되는 녹턴 문학상 수상.

열린책들 세계문학 271 심판의 날의 거장

옮긴이 신동화 서울대학교 독어독문학과를 졸업하고, 같은 과 대학원에서 석사 학위를 받았다. 출판사에서 편집자로 일했으며, 한국 문학 번역원 번역 아카데미 특별 과정을 수료했다. 현재 프리랜서 번역가로 활동 중이다. 옮긴 책으로 레오 페루츠의 『9시에서 9시 사이』, 게르하르트 노이만의 『실패한 시작과 열린 결말/프란츠 카프카의 시적 인류학』, 알프레트 되블린의 『무용수와 몸』, 토마스 만의 『괴테와 톨스토이』 등이 있다.

지은이 레오 페루츠 **옮긴이** 신동화 **발행인** 홍예빈·홍유진
발행처 주식회사 열린책들 **주소** 경기도 파주시 문발로 253 파주출판도시
전화 031-955-4000 **팩스** 031-955-4004 **홈페이지** www.openbooks.co.kr
Copyright (C) 주식회사 열린책들, 2021, *Printed in Korea*.
ISBN 978-89-329-1271-4 04850 **ISBN** 978-89-329-1499-2 (세트)
발행일 2021년 5월 10일 세계문학판 1쇄

열린책들 세계문학
Open Books World Literature

각 권 8,800~15,800원